C.J.Coben

Liebe ist ein langer Weg Rebecca

Liebesroman

Bibliografische Information der Deutschen Nationalbibliothek:
Die Deutsche Nationalbibliothek verzeichnet diese Publikation in der
Deutschen Nationalbibliografie; detaillierte bibliografische Daten sind
im Internet über http://dnb.dnb.de abrufbar.

Herstellung und Verlag: BoD – Books on Demand, Norderstedt

ISBN: 978-3-XXXX-XXXX-X

Rebecca St. John stand kerzengerade, den Körper leicht gegen den eisigen Wind geneigt, an der südwestlichen Küste Englands und starrte auf die scheinbar endlose See. Sie stand hier jeden Tag, schaute ins Nichts und hoffte doch, dass James genau in diesem Moment in ihre Richtung schauen und sich ihre Blicke irgendwo weit draußen auf dem Meer treffen würden.

Sie spürte noch immer seine Umarmung, seinen zärtlichen Kuss und hörte wieder diesen einen Satz: „Ich werde dich immer lieben, egal, wer zwischen uns steht." Immer wenn sie diesen Satz in ihrem Kopf hörte, wollte sie in Tränen ausbrechen, doch sie war eine St. John und in dieser Familie war noch nie geweint worden, weder vor Glück noch vor Schmerz und erst recht nicht aus Liebeskummer. Dies waren die Worte ihres Vaters.

Rebecca verdrängte diese Worte und vergaß, wer sie war und was von ihr erwartet wurde. Sie stand kurz vor ihrer Hochzeit mit dem 16 Jahre älteren Handelsattaché aus Plymouth. Eine Heirat, die ihr Vater arrangiert hatte, um wie er es ausdrückte, jedenfalls **eine** anständige Tochter im Haus zu haben.

Sie sehnte sich nach James Umarmungen, seinen Zärtlichkeiten, seiner warmen Stimme und seinen Küssen. Sie wusste, dass bei seiner Rückkehr nichts mehr so sein würde wie früher. Sie würden nie wieder gemeinsam Hand in Hand am Strand spazieren gehen können. Sie würden sich nur noch aus der Ferne sehen können, aber sie würde nie ihre Liebe für ihn aufgeben und verlieren.

Sie stand regungslos da und ließ den Wind durch ihr blondes, lockiges Haar wehen. Sie merkte nicht, wie die Zeit verging und vergaß alles um sich herum. In ihrer Fantasie umarmte und küsste sie James und war alleine mit ihm, an einem Ort, an dem es keine Regeln gab, die von ihrem Vater aufgestellt wurden und an die man sich als älteste Tochter einer angesehenen Familie zu halten hatte. Ein Ort, an dem nur Liebe und Vertrauen zählten.   Doch ein Donnerschlag riss sie jäh aus ihren Träumen. Sie öffnete ihre Augen. Der Himmel über ihr hatte sich mit einem Schlag verdunkelt und es begann, in Strömen zu regnen. Es war so, als hätte ihr Vater ihre Gedanken gehört und Gott um ein Zeichen gebeten, um seine Tochter zur Vernunft zu bringen.

Rebecca suchte Schutz unter dem nächsten Baum, der in ihrer Nähe war. Das Wasser rann ihr durch die Haare und über ihr Gesicht und vermischte sich mit ihren Tränen. Jetzt konnte sie weinen, denn niemand würde es sehen. Sie schaute zum Himmel und hauchte ein leises „James, wo bist du? Hilf mir!"

Sie lehnte sich an den Baum und konnte einfach Frau sein, ihre Gefühle zulassen und weinen, ohne sich dabei schlecht zu fühlen. Was sie aber nicht ahnte war, dass sie beobachtet wurde und das ausgerechnet von dem Mann, den sie immer als einen ihrer engsten Freunde betrachtet hatte: Klive Benson.

Er war ein alter Freund aus ihrer Kindheit, der schon während ihrer Schulzeit ein Auge auf sie geworfen hatte, dann aber nach London zog, um zu studieren. Er war dort ein angesehener Anwalt gewesen, bis ihn die Trunksucht um seine gute Stellung und sein Ansehen gebracht hatte. Seine Frau hatte ihn mitsamt der Kinder verlassen und er war als gebrochener Mann nach Plymouth zurückgekehrt, wo er als Küster für ihren Vater arbeitete. Von diesem Tag an stellte er ihr nach und versuchte auf jede nur erdenkliche Weise, ihre

Aufmerksamkeit zu erregen. Sie aber hatte nur Augen für James gehabt, was Klive eifersüchtig machte und ihn dazu trieb, sie zu beobachten und alles, was sie tat und ihrem Vater missfallen könnte, eben diesem in jeder einzelnen Kleinigkeit zu berichten. Er war nicht nur abhängig vom Alkohol und ihrem Vater, er war der Sklave der beiden.

So stand sie an den Baum gelehnt und träumte von den Zeiten mit ihrem Liebsten. Den gemeinsamen Ausflüge, dem unbeschwerten Lachen und den Träume, die sie hatten.

Bei einem Ausritt am Strand, es war der letzte Tag, bevor James wieder zur See fuhr, ritten sie gemeinsam auf seinem Schimmel die Küste entlang. Er hatte ihr nicht gesagt wohin, wie meistens, aber sie wusste, dass es auch dieses Mal wieder etwas Besonderes sein würde … wie immer.

Sie hatte hinter ihm gesessen und ihre Arme fest um seine Taille geschlungen und konnte seinen durchtrainierten Körper fühlen, als in der Ferne etwas auftauchte. Es war ein gedeckter Tisch, an dem zwei Stühle standen.

Als sie angekommen waren, stieg James als Erster vom Pferd, ging zu Rebecca und hob sie mit seinen starken Armen herunter auf den Strand. Der warme Sand unter ihren Füssen war ihr Teppich, der Strand ihr Esszimmer und der Himmel über ihnen ihr Dach. Als er sie vom Pferd hob, glaubte sie zu wissen, dass das, was sie gerade erlebte, nie wieder aufhören konnte, nein, es dürfte nie wieder aufhören, es musste für immer sein, aber dieser aufrechte und ehrliche Mann hatte ihr schon vor Tagen gestanden, dass er bald zu seiner letzten, langen Seereise aufbrechen müsse. Nach dieser Reise hätte er endlich genug Geld gespart, um ein Hotel zu eröffnen. Nicht in Plymouth, nein, er wollte sie nicht länger diesen

Machenschaften ihres Vaters aussetzen und sie weit wegbringen, wo sie gemeinsam leben konnten und wo nichts ihrer Liebe im Wege stand.

Wenn James in ihrer Nähe war, schien dieses Ziel zum Greifen nahe, aber jetzt, wo sie nicht nur durch die See, sondern auch durch die Zeit getrennt waren, schien alles so aussichtslos. Rebecca konnte die erneut aufsteigenden Tränen nicht unterdrücken und ließ ihnen freien Lauf. Sie schluchzte, aber das Donnern und der Wind übertönten ihre Verzweiflungsrufe.

◆◆◆

Abraham St. John stand, mit auf dem Rücken zusammengelegten Händen, am Fenster und blickte in den Himmel. Er war ein großer Mann von kräftiger Statur. Er hatte einen langen Vollbart, dunkelbraune Augen und eine Stimme, die so tief war, dass sie den Boden zum Vibrieren brachte, wenn er sprach. So schien es jedenfalls. Er hatte seine Stirn in Falten gelegt und betete leise vor sich hin. Das tat er immer, wenn er in eine scheinbar ausweglose Situation geriet. Doch seine Sorgen galten nicht Rebecca, sondern ihrer jüngeren Schwester Johanna, die er vor einigen Wochen aus dem Haus geworfen hatte. Hatte sie es doch gewagt, sich jeder Regel des Vaters zu widersetzen, ihm fortwährend zu widersprechen und sich gegen seinen Willen die Haare abzuschneiden, sodass sie fast wie ein Mann aussah. Nicht genug, dass sie ständig versucht hatte, alle im Haus mit ihren Ideen einer gerechteren Welt und der Gleichberechtigung zwischen Mann und Frau gegen ihn aufzuhetzen, nein, sie hatte auch versucht, Rebecca davon zu überzeugen, dass die Heirat mit einem völlig fremden und viel älteren Mann sie bis an ihr Lebensende unglücklich machen würde.

Das konnte er auf keinen Fall dulden. Zum einen nicht als Herr des Hauses und zum anderen nicht, weil er ein angesehener Mann des Ortes war. Viele holten sich bei ihm Rat und befolgten diesen, denn ohne Zweifel war er hier im Ort einer der führenden Männer. Er konnte es sich nicht leisten, dass eine seiner Töchter ihm auf der Nase herumtanzte, dies womöglich an die Öffentlichkeit gelangte und er sich so zum Gespött der Bevölkerung machte. Auch er war mit harter Hand erzogen worden und es hatte ihm gutgetan. Er hatte alles erreicht, was er im Leben gewollt hatte. Er hatte Theologie studiert, eine Frau, die ihn respektierte und zwei Töchter, die beide intelligent und ansehnlich waren, wobei das Erste nicht ausschlaggebend war, wie Pfarrer St. John fand. Eine Frau war dem Mann untertan, seine Hilfe. Sie sorgte für genügend Essen und ein gemütliches Heim. Mehr stand ihr nach seiner Auffassung nicht zu.

Da sich aber Johanna seit langer Zeit gegen alles aufgelehnt hatte, was er sagte oder von ihr verlangte und so kurz davor war, seine Weltordnung über den Haufen zu werfen, hatte er schweren Herzens beschlossen, dass es das Beste sei, wenn sie ausziehen und bei den Menschen leben würde, von denen sie immer sprach und für die sie da sein wollte: Arme, Alte und Kranke. Er hatte ihr einen Platz in einem kleinen Kloster etwas außerhalb der Stadt besorgt und war der festen Überzeugung, dass sie dort wieder zur Vernunft kommen würde. Bei einem straff organisierten Tages- und Arbeitsablauf sollte sich der aufsässige Geist in Johanna bald beruhigen und sie würde als reumütige und folgsame Tochter zurückkehren. Davon war er überzeugt. Denn wo, wenn nicht im Kloster, konnte eine Frau Gottesfurcht, Nächstenliebe und Respekt lernen. Entbehrungen und der geregelte Tagesablauf würden ihr

Übriges tun, um Johanna wieder zu dem zu machen, was sie war. In erster Linie eine Frau und natürlich seine Tochter.

Johanna aber war nie in dem Kloster angekommen. Sie war ihren Wachen während der Kutschfahrt aus dem Inneren des Wagens entflohen und entkommen. Die Wache, die aus Klive Benson und seinem ebenso trunksüchtigen Kumpanen Derrick bestand, war weder dazu in der Lage, sie aufzuhalten noch hatten sie den Mut, dem Pfarrer zu gestehen, was genau passiert war. Die Äbtissin wunderte sich zwar über die Nachricht, dass Johanna nicht kommen würde, hinterfragte dies aber nicht weiter. Kannte sie die Familie St. John doch schon sehr lange und wusste um die oftmals wankelmütige Lebensphilosophie der Johanna St. John.

So konnte Johanna zu ihren Freunden fliehen. Es waren einfache Menschen, die sich als Tischler, Handwerker oder Tagelöhner ihr tägliches Brot verdienten. Hier fühlte sie sich wohl und konnte sein, wie sie es sich wünschte: frei.

Von nun an arbeitete sie als Hilfsarbeiterin in Küchen billiger Pubs, fegte Bordsteine vor Geschäften und manchmal half sie kleinen Schulkindern bei den Hausaufgaben oder brachte ihnen das Lesen bei. Je länger sie dort lebte und umso mehr sie ihr altes Leben vergaß, desto glücklicher wurde sie. Sie vermisste es nicht, bedient zu werden, dass pausenlos irgendjemand Aufgaben erledigte, für die man als Angehörige des St. John Clans zu gut war. Nein, sie würde nie mehr dieses oberflächliche Leben führen und sie würde nichts unversucht lassen, ihre Schwester vor den Machenschaften ihres Vaters zu retten.   Johanna hatte sich die Haare so kurz schneiden lassen, dass sie wirklich als junger Mann hätte durchgehen können und nichts deutete darauf hin, dass sie eine Frau aus gehobenem Hause war. Sie hatte sich Kleidung besorgt, die sie in der Menge verschwinden ließ. Sie trug jetzt Hosen und weite Pullover, damit auch ja keine weiblichen Rundungen zu sehen waren. Das funktionierte sehr gut, zumal Jo, wie sie hier von den meisten genannt wurde, viele Freunde hatte und nicht nur arbeitete wie ein Mann, sondern auch für die Rechte anderer kämpfte. Ohne das Wissen ihres Vaters war sie schon seit Jahren immer wieder hierhergekommen und hatte geholfen, wo sie konnte.

Damals hatten sie alle St. Johanna genannt, weil sie Essen und Kleidung für die Ärmsten beschaffte, sich um schwangere, junge Frauen kümmerte und half, wo immer es notwendig war. Uneigennützig und für jeden, der ihre Hilfe brauchte, war sie sofort und zu jeder Tages- und Nachtzeit zur Stelle, was sich häufig schwierig gestaltete, da Abraham St. John sein Hab und Gut immer im Blick hatte. Und selbstverständlich gehörten auch seine Töchter zu seinem Besitz.

Aber davon war sie nun befreit! Sie lebte jetzt in einem kleinen Zimmer über einem Pub. In diesem Zimmer musste sie kochen und schlafen. Die Toilette und das kleine Badezimmer teilte sie sich mit den Gästen, die von Zeit zu Zeit in den anderen zwei Zimmern lebten. Aber das war kein Problem für sie. Johanna war dort, wo sie schon immer am liebsten gewesen war. Schon während ihrer Schulzeit hatte sie alle Stunden, die sie ermöglichen konnte, hier unten am Hafen verbracht. Als Kind hatte es immer etwas Verbotenes gehabt und war Abenteuer pur gewesen, jetzt aber, sie war Anfang zwanzig, trieb sie die Liebe hierher in der Person von Christian Aberton.

Christian war Schmied. Er hatte dieses Handwerk von seinem Vater erlernt. Johanna und er kannten sich erst seit Kurzem, aber als sie ihn zum ersten Mal sah, ahnte sie schon, dass sie ihn nicht mehr würde vergessen können.

Er stand da in seiner Schmiede mit nacktem Oberkörper und bei jedem Schlag, den er ausführte, stoben die Funken auf und schienen ihm nichts anhaben zu können. Seine langen, blonden Haare hatte er zu einem Zopf zusammengeflochten und seine blauen Augen wirkten wie Sterne in einer klaren Nacht. Auch Christian, der im Gegensatz zu ihrem alten Herren wirklich etwas für die Armen tat und Nächstenliebe lebte und nicht nur, wie die meisten in der Kirche, davon redete, war sofort angetan von der Pfarrerstochter. Sie hatten sich gesehen, verstanden und ineinander verliebt. Diese heimlich Liebe dauerte nun schon 2 Jahre und es gab Zeiten, in denen es schwer für die beiden gewesen war, sich zu sehen, aber dennoch hielt sie ein Band zusammen, das stärker war als alles andere.

Jetzt stand ihrer Liebe nichts mehr im Wege. Sie waren frei, jung und konnten gehen, wohin sie wollten, aber sie wollten hier bei ihren Freunden bleiben und Christian bei seinem Vater Pat, der inzwischen alt war und seine Hilfe brauchte. Er konnte nicht mehr alleine gehen. Was ihm fehlte, konnte jedoch kein Arzt herausfinden. So lebten die beiden Männer zusammen und Christian versuchte seinem Vater so viel zu helfen, wie es ging.

Die Familie Aberton lebte schon seit Generationen in Plymouth und alle Männer in dieser Familie waren Schmiede gewesen. Ein ehrbarer Beruf, wie der alte Pat immer betonte und dass nichts verkehrt daran sei, wenn ein Mädchen, ganz egal aus welcher Schicht und wenn sie mit der Königin verwand sein sollte, einen Schmied heiratete. Wenn er das sagte, schaute er immer tief in Johannas Augen und wusste wahrscheinlich, dass sie und sein Sohn nur noch auf den richtigen Zeitpunkt warteten. Auch die beiden waren sich ihre Sache sicher und wussten, dass sie in nicht allzu ferner Zukunft Mann und Frau sein würden.

◆◆◆

Weit draußen auf dem Meer blickte James Ferguson in die dunkle Nacht. Er hatte die Nachtwache, was ihm am liebsten war, denn in dieser Zeit war Ruhe auf dem Schiff. Man hörte, wie die Wellen gegen den Rumpf schlugen und der Wind durch die Takelage ging. Niemand war da und unterbrach seine Gedanken, die fortwährend bei seiner geliebten Rebecca weilten. Was tat sie jetzt, wo er fort war und sie in absehbarer Zeit Clark Peterson, den Handelsattaché heiraten sollte? Würde sie wirklich auf ihn warten? Würde sie sich gegenüber ihrem Vater durchsetzen und diese Zwangsheirat umgehen können?

James holte tief Luft und betrachtete den Sternenhimmel über sich. Es erinnerte ihn an eine der ersten heimlichen Treffen mit Rebecca. Sie hatten sich auf einer kleinen Lichtung im Wald getroffen. Nachdem sie sich ihre Liebe gestanden und sich lange unterhalten und gemeinsam von ihrer Zukunft geträumt hatten, legten sie sich auf die Decke und betrachteten, wie jetzt er, den Sternenhimmel. Sie hatte ihm gestanden, dass sie kein einziges Sternbild kenne und so zeigte James ihr den Nordstern und sagte ihr, dass sie, wo immer er auch sei, nur zum Nordstern hinaufsehen solle und der würde ihr sagen, was sie wissen wolle. So könne sie sich auch seiner Liebe vergewissern. Er werde es ihr gleichtun.

James schaute in den Himmel und sah den Nordstern in einer Art und Weise an, dass man hätte denken können, er wolle ihn mit seinen Blicken durchbohren und wäre nicht ein Ruck durch das Schiff gegangen, als sei es auf Grund gelaufen, so hätte er noch längere Zeit so dagestanden.

Es schien aber nur eine Welle gewesen zu sein, denn die Royal Highness machte weiter ruhige und stetige Fahrt und durchpflügte mit ihrem massiven Bug die See. James startete seinen Kontrollrundgang. Er überprüfte den Kurs, den der alte Steuermann aber genauestens hielt und machte eine kleine Runde an Deck. Alles schien zu sein, wie es sein sollte und so kehrte er aufs Achterdeck zurück und nahm wieder seine Position an der Reling ein.

Er stopfte sich seine kleine Pfeife, ein Abschiedsgeschenk Rebeccas, hielt sie vorsichtig mit Daumen und Zeigefinger und zündete sie mit einem Streichholz an. Wäre die ganze Situation nicht so verfahren und scheinbar aussichtslos gewesen, hätte er diesen Moment genießen, ja fast romantisch finden können. Doch seine Gedanken weilten bei Rebecca, die jetzt ohne seine Hilfe und Unterstützung stark bleiben musste. Stark gegenüber einem Vater, der zwar immer ein Fels in der Bandung für seine Familie gewesen war, an dem aber mindestens genauso viele Träume und Wünsche zerschellt waren.   Er schaute hinauf zum Nordstern und schickte über ihn all seine Liebe und Kraft an seine Rebecca mit der Hoffnung, dass es ihr helfen möge.

◆◆◆

Unterdessen schlich Klive Benson seiner angebeteten Rebecca unauffällig durch den Wald hinterher, in dem sie manchmal spazieren ging, um allein zu sein und ihren Gedanken freien Lauf lassen zu können. Er beobachtete jeden Schritt, den sie machte und hatte das Gefühl, ihr heimlicher Beschützer zu sein, ihr guter Geist, ihr Schutzengel. Wie lange begehrte er sie nun schon?

Er empfand nicht erst seit seiner Rückkehr so, nein, er war aus diesem verdammten Plymouth regelrecht geflohen, um sie nicht jeden Tag sehen zu müssen und immer wieder daran erinnert zu werden, dass er diese Frau nie würde haben können.

Der Regen hatte ihr Kleid durchnässt und fast durchsichtig gemacht, was sie für ihn nur noch begehrenswerter machte. Er konnte ihren Körper zwar noch immer nur erahnen, doch an einigen Stellen konnte man ihre weiblichen Rundungen doch sehr gut erkennen.   Sie war die Göttin unter den hier lebenden Frauen, nein, sie war die Göttin aller Frauen. Sie war klug, liebevoll und dazu besaß sie einen Körper, von dem selbst Michelangelo gewünscht hätte, ihn in Stein meißeln zu dürfen.

Da Klive aber weder Bildhauer noch gutaussehend und schon gar nicht im engeren oder erweiterten Kreis der Bewerber um ihr Herz war, blieb ihm nichts anderes übrig, als sie aus der Ferne zu begehren. Außerdem hatte er auch keine andere Möglichkeit, denn der alte St. John hatte ihn fest im Griff. Ohne seine Stellung als Kirchendiener hätte er weder Einkommen noch eine Wohnung. Da er sich dessen bewusst war, wollte er es sich auf keinen Fall mit Abraham St. John verderben und führte seine Befehle zwar ohne Murren aus, aber nicht ohne sie zu hinterfragen.

Klive führte genauestens Buch über Befehle, Bitten und Gespräche mit dem Pfarrer und hatte die Hoffnung, dass sich seine akribische Auflistungen dieser Dinge eines Tages für ihn auszahlen würden.

Während er über all dies nachdachte, hatte er Rebecca aus den Augen verloren. Wo konnte sie sein? Es wurde dunkel und sie würde mit Sicherheit zum Pfarrheim zurückkehren. Nach einer kurzen Orientierungspause machte er den Weg zurück zum Haus der St. Johns und nahm die Verfolgung wieder auf. Er kam sich vor wie ein Wolf, der unmittelbar davor war, seine Beute zu reißen. Klive Benson war der festen Überzeugung, dass Rebecca St. John eines Tages ihm gehören würde und wenn er sie nicht haben konnte, dann sollte ihm schon gar nicht so ein Lackaffe von Seemann den Rang ablaufen, der diese Frau zu oft und zu lange alleine ließ.

In gebückter Haltung schlich er auf den Rand des Waldes zu, genau in der Richtung, in der das Heim der St. Johns liegen musste. Er durfte sich jetzt keine Fehler erlauben. Es war noch zu früh, um seinen heimtückischen Plan in die Tat umzusetzen und den Alten so unter Druck zu setzten, dass er ihm, Klive Benson, die Hand seiner geliebten Tochter Rebecca zur Ehe freigab.

In der Zwischenzeit bereitete Elizabeth St. John, gemeinsam mit dem Personal, das Abendessen vor. Auch das war an normalen Tagen ein Vergehen gegen bestehende Regeln im Hause St. John. Doch der heutige Abend war etwas Besonderes. Sir Patrick Hamesworth würde heute Abend Rebecca seine Aufwartung machen. Er war zwar etliche Jahre älter als ihre Tochter, doch die Wahl ihres Mannes erschien ihr logisch und gut für das Mädchen. Und auch wenn es sich jetzt noch sträubte, so würde es doch lernen, Sir Patrick zu lieben. Oder doch nicht?

Sie hatte damals so gehandelt und ihr war es nie schlecht ergangen. Im Gegenteil. Als Frau eines Pfarrers genoss man immer Ansehen und Respekt und ihren Töchtern sollte es einmal besser gehen als ihr. Johanna wusste sie nun in Sicherheit. Sie war nicht wie ihr Vater vermutete im Kloster, sondern in der Stadt bei dem alten Pat Aberton und seinem Sohn. Pat war ein Freund aus ihrer Vergangenheit. Johanna fühlte sich dort wohl und war glücklich und wenn sie sich auch ein wenig Sorgen machte, weil ihre Tochter dieses Vagabundenleben ja nicht ewig führen könnte, war sie doch guten Mutes.

Vielleicht würde ihr Mädchen ja einen lieben, ordentlichen Mann finden, mit dem sie durchs Leben gehen könnte.

Sie war in jungen Jahren genau wie Johanna gewesen – freiheitsliebend, nie um eine Antwort verlegen und selbstbewusst. Doch mit der Heirat und der Verantwortung für das Ansehen ihres Mannes und der Familie, waren diese Wünsche immer weiter in den Hintergrund getreten und schließlich versandet. In manchen Stunden, wenn Abraham St. John mit Johanna hart ins Gericht gegangen war, hatte sie sich ihren Mut von damals zurückgewünscht und hätte sich am liebsten vor ihre Tochter gestellt, ihrem Mann tief in die Augen geschaut und ihm seine Grenzen aufgezeigt.

Doch sie hatte nie den Mut aufgebracht, sich zwischen die Entscheidungen ihres Mannes und ihre eigenen Gefühle zu stellen. Sie hatte irgendwann aufgegeben, gegen die innere Leere zu kämpfen, die sie empfand, wenn er abends neben ihr im Bett lag.   Nie wieder würde sie sich so frei fühlen wie damals, als sie jung und verliebt gewesen war. Doch der Mann, den sie liebte, starb und so war sie alleine mit zwei kleinen Kindern und hatte doch alles tun müssen, damit es ihnen gut geht und sie es eben besser haben würden als sie.   Wie es der Zufall wollte, arbeitete sie zu der Zeit als Küchenmagd in einem Pfarrheim westlich von Bristol, in dem gerade ein neuer, junger Pfarrer seine Stelle angetreten hatte. Zu Beginn herrschte ein respektvoller Abstand zwischen den beiden, doch irgendwann gestand er ihr seine Gefühle und ohne lange zu zögern, sagte sie „Ja" zu seinem Antrag.

Was konnte einer alleinstehenden Mutter mit zwei hungrigen Kindern denn Besseres passieren? Es war eine wunderbare Hochzeit und sie war der Überzeugung, dass er sie aus Liebe heiratete. Ziemlich schnell aber musste sie einsehen, dass er sie geheiratet hatte, um eine weitere Dienstmagd im Hause zu haben und bei jedem noch so kleinen Widerspruch ihrerseits, donnerte ein Gewitter von Beschimpfungen auf sie herein, die immer mit der Drohung endeten, dass er nur sie herauswerfen, die Kinder aber bei sich behalten würde und sie sie nie wiedersehen würde.

Aus Angst, er könne dies eines Tages in die Tat umsetzen, schwieg sie von dem Moment an. Egal, was er tat oder sagte. Mit jeder weiteren Zustimmung, die doch eigentlich Protest sein wollte, fühlte sie, wie sie ihren Stolz ein bisschen mehr verlor.

Sie hatte sich immer vorgenommen, als Mutter das Beste für ihre Kinder zu tun. Aber war es richtig, über das Leben anderer zu bestimmen, sie zur Unterwürfigkeit zu erziehen und dann noch gegen ihren Willen zu verheiraten?

Sie wusste, dass sie etwas unternehmen musste. Eine Tochter schien sie schon verloren zu haben. Aber die zweite jetzt auch noch? Das konnte nicht richtig sein und langsam regte sich in ihr der alte Geist aus vergangenen Tagen, der ihr zu sagen schien, dass wenn sie nichts täte, sie bald alleine und unglücklich zurückbleiben würde mit dem Wissen, dass sie es hätte verhindern können.

Sicherlich war Sir Patrick eine ausgezeichnete Wahl und Rebecca würde es sehr gut bei ihm gehen, aber sie würde nicht glücklich sein und das machte Elisabeth Sorgen und ließ sie seit Nächten nicht mehr schlafen. Sie hatte oft versucht, mit ihrem Mann darüber zu reden, aber der drohte ihr immer noch auf die gleiche Art und sie zog sich jedes Mal wieder zurück und ließ den Dingen ihren Lauf.

Sie wollte sich nicht länger unterdrücken und einsperren lassen, aber sie brauchte Hilfe. Alleine würde sie es nicht schaffen, dem weitverzweigten Netz von Spionen und Häschern ihres Mannes zu entkommen. Sie würde sorgsam abwägen müssen, wem sie sich anvertrauen konnte.

Sie brauchte die Hilfe von Johanna, doch wie sollte sie sie erreichen?

In der Zwischenzeit war Rebecca zurückgekehrt und bereitete sich auf das Treffen mit Sir Patrick vor. In ihrer Brust wohnten zwei Seelen. Die eine gehörte fraglos ihrem James, doch die andere verschaffte sich auch immer wieder Gehör. Sie hatte Pflichten ihrer Familie gegenüber, auch wenn sie dies nur allzu gern ignoriert hätte und so wollte sie denn weder ihren Vater noch ihren zukünftigen Ehemann enttäuschen und verwandelte sich von der verliebten und verzweifelten Frau in eine aufrechte Dame, die genau wusste, was sie zu tun hatte. Ungeachtet dessen, was sie fühlte und sich für ihr Leben erträumt hatte – eine Liebe, die tiefer war als jeder Ozean und heißer und länger brennen würde als jede Sonne im Universum

Doch mit James Abreise und ihrer bevorstehenden Vermählung schien dieser Traum zu Ende zu sein. Sie musste aufwachen und sich in ihr Schicksal fügen und das hieß, eine Mrs. Patrick Hamesworth zu werden, so zu leben und vor allem, sich so zu verhalten. Sie hatte in den letzten Jahren gelernt, Dinge zu ertragen, die sie selber nicht ändern konnte oder die jedenfalls so aussahen, als könne sie sie nicht ändern.

Sie zog sich eines ihrer Abendkleider an, wählte den dazu passenden Schmuck aus und nachdem sie auch die passenden Schuhe gefunden hatte, warf sie noch einen Blick in Richtung ihres Fensters.

Sie wünschte sich weit weg von diesem Ort, an dem ihr Leben schon in jungen Jahren ein Ende zu nehmen schien. Sie ging zu dem kleinen Tisch, der unter ihrem Fenster stand, öffnete die kleine, versteckte und verschlossene Schublade mit dem Schlüssel, den sie immer bei sich trug und holte den letzten Brief von James hervor.

Vorsichtig entfaltete sie die Seiten und las die Worte, die sie so vermisste und es war so, als würde sie, während sie seine letzten Gedanken las, seine Stimme hören. Und jetzt, in diesem Moment der stillen Einsamkeit, hörte sie nicht nur seine Stimme, sie konnte auch fühlen, wie er sie mit seinen muskulösen Armen an sich drückte und ihr die Liebe und Sicherheit gab, von der sie immer geträumt hatte. Ja, es würde

nie einen anderen Mann außer James Ferguson in ihrem
Leben geben. Eher wollte sie sterben.

Geliebte Rebecca,
ich schreibe diese Worte aus den Tiefen meiner Seele und
wünsche mir, dass sie Dich erreichen mögen. Wir beide wissen,
dass unsere Liebe aussichtslos scheint, doch in dieser Welt, in
der Schiffe um die Welt segeln und jeden Tag etwas Neues
passiert, gibt es auch einen Platz für unsere Liebe. Dessen bin
ich mir sicher und ich bete zu Gott, dass auch Du dieses
Vertrauen hast, ganz egal, wie aussichtslos die Lage
momentan scheint. Niemand wird unsere Liebe bezwingen.
Weder eine Heirat, noch Tot, noch Teufel, das Meer oder die
Entfernung.
Wenn Du diese Worte liest, werde ich schon in Richtung
Amerika aufgebrochen sein und deshalb schreibe ich Dir diesen
Brief, denn meine Worte sollen Dich an all das erinnern, was
wir gemeinsam hatten und sollen Dir sagen, dass ich Dich
immer lieben und Dir immer nah sein werde.
Es wird der Tag kommen, an dem Du Dich fragen wirst, wie
lange dieses unerträgliche Versteckspiel noch dauern soll und
wir gemeinsam in ein Leben voller Liebe und Zuversicht
schauen können.
Meine Geliebte, hier die Adresse eines guten und
langjährigen Freundes, der mir versprach, unserer Liebe
helfend zur Seite zu stehen.
Und ab hier war die Schrift in dem Brief verschwommen,
scheinbar hatte Wasser die Tinte gelöst und verwaschen und
unleserlich gemacht. Sie konnte nur noch einzelne Buchstaben
entziffern. Aber weder der Name des Freundes noch ein
Buchstabe der Adresse war zu erkennen.

Nicht der kleinste Hinweis auf fremde Hilfe war zu finden. Egal, wie sie das Papier drehte, ob sie es gegen das Licht hielt, oder über eine Kerze. Ganz gleich, was Rebecca versuchte, nichts wollte ihr den Namen ihres Retters verraten. Der einzige Mensch, der irgendwo hier ganz in der Nähe nur auf ein Zeichen wartete, um die Liebe zwischen zwei Menschen zu verteidigen, blieb versteckt auf dem Papier. So nah und doch unerreichbar ... gerade so wie James.

In ihre Gedanken hinein ertönte das Läuten der Türglocke und sie wusste, ab jetzt waren keine Gefühle, sondern nur noch erlerntes und standesgemäßes Verhalten gefragt und sie wusste nur zu genau, wie man sich verhalten musste. Die Jahre, die sie auf einem Mädcheninternat für höhere Töchter verbracht hatte, waren nicht spurlos an ihr vorübergegangen und hatten sie exakt auf Situationen wie diese heute Abend gründlichst vorbereitet. Sie faltete den Brief und legte ihn behutsam zurück in die Schublade, verschloss diese und legte den Schlüssel in das Amulett, das sie zum 18. Geburtstag von ihrer Mutter geschenkt bekommen hatte. Das Amulett versteckte sie unter ihrem Kleid. Niemand würde es hier finden. Sie streckte sich, legte ein Lächeln auf, drehte sich und schritt in Richtung der Tür, hinter der ihr neues Leben wartete. Sie durfte nicht länger träumen!

Ihre Finger berührten die Türklinke und es fühlte sich so an, als würde sie James Hand loslassen und ihn für immer verlieren. Sie durfte jetzt nicht weiter an James denken, sondern musste sich verhalten, wie es sich für eine Frau wie sie geziemte und wie es von ihr erwartet wurde.

Sie ging zur Treppe und hörte schon die Stimme ihres Vaters, die ihrer Mutter und die des Gastes, Sir Patrick Hamesworth, die belanglose Freundlichkeiten austauschten. Sie hatte den oberen Absatz der Treppe erreicht und drei Augenpaare sahen sie bewundernd von unten her an. Sie hatte ihr schwarzes Abendkleid angezogen, dazu trug sie ihre Perlenkette, ein Erbstück ihrer Großmutter und ihre samtenen Schuhe.

Langsam, Stufe für Stufe schritt sie die Treppe nach unten, ihre langen blonden Haare wippten bei jedem Schritt auf ihren Schultern und ließen sie erscheinen wie eine griechische Göttin, die geradewegs vom Olymp herabsteigt. Eine verzweifelte Göttin, die sich weder ihre Verzweiflung noch ihre Abscheu vor dem, was da unten auf sie wartete, anmerken ließ.

„Guten Abend, Rebecca, Sie sehen heute Abend wieder ganz zauberhaft aus", hörte sie Sir Patrick mit seiner kratzigen Stimme sagen, „darf ich Ihnen bei der letzten Stufe behilflich sein?", fügte er hinzu und reichte ihr seine Hand mit den kurzen, dicken Fingern.

Rebecca war nie aufgefallen, wie klein und korpulent dieser alte Mann war und die Verzweiflung in ihr schüttelte sie bei dem Gedanken, dass sie ihn heiraten sollte. Aber das hatte noch etwas Zeit und bis dahin würde ihr irgendeine Lösung einfallen müssen.

Sie gingen ins Wohnzimmer und Sir Patrick hielt die ganze Zeit ihre Hand, als schien er zu ahnen, dass sie nichts anderes im Kopf hatte, als einfach davonzulaufen. Er musste ungefähr 10 cm kleiner sein als sie, ging leicht nach vorne gebeugt und wirkte eher wie ein alternder Buttler, denn wie ein einflussreicher Mann. Sein Anzug war handgefertigt und maßgeschneidert und durch sein graues, dünnes Haar konnte man seine weiße Kopfhaut sehen.

Ein eiskalter Schauer lief Rebecca über den Rücken bei dem Gedanken, in nicht allzu ferner Zukunft mit diesem Mann Tisch und Bett zu teilen.

Sir Patrick ließ sich in einem Sessel in der Nähe des brennenden Kamins neben Rebecca nieder. So platziert und ausgestellt fühlte sie sich mit jedem Atemzug mehr wie eine Jagdtrophäe, die über einem Kamin hing. Sie saß regungslos neben dem Sessel, in dem ihre Zukunft saß und hätte schreien mögen, aber tat es nicht. Sie hätte weglaufen wollen, doch sie konnte nicht. Hatte sie Angst, ihr eigenes Leben in ihre Hände zu nehmen? Was hatte sie zu befürchten, außer dem Zorn ihres Vaters? Die Enttäuschung von Sir Patrick?

Sie wusste es genau. Sie blieb, weil sie Angst um ihre Mutter hatte, die dann alleine wäre und aufgrund des Verhaltens ihrer Tochter noch weniger das Leben einer unabhängigen Frau leben konnte, als sie es ohnehin schon tat.

Ja, Rebecca tat es für ihre Mutter.

◆◆◆

Genau an diesem Abend, nur ein paar Kilometer entfernt, saß Johanna mit Christian, Pat Aberton und mehreren Freunden in der Küche der Schmiede und aß ihr Abendbrot. Alle erzählten von ihrem Tagewerk und was sie den Tag über erlebt hatten. Sie waren in ausgelassener und guter Stimmung, tranken Wein und Bier und ließen sich das Essen schmecken.

Pat Aberton schaute zu Christian und Johanna, griff über den Tisch, nahm ihre Hände und drückte sie.

„Johanna, es ist eine Wohltat so eine junge, schöne und selbstbewusste Frau an der Seite meines Sohnes zu wissen", sagte er, drückte noch einmal ihre Hand und lehnte sich wieder in seinen Holzstuhl zurück. „Aber was treibt eine Frau, die ein gutes und wohlhabendes Zuhause hat, wie du es besitzt, zu uns einfachen Leuten?"

Sie sah ihm in seine stahlblauen Augen, lehnte sich ein kleines Stück nach vorn über den Tisch und antwortete: „Die Freiheit, Pat, es ist die Freiheit. Die Freiheit zu leben, wie ich will, zu sagen, was ich denke und den Mann zu lieben, der in meinem Herzen wohnt." Während sie das sagte, drehte sie ihren Kopf zu Christian und küsste ihn vorsichtig auf die Wange.

„Und bitte, nennt mich Jo. Johanna hört sich immer so an, als würde ich mit meinem Vater am Tisch sitzen und er würde mir wieder eine seiner endlosen Vorträge darüber halten, was ich als Frau und Tochter zu tun und zu lassen hätte. Also bitte ich euch alle hier in der Runde, nennt mich Jo!"

Hank, der Tischler, sprang wie von einer Tarantel gestochen auf, stellte sich breitbeinig in Pose und rief: „Auf Jo, die erste Frau hier am Tisch, die auch mal Männern ihre Meinung sagt."

Alle stießen mit ihren Bechern an und prosteten Jo zu.

Christian nahm sie in seinen Arm und drückte sie an sich, denn er war nicht nur glücklich, sondern auch sehr stolz, mit einer Frau wie Johanna zusammen zu sein und es machte ihn ebenfalls glücklich, dass sein Vater genauso empfand.

An diesem Abend wurde ausgelassen geredet, philosophiert, über Politik gesprochen und zum Schluss gesungen. Zu später Stunde verabschiedeten sich alle voneinander und gingen nach Hause. Niemand von ihnen hatte einen sonderlich weiten Weg, da alle in der Nähe der Schmiede lebten. Auch Johanna ging, begleitet von Christian, in Richtung ihrer Wohnung.

Als sie so Hand in Hand die Straße Richtung Pub gingen, zog er sie an sich, umarmte sie und fragte sie: „Jo, wir kennen uns seit zwei Jahren und ich habe noch nie in meinem Leben so viel für eine Frau empfunden, wie ich es für dich tue. Willst du meine Frau werden?"

Er kniete sich vor sie, griff in seine Jackentasche und holte einen Ring heraus, den er offensichtlich selber geschmiedet hatte und der statt eines Edelsteines zwei kleine Hände hatte, die ineinandergriffen. Es war ein so schöner Ring und Johanna konnte nicht glauben, dass jemand so etwas für sie gefertigt hatte.

„Natürlich will ich", hauchte sie den Tränen nahe, „natürlich, wen auf der Welt sollte ich wollen, wenn nicht dich?"

Sie fielen sich in die Arme und küssten sich. Er hob sie hoch, nahm sie auf seine Arme und trug sie zurück zur Schmiede.

Als sie die Schmiede betraten, saßen alle Freunde, die so getan hatten als würden sie nach Hause gehen da und sofort begannen sie zu applaudieren, zu gratulieren und jeder schien irgendwoher ein Instrument geholt zu haben. Dann wurde die ganze Nacht getrunken, gesungen und getanzt.

Johanna hatte noch nie in ihrem Leben so ausgelassen und frei gefeiert, so unbeschwert gelebt. Dann dachte sie an ihre Schwester und ihre Mutter. Ihr war klar, dass sie etwas tun musste und dass nur diese Menschen hier ihr eine Hilfe sein konnten, ihre Familie – und dabei dachte sie nur an Rebecca und Elizabeth –, aus den Händen des Mannes zu befreien, der ihr ganzes Leben lang versucht hatte zu bestimmen, was sie anzog, wo sie hinging, was sie sagte und oft genug auch, was sie zu denken hatte.

Es musste endlich Schluss sein mit der Tyrannei dieses alten Mannes. Aber für diese Nacht sollten ihre Gedanken ganz ihrem geliebten zukünftigen Mann gehören und schon bald würde sie eine Aberton sein und endlich den Namen St. John ablegen können.

Für immer befreit!

◆◆◆

Zur selben Zeit, weit draußen auf dem Meer, durchpflügte die Royal Highness die See. Der Wind hatte aufgefrischt, die Wellen schlugen höher und an Deck wurde alles festgezurrt, was noch nicht gelascht war.

James lag in seiner Koje, wachte aber von der unruhigen See auf. Nachdem er seine Uniform angelegt hatte, ging er an Deck. Der Himmel war dunkelgrau, fast schwarz und es war schon wieder so dunkel, als ginge es auf die Abendstunden zu. Es war jedoch erst um die Mittagszeit. Er kletterte die Stufen zum Achterdeck empor, grüßte den Steuermann und salutierte vor dem Kapitän, der neben diesem stand.

„Guten Morgen, Sir", sagte James.

„Morgen, Ferguson, hat Sie die See aus dem Bett geworfen?", lachte der Kapitän, „ein herrliches Wetter. Genau das Richtige für Männer wie uns. Das Schiff liegt gut im Wind, wir machen ordentlich Fahrt und wir werden bei diesem Kurs unser Ziel möglicherweise einen Tag früher erreichen. Die

Highness ist schon ein tolles Stück Holz", lachte er und schlug James auf die Schulter. „Das ist richtig, Sir, ein tolles Schiff und stabil gebaut, wie fast alles, was aus England kommt."

Beide lachten und während sie das taten, schlug am Bug eine Welle an, so stark, dass die Royal Highness laut ächzte, dann für einen Augenblick in der tosenden See stecken blieb, um sich danach wieder mit dem Bug voran in das nächste Wellental zu graben.

„Sag ich doch, Ferguson, ein tolles Schiff", lachte der Kapitän erneut und stellte sich wieder in Pose.

„Lassen Sie uns einen Tee trinken und überlegen, was wir noch tun müssen, um so sicher wie möglich durch den Sturm zu kommen!"

Er orderte noch einen zweiten Steuermann ans Ruder, da das Schiff durch die Wellen so hin und hergeworfen wurde, dass ein Mann alleine den Kurs nicht mehr zuverlässig halten konnte, dann ging er voran unter Deck in seine Kabine und bot James einen Platz an.

James schaute aus den Fenstern der Kaptänskabine und konnte sehen, wie mühsam sich diese Nussschale den Weg durch die Wellen kämpfte.

Auch wenn er nicht unerfahren auf dem Meer war, so erfüllte ihn so ein Sturm immer wieder mit Respekt und Ehrfurcht vor der Natur, denn er wusste: Auf dieser Welt war nichts so stark wie das Meer und was es wollte, das holte es sich.

Während die Männer sich gegenüber saßen – James machte sich Notizen, was noch zu vertäuen sei – tauchte die Highness in ein Wellental ein und es kam beiden Männern so vor, als würden sie geradewegs einen Wasserfall hinabfahren, bis das Schiff wieder einmal im Wasser stehen blieb, als sei es direkt in eine Steinmauer hineingefahren.

Doch so lange sie auch warteten, sie bewegte sich nicht mehr, weder nach vorne noch wurde sie zurückgeworfen. Das ganze Schiff schien unter der Last des Drucks auseinanderzubrechen. Es schrie auf und noch bevor die Männer genau wussten, was sie tun sollten, strömte Wasser von überall her und riss sie mit sich. Egal, wie stark sie kämpften und sich versuchten gegen die Fluten zu wehren, das Wasser war stärker und sie mussten sich ergeben.

Die HMS Royal Highness war gesunken.

◆◆◆

Der Nachmittag war wie immer ruhig im Hause St. John. Rebecca saß in ihrem Zimmer, während ihre Mutter sorgenvoll dem Personal Anweisungen für das Abendessen gab. Sie machte sich Gedanken über Rebecca und die bevorstehende Hochzeit.

Abraham St. John war im Auftrage seiner Kirche nach London unterwegs, um einen neuen Kollegen abzuholen, mit dem er sich die Pfarrstelle teilen sollte. Er hatte darum gebeten, da er sich auf seine Familie und andere wichtige Aufgaben konzentrieren wollte.

Die Stelle war genehmigt worden, Hilfe unterwegs und er würde sich jetzt darauf beschränken, dafür zu sorgen, dass mit der Hochzeit zwischen Rebecca und Sir Patrick alles glatt laufen und niemand ihm ein Strich durch seine Rechnung machen würde. Denn erst mit dieser Verbindung zwischen den

Familien wäre sein zukünftiger Einfluss gesichert und er würde es zu verhindern wissen, dass irgendjemand seinen Plan durchkreuzte.

Der ungeliebte Nebenbuhler James Ferguson war weit draußen auf See und würde so bald nicht zurückkehren, die widerspenstige Tochter war aus dem Haus und so schien sich alles zu fügen, wie er es geplant hatte.

◆◆◆

Der Morgen begann bei der jungen Familie Aberton mit Lachen und der Aussicht, endlich gemeinsam ein Leben zu beginnen, das von Glück und Zufriedenheit dominiert würde. Die drei saßen am Tisch und frühstückten, als es an der Tür klopfte.

Draußen stand Elizabeth St. John, den Tränen nahe und bat um Einlass. Johanna und ihre Mutter umarmten sich. Elizabeth St. John begrüßte Pat und Christian. Dann nahm sie am gedeckten Frühstückstisch Platz. Zunächst ein wenig befangen, begann sie sorgenvoll zu erzählen, was ihr Mann im Schilde führte. Sie berichtete von dem Abend, an dem Sir Patrick zu Besuch gekommen war und dass sie förmlich beobachten konnte, wie die Lebensfreude aus Rebeccas Augen wich. Sie schilderte die Wutanfälle ihres Mannes und gestand, dass sie aus Angst um ihre Tochter diesen Mann nicht verlassen würde.

Es tat einfach gut unter Menschen zu sein, mit denen man offen sprechen konnte, ohne Angst haben zu müssen, dass bei einem falschen Wort ein verbales Donnerwetter über einem hereinbrechen würde. Sie saßen zusammen und redeten und redeten, schmiedeten Pläne und als Johanna ihrer Mutter von der bevorstehenden Hochzeit mit Christian erzählte, konnte diese nicht mehr an sich halten und weinte vor Glück.

Eine ihrer Töchter hatte das Glück gefunden und jetzt war es an ihr, der anderen zur Seite zu stehen und das Möglichste zu tun, um sie nicht zu verlieren. Denn wenn Rebecca erst verheiratet und aus dem Haus sein würde, wären Elizabeths Chancen, sie zu sehen und Kontakt zu ihr zu halten, erheblich geringer.

Nach der Hochzeit sollte Rebecca mit Sir Patrick England verlassen und nach Indien ziehen, wo er eine Stelle im Konsulat antreten würde. Das bedeutete, dass sie sich auf immer und ewig von ihrer Tochter trennen musste und nicht wüsste, wie das Mädchen mit seinem Schicksal zurechtkäme. Das würde sie nicht zulassen. Egal, was es kostete oder wie die Konsequenzen aussahen.

Die Zeit verging wie im Flug und Elizabeth merkte nicht, dass es draußen schon dunkel wurde.

„Du kennst ja deinen Vater", sagte sie in Richtung Johanna, die nur entgegnete, „er ist und war nie mein Vater und auch nicht der von Rebecca."

Dabei nahm Johanna das Gesicht ihrer Mutter zwischen ihre Hände und sah ihr tief in die Augen und Elizabeth merkte, wie ernst ihre Tochter diesen Satz meinte und wie tief die Abscheu gegen den Mann saß, der die Familie vor Jahren gerettet hatte. Aber nie hätte Elizabeth vermutet, wie viel Hass sich in ihrer Tochter gestaut hatte.

„Er ist in London und wird erst in zwei Tagen zurück sein. Wenn ihm nichts dazwischenkommt", vertraute sie Johanna an. Eine letzte Gnadenfrist.

Elizabeth St. John verabschiedete sich und verließ das bescheidene, neue Heim ihrer Tochter mit einem guten Gefühl im Herzen. Sie machte sich auf den Weg nach Hause, mit dem Ziel, Rebecca zu helfen, aus dieser scheinbar ausweglosen Situation herauszukommen und sie hatte nun auch einen Plan.

Sie würde dafür sorgen, dass Rebecca auf dem schnellsten Wege zu einer alten Freundin in der Nähe von Blackpool reiste, um von dort aus nach Irland überzusetzen. Dort konnte sie bei entfernten Verwandten leben, zu denen sie vor einiger Zeit wieder Briefkontakt aufgenommen hatte. Da musste das Mädchen einfach sicher sein, da es ihre Familie war und ihr Mann nichts von diesem Kontakt und auch nichts von den Verwandten wusste. Elizabeth bestärkte dieses Gefühl und sie fürchtete sich nicht, nach Hause zu kommen.

Als sie auf ihr Haus zuritt, sah sie, dass irgendetwas nicht stimmte. Sie zügelte das Tempo ihres Pferdes, um in sich in Ruhe einen Überblick zu verschaffen. Ihre Blicke tasteten systematisch die Vorderseite des schon in der Dämmerung liegenden Hauses ab und sie konnte beobachten, wie Rebecca regungslos vor dem Spiegel stand und scheinbar mit sich selbst redete, denn es war niemand anderes zu sehen.

Etwas beunruhigt stieg sie vom Pferd, brachte es in den Stall und machte sich sofort auf, um herauszufinden, was ihre Tochter alleine in dem verlassenen und ebenso freudlosen Haus machte. Sie wollte Rebecca eine Hilfe sein und alles dafür tun, dass sie mehr Glück in ihrem Leben hätte als sie selbst.

Sie eilte ins Wohnzimmer und sah, dass Rebecca nicht alleine war. Ein unbekannter Mann Mitte 20 stand in Uniform in angemessener Entfernung vor ihr. Er hatte einen sehr buschigen Schnurrbart und sah wie ein Seemann aus. Als er

Elizabeth sah, schien er sich noch einmal neu auszurichten und bat förmlich um Verzeihung, aber er sei im Auftrag der Marine gekommen, um Rebecca mitzuteilen, dass die Royal Highness gesunken sei und es bis jetzt nur einen Überlebenden gab. Einen Matrosen.

„James ist tot, Mutter", schluchzte Rebecca, Tränen liefen ihr über die Wangen und sie fiel ihrer Mutter in die Arme.

„Es hat alles keinen Sinn mehr", weinte Rebecca im Arm ihrer Mutter, „ich werde Sir Patrick heiraten und mit der Zeit, wenn ich Glück habe, James vergessen und eine gute und respektvolle Ehefrau werden."

Elizabeth drückte ihre Tochter an sich und flüsterte: „Das werde ich nicht zulassen. Niemals sollst du dein Leben so verbringen wie ich. Nie würde ich das ertragen können. Aber nun weine und befreie dich von deinem Schmerz."

Ganz leise verabschiedete sich der Gesandte der Marine und die beiden Frauen blieben alleine zurück. Lange standen sie noch Arm in Arm und weinten beide. Die eine Frau um ihre Liebe, die andere um ihre Tochter, doch in beiden wurde der Wille stärker, eigene Wege zu gehen und sie waren bereit, dafür alles zu tun.

Sie setzten sich gemeinsam ins Wohnzimmer an den brennenden Kamin und Elizabeth begann zum ersten Mal zu erzählen, wie sie ihren Mann kennengelernt hatte. „Euer Vater, er war Fischer, ist eines Tages nicht mehr von der See zurückgekehrt. Ich war jung, schwanger und hatte keine Arbeit. Du warst ein wunderbares Kind und immer, wenn ich dich anschaute, wusste ich, dass ich kämpfen musste. Für dich und mein ungeborenes Kind. Als Johanna auf die Welt kam, war sie sehr schwach und ich musste häufig mit ihr zu dem

Arzt, der ab und zu in unser Viertel kam und sich kostenlos um schwangere Frauen kümmerte. Er war befreundet mit einem jungen Theologen, der gemeinsam mit ihm zu den Armen ging, sich ihre Sorgen anhörte und versuchte, ihnen zu helfen, wo es ging.

Dieser Theologe war dein Vater. Ich habe mich damals sofort in ihn verliebt und er sich, so dachte ich, auch in mich. Aber er brauchte uns nur, um an diese Stelle des Pfarrers zu kommen, denn unverheiratete Pastoren ohne Familie waren für diese Stelle nicht vorgesehen. Ich wusste davon nichts. Es wurde mir erst unmittelbar nach unserer Hochzeit klar, denn von seiner anfänglichen Zärtlichkeit und Zuneigung war nichts mehr zu spüren. Er behandelte euch wie Tiere, die er dressieren musste, schimpfte mit euch und bestrafte euch auf verschiedene Arten. Entweder ihr durftet nicht nach draußen oder ihr wurdet einfach in euren Zimmern eingesperrt. Ich habe dann immer für ihn gelogen und euch erzählt, dass es anderen Kindern genauso gehen würde und ich habe dafür gesorgt, dass ihr euch nicht verloren vorkamt. Bei dir hat es funktioniert, bei Johanna nicht. Oh Gott, das weißt du ja noch gar nicht, deine kleine Schwester heiratet in einer Woche. Ist das nicht unglaublich?" Während Elizabeth sich aus tiefstem Mutterherz für ihre jüngere Tochter freute, wusste sie, dass diese Nachricht Rebecca zwar um Johannas Willen beglücken, aber eben auch an all das erinnern würde, was sie sich mit James erhofft hatte.

Sie redeten die ganze Nacht und Rebecca hatte zum ersten Mal in ihrem Leben das Gefühl, eine Mutter zu haben, die sich nicht nur für sie interessierte, sondern auch eine Frau zu sehen, die fest entschlossen war, alles zu tun, um Schaden von ihrer Familie, also ihren beiden Töchtern, abzuwenden.

Zum ersten Mal redeten sie über ihre Träume, was sie sich vom Leben wünschten und sie kamen sich in dieser Nacht näher, als sie es jemals für möglich gehalten hätten. Rebecca fühlte sich zum ersten Mal im Leben wie eine Tochter, die mit ihrer Mutter über alles reden konnte. So flog die Nacht dahin und sie kamen zu dem Entschluss, dass es das Beste sei, wenn Rebecca umgehend das Haus verlassen und sich verstecken würde.

„Aber ich will dich nicht hier zurücklassen und so weit von dir fort sein und nicht mehr die Möglichkeit haben, etwas für dich tun zu können. Ich will in deiner Nähe bleiben", klagte Rebecca.

„Verstehst du nicht, Rebecca? Er wird alles tun, um dich zu finden. Diese Heirat ist auch nur wieder ein Schachzug, um einflussreicher zu werden. Es ging noch nie darum, dass in dieser Familie einer von uns das machen konnte, was er wollte. Es ging immer nur um Macht und Einfluss. Meine Heirat war nur der Anfang. Ich habe im Laufe der Jahre Dinge erlebt und tun müssen, die ich euch nie erzählt habe, da ich euch damit nicht belasten wollte und glaubte, ihr wäret zumindest versorgt und in Sicherheit. Aber jetzt ist es vorbei. Wenn du nicht zu meinen Verwandten willst, wohin dann?"

„Zu Johanna, sie wird eine Möglichkeit finden, so wie sie es immer getan hat, wenn es uns schlecht ging und glaubst du wirklich, wir haben es nicht gehört, wenn Vater und du euch gestritten habt, weil du wieder einmal etwas für ihn tun musstest, damit er seine Macht weiter ausbauen konnte? Wir haben dich oft weinen gehört und Johanna hat dann immer im Zimmer gestanden, die Hände zu Fäusten geballt und gesagt, dass jetzt Schluss sei und wir etwas gegen ihn tun müssten. Dass wir dich schützen müssten, denn schließlich seien wir eine Familie und er gehöre nicht dazu. Das hat sie immer gesagt, schon als kleines Mädchen. Und so wie ihr euer Eheleben gespielt habt, spielten wir die Kinder, die von nichts wussten.

Als Johanna zum ersten Mal eingesperrt wurde, war das wie ein Weckruf für sie. Von da an hat sie täglich dafür gekämpft, hier herauszukommen. Alles, was sie tat, hatte nur ein Ziel – Abraham zu verärgern und ihn so weit zu treiben, dass er sie aus dem Haus wirft. Dass sie jetzt glücklich ist, freut niemanden mehr als mich. Sie ist meine Schwester und sie ist mir so wichtig. Ihr beide seid die wichtigsten Menschen in meinem Leben und James natürlich. Ich glaube einfach nicht, dass er tot ist. Noch gebe ich die Hoffnung nicht auf und wenn ich alt und grau und alleine bin, dann werde ich immer noch hoffen, dass es an meiner Tür klopft und er vor mir steht, mich in den Arm nimmt und mich küsst, so wie nur er es kann." Rebecca konnte nicht an sich halten und begann von Neuem zu weinen, aber jetzt weinte sie nicht mehr, weil sie sich alleine fühlte. Sie war nicht allein. Sie hatte eine Mutter, von der sie zu Recht behaupten konnte, dass sie eine aufrechte Frau war und sie hatte eine Schwester, auf die sie stolz war und die sie sehr liebte.

Beide Frauen wussten, dass es an der Zeit war, ihr Leben zu ändern, aber es war zu spät, um heute noch etwas zu unternehmen und so legten sie sich schlafen und versprachen sich gegenseitig, gemeinsam in ein neues Leben aufzubrechen.

Der nächste Morgen kam und der Regen fiel in Strömen vom Himmel. Elizabeth sah das als Warnung, die heimische Hölle nicht zu verlassen und war sich ihrer Sache nicht mehr so sicher wie am Abend.

„Wenn du nicht gehst, dann geh ich auch nicht", flüsterte ihr Rebecca vertraut ins Ohr und nahm sie in den Arm.

„Nein, wir haben es beschlossen und wir werden es tun, gemeinsam", antwortete Elizabeth in einem fast strengen Ton, der aber ganz offensichtlich ihr selbst gelten sollte.

Sie konnten das Haus am Tag nicht verlassen, da sie befürchteten, dass Klive Benson sie beobachten und verraten würde. Sie beschlossen zu warten, bis es dunkel genug sein würde, um sich leise und heimlich auf ihre Reise zu machen. Sie waren voller Mut und Tatendrang, trotz Elizabeths Zweifel. Die würden sich in Luft auflösen, wenn sie erst wieder frei war, davon war sie überzeugt und das trieb sie an.

Sie verbrachten den Tag damit, Kleidung zusammenzusuchen, die nicht zu umständlich zu packen war und die nicht zu viel Platz benötigte. Sie packten stillschweigend und schnell, dann aßen sie etwas und warteten auf die Dämmerung.

Während sie warteten, saßen sie im Wohnzimmer und schauten nach draußen, voller Angst, Abraham könnte doch früher als erwartet zurückkehren und ihren Plan zunichtemachen.

Der Abend kam und der Zeitpunkt der Abreise rückte näher. Beide Frauen sahen sich noch einmal um und blickten für wenige Augenblicke auf das, was sie zurücklassen würden. Dann schauten sie sich an und wussten, was sie gewonnen hatten und dass ihr Weg sie gemeinsam in ein besseres Leben führen würde.   Rebecca öffnete leise die Haustür, warf einen Blick über den Hof, um sicher zu sein, dass auch wirklich niemand sie beobachtete und dann verließen die Frauen das Haus. Leise und unauffällig suchten sie ihren Weg in der

Dunkelheit und hatten ein Ziel. Gemeinsam würden sie es erreichen.

Es kam ihnen wie eine Ewigkeit vor, bis sie endlich den flachen und sehr übersichtlichen Teil des Vorortes verlassen hatten und sich der Stadt näherten. Hätte man sie doch weithin sehen und zurückholen können. Nun aber nahte die Stadt und somit auch der sicherere Teil ihrer Reise.

Natürlich gab es auch hier Menschen, die sie für ein bisschen Geld verraten würden, denn die Menschen hier waren arm und hatten genug davon, aus ihren kargen Wohnungen und verarmten Häusern auf ihre Vorstadt zu schauen und zu sehen, wie gut es einem gehen konnte, wenn man andere betrog und ihnen unter Vorspiegelung falscher Tatsachen das Geld aus der Tasche zog. Sie bogen um eine Ecke und dann in eine schmale Gasse.   „Wo führst du mich hin, Mutter?", wollte Rebecca wissen.

„Heute Nacht werden wir bei Johanna bleiben. Morgen früh nehmen wir eine Kutsche und werden diese Stadt verlassen. Für immer."

Diese Nacht verbrachten sie in der Schmiede, wo sie von Johanna, Christian und Pat herzlich empfangen und aufgenommen wurden und alle erst einmal gemeinsam aßen und besprachen, wie es weitergehen sollte. Pat hatte einen alten Pferdekarren und ein ebenso altes, aber rüstiges Pferd besorgt, mit dem die beiden Frauen ihren zweiten Reiseabschnitt über Bridgewater nach Bristol würden antreten können.

Auf der Karte, die auf dem Tisch lag, war eine Route eingezeichnet, der die beiden auf schnellstem Wege aus der Stadt und weit wegbringen würde.

„James ist tot", sagte Rebecca leise und es wurde schlagartig still. Jeder hier im Raum wusste, wie sehr Rebecca diesen Mann geliebt hatte.

„Ich weiß", sagte Christian und beugte sich zu Rebecca, „aber du musst jetzt stark sein, er hätte nicht gewollt, dass du dein Leben aufgibst. Er hätte gewollt, dass du durchhältst und kämpfst, deinen Weg gehst. Du darfst jetzt nicht nur zurückschauen. Du musst nach vorne sehen, für ihn. Er hätte das sicher auch gewollt."   Rebecca versuchte, nicht zu weinen, konnte sich aber nicht die Tränen verkneifen, die aus ihren Augen liefen.   „Lasst uns essen und dann sollten wir so schnell wie möglich verschwinden. Ich werde euch bis zur Stadtgrenze begleiten", sagte Christian und blickte dabei über den Tisch in die Augen von Elizabeth, die sich ihrer Sache von nun an ganz sicher war.

Sie aßen und niemand redete. Eine unerträgliche Stille, die da in der Schmiede herrschte und der impulsive Geist, den Johanna hatte, ließ sie mit der flachen Hand auf den Tisch schlagen und sie sah tief in die Augen ihrer Mutter und ihrer Schwester.

„Ihr wollt also weglaufen? Ihr überlasst dem Alten das Feld und er hat das Gefühl, wieder einmal gewonnen zu haben. Habt ihr vergessen, was er uns all die Jahre hindurch angetan hat? Niemand durfte uns besuchen, keine Freunde, keine Geburtstagsfeiern, keine Familienausflüge und immer nur Zucht und Ordnung. Beten und arbeiten und das hat er die ganzen Jahre praktiziert, nur mussten wir arbeiten. In seinem Gemüsegarten die Ernte einbringen, auf dem Markt verkaufen und das Geld behielt er. Habt ihr das alles vergessen? Wollt ihr ihm das einfach durchgehen lassen? Wollt ihr das? Vergebt ihr ihm sein ewiges Gepredige von der Unterwürfigkeit der Frau?

Dass Männer das Ebenbild Gottes sind und Frauen nur ein Zeitvertreib für den Mann und dass sie geschaffen wurden, um zu dienen? Wollt ihr ihm all diese Dinge durchgehen lassen und sie ihm verzeihen?

Ich kann das nicht. Es tut mir leid. Flüchtet ihr, wohin immer ihr wollt und euch sicher fühlt, aber ihr wisst genau, er wird nie ruhen, bevor er euch zurückgeholt hat und euch auf seine Weise verstößt. Mein ist die Rache, sprach der Herr. Ihn verlässt niemand, er verlässt und entweder man hält sich an diese Regel oder tritt vor seinen Schöpfer."

Alle aus der Runde blickten entsetzt zu Johanna, die jetzt einen kräftigen Schluck Bier aus dem Krug nahm, der vor ihr stand.

„Warum schaut ihr mich so an? Genau so hat er es mir in der Nacht gesagt, bevor ich mir die Haare abgeschnitten habe und wenn er wüsste, wo ich bin, würde er alles dafür tun, dass ich auf Knien durch die Stadt hinter ihm her krieche und mich für meine Untaten entschuldige. Auch das hat er mir angedroht und ihr wisst, seine Drohungen waren nie leere Drohungen."

Johanna schaute mit feurigen Augen in die Runde, als hätte sie einen Plan, wie sie „ihren Prediger", wie sie Abraham immer hinter seinem Rücken genannt hatte, die Rache einer Tochter spüren lassen wollte.

„Jo, das muss noch warten. Das hatten wir besprochen und glaubst du wirklich, dass Abraham St. Johns Finger bis nach Irland reichen? Selbst wenn sie es tun sollten, haben wir da drüben genügend Freunde, die deine Familie beschützen können. Glaube mir und gib der Rache ihre Zeit. Du bekommst sie. Das verspreche ich dir."

Christian stand jetzt hinter Johanna, seine Hände auf ihren Schultern, die er vorsichtig massierte und als er all das gesagt hatte, küsste er sie in ihren Nacken und setzte sich wieder auf seinen Stuhl.

Der alte Pat nahm seine Pfeife, stopfte sie, zündete sie an und durch den nach Apfel riechenden Rauch hörte man seine ruhige Stimme.

„Jo, sprich nicht so über deinen Vater. Ich weiß, du nennst ihn nicht so, aber bedenke bitte, dass er dich aufgezogen und zu dem Menschen gemacht hat, der du bist. Und wenn ich dich und dann meinen Sohn sehe, der so glücklich ist wie noch nie, dann kann er nicht alles falsch gemacht haben. Ich denke, es ist einfach besser und sicherer, wenn deine Mutter und Rebecca erst einmal aus dieser Stadt verschwinden. Es ist schon schwierig genug, alles so zu arrangieren, dass du nicht auffällst. Bei drei Frauen wird es noch problematischer. Wir sollten froh sein, dass wir uns haben, uns vertrauen und uns auf einander verlassen können. Denkst du nicht auch so? Tief in deinem Herzen? Ich kenne dich nun schon seit Langem und du bist nicht so voller Hass, wie du es gerade gesagt hast. Sonst hättest du nicht für so viele Menschen, die hier leben, so viel Gutes getan. Verzeihen kannst du ihm sicher nicht, aber gib der Rache ihre Zeit." Sie saßen alle, jeder auf seine Weise, berührt von den Worten des alten Pats um den Tisch und redeten den Rest des gemeinsamen Essens nicht mehr miteinander. Es war fast so, als würden sich alle nicht mehr ganz so sicher sein, was sie denken und tun sollten. Irgendwann stand Rebecca auf und sagte: „Ich denke es ist Zeit. Wir sollten aus der Stadt heraus sein, bevor es wieder hell wird."

Christian spannte das Pferd an und sattelte sein eigenes Tier, auf dem er die beiden Frauen ein Stück ihres Weges begleiten würde. Elizabeth ging zu Johanna, umarmte sie fest und sagte ihr: „Meine liebe Johanna, ich kenne deine Wut und ich kenne auch dein ungestümes Wesen, aber bitte, mach keinen Fehler und hör auf das, was Pat sagt. Er ist ein weiser Mann, der viel gesehen und erlebt hat. Er kennt das Leben und weiß, wann es an der Zeit ist zu warten. Bitte pass auf ihn, Christian und auf dich auf."

Johanna blickte ihrer Mutter in die Augen. Eine Träne lief über ihre Wange und sie sagte leise: „Natürlich tue ich das. Er ist mir in den letzten Jahren mehr Vater gewesen als der Alte oben auf dem Hügel. Natürlich werde ich auf ihn hören. Christian steht mir zur Seite. Wir sind jetzt eine Familie und auch ihr gehört zu unserer Familie. Ich liebe euch beide und werde euch bis zu dem Tage vermissen, an dem ihr zurückkommen werdet."

Damit lösten sie sich aus ihrer Umarmung und Elizabeth ging vor die Schmiede, um zu helfen, den Wagen zu beladen.

Rebecca kam zu Johanna. Sie umarmten sich stillschweigend, lösten ihre Umarmung und auch sie verließ die Schmiede. Ein kurzes Schnauben der Pferde, Hufgetrappel, das in den engen Gassen zurückhallte und sich langsam entfernte. Sie waren auf ihrem Weg und niemand konnte sagen, wann sie zurückkommen, oder wann sich alle wiedersehen würden.

Johanna ging zum Tisch, setzte sich auf ihren Stuhl, griff nach der Hand von Pat und drückte sie. Das Hufgeklapper war verschollen und zurück blieben Johanna und der alte Pat, der vorsichtig ihre Hand streichelte, die er immer noch in seiner hielt.

Die Nacht war kalt und es nieselte. Wie meistens um diese Jahreszeit. Der Wagen rollte langsam über das Pflaster. Christian führte sein Pferd neben dem Karren her und achtete auf jede Bewegung, sowohl hinter als auch vor ihnen. Allmählich wurden die Straßen breiter, die Häuser immer ärmlicher; sie erreichten den Außenbezirk der Stadt.

Die Straße endete abrupt und ging in einen Feldweg über. Von hier an konnten sie ihr Tempo steigern. Sie fuhren über einen Feldweg, der sie sicher an den Rand des Stadtbezirks bringen würde und auf dem keine nächtlichen Patrouillen zu erwarten waren. Trotz allem mahnte Christian die zwei Frauen zum Schweigen und so bewegte sich die kleine Gruppe langsam in Richtung Freiheit.

Rebecca drehte sich um und schaute zurück. Vom Hügel, den sie gerade hinauffuhren, konnte man bis hinunter zum Hafen sehen. Alles sah so friedlich und ruhig aus und sie konnte sich nicht vorstellen, dass es einen Grund geben sollte, aus dieser scheinbaren Ruhe und dem Frieden zu fliehen.

Wenn sie weiter nach rechts schaute, konnte sie bis zu ihrem Haus sehen. Doch bei den Lichtverhältnissen konnte sie es nur erahnen. Sie betrachtete die kurze Straße, die zum Gut hinaufführte, gesäumt von Birken, die dort schon lange standen und wie Freunde für sie gewesen waren, wenn sie nach Hause ging. Sie hatte mit ihnen geredet, ihnen ihre Sorgen erzählt, in ihrem Schutz hatte sie James zum ersten Mal geküsst und wenn man dann diese kurze Straße hinaufgegangen war, gelangte man auf den Innenhof des Gutes – den Vorhof zur Hölle, wie Johanna ihn getauft hatte und stand vor dem Haupthaus, das ihr immer wie eine Mauer erschienen war, durch die sie nie hindurchkommen würde.

Dass sie in diesen Mauern gefangen worden war, wurde ihr erst klar, als Johanna schon in jungen Jahren begann, gegen ihren Ziehvater aufzubegehren und immer häufiger mit ihm zu streiten. Rebecca konnte sich noch an ihre ärmliche Kindheit erinnern und hatte Angst, dieses Leben in einem Haus mit Angestellten und fließendem Wasser zu verlieren, so wie eben auch den Respekt und die fast untertänige Freundlichkeit der Nachbarn.

Langsam stieg in ihr ein Gefühl herauf, von dem sie schon länger geahnt hatte, dass es in ihr schlummerte. Auf einen Schlag empfand sie Abscheu und Mitleid für ihren „Vater" und begann, sich über sich selbst zu wundern. Sie verstand nicht, wie sie zu einem Mann wie Sir Patrick hätte ja sagen können mit dem Wissen, dass ihre Liebe doch für immer nur dem einen gehören würde. Selbst wenn er jetzt tot oder für immer verschollen wäre, so würde sie nie wieder einen Mann lieben, wie sie James geliebt hatte und sie würde, so war sie sich jetzt ganz sicher, nie einen anderen heiraten, geschweige denn lieben können. Alles, was kommen würde, wäre besser als das, was sie zurücklassen mussten.

Der Mond stand voll am Himmel und es war eine sternenklare Nacht. Rebecca suchte nach dem Nordstern, dem Stern, der sie auch über unüberwindliche Entfernungen mit James verband. Auch er stand ruhig und klar am Himmel und Rebecca konnte James Stimme hören, wie er ihr seine Liebe gestand und ihr sagte, dass er, egal was passieren mochte, zurückkäme und sie immer lieben würde. Sie umklammerte ihre Schultern und stellte sich vor, es sei James, der sie hielt. Elizabeth konnte nicht umhin, dieses zu bemerken und nahm ihre Tochter auf dem schaukligen Kutschbock in den Arm. Sie gab ihr die Nähe, die sie in diesem Moment brauchte.

Der Weg führte eine Anhöhe hinauf und Christian verminderte das Tempo. „Wir werden uns gleich trennen. Ihr müsst dann immer nur auf dem Weg bleiben. Er führt euch geradewegs nach Barnstaple. Fragt nach Ken Barrington. Er ist der Schmied dort. Gebt ihm diesen Brief und er wird euch helfen so gut er kann. Er hat gute Verbindungen zu den Fischern im Umland und er wird euch mit Sicherheit zu einer Überfahrt nach Irland verhelfen können. Vertraut ihm. Er ist ein sehr guter und alter Freund meines Vaters. Ich bringe euch noch über den Hügel und bis zur Straße nach Barnstaple. Dann muss ich zurück."

„Christian, es ist so großzügig, was ihr führ mich und Rebecca und vor allem für Johanna tut. Ich habe sie lange nicht mehr so glücklich gesehen, wenn auch ihre letzten Worte über ihren Vater nicht das waren, was sich eine Mutter wünscht, aber ich konnte das Glück, welches sie empfindet, wenn sie von dir und deinem Vater spricht in ihren Augen sehen. Lass nicht zu, dass irgendjemand euch das wieder nimmt. Und auch ich bin glücklich und beruhigt, dass meine Tochter Menschen gefunden hat, bei denen sie sich wohl fühlt. Glaube mir, sie wird alles dafür tun, dass es so bleibt. Deswegen musst du auch auf sie achtgeben, denn sie handelt oft unüberlegt und impulsiv."

„Natürlich werde ich auf sie aufpassen. Das verspreche ich dir, Elizabeth. Sie ist die Frau, von der ich mein Leben lang geträumt habe und jetzt habe ich sie gefunden. Ich werde immer für sie da sein. So lange ich atme."

Sie erreichten den Gipfel des Hügels und machten Halt. Als würden die beiden Frauen wissen, was auf sie zukommt und in dem Vertrauen, dass alles besser werden würde, begannen sie zu lächeln, schauten sich in die Augen und dann fuhr der knarrende Karren über die Bergkuppe und langsam auf der anderen Seite wieder hinab. Elizabeth wäre am liebsten so schnell gefahren, wie es mit dem Pferd und der Kutsche ging, doch noch musste sie sich gedulden und vorsichtig sein. Irgendwo konnte ein Spion ihres Mannes auf der Lauer liegen, um sie dann wieder zurückzubringen. Aber das sollte sie jetzt nicht mehr erschrecken oder gar aufhalten. Sie hatte sich lange genug in ihr Schicksal ergeben und ihre Töchter hatten darunter leiden müssen. Damit musste jetzt Schluss sein und sie waren nicht hierhergefahren, um jetzt schon aufzugeben. Langsam näherten sie sich dem breiten Weg, der sie endlich in ein neues Leben und in die Freiheit bringen würde. Christian hatte die ganze Zeit seine Hand an seinem Schwert. Das war Elizabeth erst richtig aufgefallen, als sie den Hügel herunterritten.   Er stieg von seinem Pferd und blieb an der Seite der Kutsche stehen, auf der Elizabeth saß. „Einfach immer geradeaus und gegen Morgen müsst ihr dann schon fast da sein. Ihr habt den Brief und Johanna hat euch etwas zu essen eingepackt. Ihr müsst es euch einteilen, wir haben nicht viel, was wir abgeben können."

Für eine Frau wie Elizabeth, die beide Seiten des Lebens, die Armut und den Überfluss kannte, waren diese Worte fast wie eine Offenbarung. Dieser Mann, so kräftig gebaut und jung, so ehrlich und stark, aber doch verletzlich und bereit, mit allen zu teilen, die seine Hilfe brauchten. Einen besseren Mann konnte sie sich nicht für ihre Tochter wünschen.

„Ihr müsst vorsichtig sein. Wenn ihr heiratet, wird das natürlich auch Abraham zu hören bekommen und du ahnst nicht, zu was er fähig ist. Ich habe es die letzten 15 Jahre ertragen, aber es genügt ein Wort von ihm und euer ganzes Leben kann ein Albtraum werden. Bitte pass auf Johanna auf und beruhige sie in den Momenten, wenn sie wieder das Gefühl hat, die ganze Welt hätte sich gegen sie verschworen."

„Das werde ich. Aber passt ihr auf euch auf, bis ihr hinter dem nächsten Waldstück seid. Auf dem Weg sind noch einige tiefe Löcher. Haltet nach ihnen Ausschau und umfahrt sie so gut ihr könnt. Fahrt nicht zu schnell. Unsere Gedanken sind bei euch und wir werden auf euch warten. Bei eurer Rückkehr werden wir erst heiraten." Sie umarmten sich zum Abschied und Elizabeth gab dem alten Gaul einen leichten Schlag mit dem Zügel. Der Wagen setzte sich etwas schwerfällig in Bewegung. Beide Frauen saßen eng zusammen und als sich der Wagen entfernte, wurden aus zwei Frauen eine einzige. Jedenfalls sah es so für Christian aus, der immer noch neben seinem Pferd stand und den beiden hinterhersah.

Ein Bild, das ihn beruhigte, denn mussten sie doch ab jetzt fester zueinanderhalten als jemals zuvor in ihrem Leben. Sie würden aufeinander angewiesen sein und mussten sich blind aufeinander verlassen können.

Er blieb noch eine Weile neben seinem Pferd stehen, atmete die frische Luft und sah, wie der kleine Wagen langsam in der Dunkelheit verschwand. Die beiden Frauen waren auf ihrem Weg in eine bessere Zukunft und von hier an in Sicherheit.

Er bestieg sein Pferd, streichelte dessen Hals und flüsterte ihm zu: „Komm, wir müssen nach Hause."

Behutsam wendete er und in gemächlichem Schritt ritt er Richtung Plymouth, wo seine Liebe und sein Vater auf ihn warteten und sicher schon unruhig wurden. Ein kurzes Schnalzen mit der Zunge versetzte sein Pferd in Trab und auch wenn er wusste, dass Elizabeth und Rebecca jetzt sicherer waren, so gingen ihm doch noch einige Bedenken durch seinen Kopf. Würden sie wirklich in Sicherheit sein? Würden sie die Schmiede von Ken Barrington erreichen? Würde Ken den beiden Frauen wirklich helfen können? Und wenn ja, wie lange mochte es dauern, bis die Nachricht von ihrer Ankunft in Irland sie in Plymouth erreichen würde?

Jetzt ritt er so schnell er konnte, denn ihm wurde immer klarer, dass das, was ihn und Johanna verband größer und stärker war als alles andere, was er bis dahin gekannt hatte und er wollte von nun an nie wieder einen Augenblick ohne sie verbringen, wenn es nicht unbedingt nötig war.

◆◆◆

Zur selben Zeit betrat Abraham St. John das Arbeitszimmer des kirchlichen Beamten, der für die Zuteilung der Vikarstellen zuständig war. Sie begrüßten sich förmlich und Pater St. John nahm in einem Sessel vor dem Schreibtisch des Beamten Platz.

„Pfarrer St. John, Sie bekommen einen jungen Mann zur Unterweisung und Ausbildung. Ich sehe, dass es in Ihrer langen Laufbahn in unserer Kirche der erste ist. Warum haben Sie sich so lange gewehrt und warum finden Sie, dass es jetzt Zeit sei, einen jungen Menschen an den richtigen Umgang mit der Gemeinde heranzuführen?"

Pfarrer St. John war auf fast alles vorbereitet gewesen, aber nicht darauf, sich irgendwelchen Fragen zu seiner Person zu stellen. Das hatte er schon jahrelang nicht mehr gemusst und es erschien ihm auch etwas arrogant, ihn so etwas zu fragen. Aber er würde nicht umhinkommen, eine Erklärung abzugeben.

„Nun", begann Abraham St. John mit ruhiger Stimme, „die letzten Jahre waren nicht einfach. Ich musste in Plymouth praktisch bei Null beginnen. Mein Vorgänger hatte dort wohl nicht das richtige Augenmerk auf seine Gemeinde, die Betreuung und den Kirchgang gerichtet. Es hat eben gedauert, bis ich da war, wo ich jetzt bin und mit Verlaub, ich weiß aus zuverlässiger Quelle, dass meine Gemeinde nicht nur durch Steuern und Spenden der Kirche das meiste Geld in England einbringt. Es war ein hartes Stück Arbeit, aber es hat sich gelohnt und alle in meiner Gemeinde sind zufrieden und leben so wie es ihnen zusteht."

„Das sehen wir hier genau so, aber damit ist die Frage nicht beantwortet. Warum jetzt? Und warum gerade Jonathan Smith?"

„Er ist der Sohn eines alten Studienfreundes. Da William Smith vor einem Jahr verstarb, dachte ich mir, aus alter Freundschaft heraus, sollte ich seinem Sohn unter die Arme greifen, ihn stützen und ihm den Weg in ein harmonisches Leben mit Gott und der eigenen Gemeinde zeigen. Er wird es brauchen können. Darüber hinaus ist meine Gemeinde im letzten Jahr erstaunlich gewachsen und ich kann zwei junge helfende Hände und einen zweiten klaren Kopf gebrauchen."

„Da ist Pater Smith genau der Richtige für Sie. Jung, engagiert, offen für die Menschen und ihre Probleme."
„Moment", unterbrach Abraham St. John den schwärmenden Kirchenvorsteher, „Pater Smith? Ich dachte er sei Vikar?"

Der Kirchenvorsteher erhob sich von seinem Stuhl und Abraham St. John kam es so vor, als würde sich da gerade ein Riese vor ihm aufbauen. Der Mann hinter dem Schreibtisch, der die ganze Zeit gesessen und in einer leicht gebückten

Haltung verharrt hatte, schien riesig zu sein. Er stand auf, legte seine Hände auf den Marmorschreibtisch und schaute Pfarrer St. John tief in die Augen.

„Wie ich schon sagte", fuhr er fort und richtete sich ganz auf, verschloss seine Hände hinter dem Rücken, wobei er sich von Abraham St. John abwendete und in Richtung Fenster schritt, „ein ganz außergewöhnlicher Mann, dieser Jonathan Smith. Hat sein Studium schneller beendet als jeder vor ihm und hat vor einer Woche seine Weihe erhalten. Die Menschen mögen ihn. Hier in London ist er so etwas wie die Stimme der Armen. Das missfällt zwar einigen aus der besseren Gesellschaft, aber er als überzeugter Kirchenmann, sieht genau darin seine Pflicht, für die Armen und Unterdrückten eine Stimme zu sein. Er war sehr erfreut darüber, von Ihnen zu hören und nimmt Ihre Hilfe gerne in Anspruch. Er müsste jeden Moment hier sein. Um diese Zeit ist er immer in einem Hospiz und kümmert sich um die Kranken. Aber sagen Sie, wie geht es Ihrer Familie? Ihren beiden Töchtern und Ihrer Frau?"

Abraham St. John, der immer noch nicht begreifen konnte, dass er statt eines Vikars einen geweihten Priester mit zurück in seine Gemeinde, in sein Haus, seinen Machtbereich bringen sollte, brauchte einen Moment, um sich zu fangen. Ohne sich das Missfallen über die plötzliche Änderung des Planes anmerken zu lassen, lehnte er sich in seinem Sessel zurück, schaute dem Riesen in die Augen und begann: „Nun, meine jüngste Tochter Johanna ist in meine Fußstapfen getreten und in ein Kloster eingetreten. Sie wird dort lernen, wie hart es ist, im Auftrage Gottes für die Menschen zu arbeiten. Meine schöne Rebecca hingegen wird heiraten, Sir Patrick Hamesworth."

„Den Handelsattaché ihrer Majestät? Er wir bald nach Indien versetzt, haben Sie keine Angst um Ihre Tochter? Das sind wilde, ungebildete und heidnische Menschen dort drüben", gab Pfarrer St. Johns Vorgesetzter ihm zu bedenken.

„Sie wird in der englischen Botschaft in Delhi leben. Bewacht von englischen Soldaten. Ich bin der festen Überzeugung, dass sie in Sicherheit sein und ihr nichts passieren wird. Das Klima dort wird sich positiv auf Rebeccas häufige Hustenanfälle auswirken, also eine rundum gute Sache."

Der Kirchenmann bohrte weiter: „Aber ist Sir Patrick nicht etwas zu alt für so eine junge Frau wie Rebecca?"   „Lieber Freund, nicht nur Gott, sondern auch die Liebe geht manchmal verschlungene Wege, die wir nicht gleich begreifen, aber die, wenn wir vertrauen, sich am Ende doch immer als weise und richtig herausstellen. Mein Ziel ist es, dass meine Familie glücklich ist."

„Es sei, wie Sie es sagen", entgegnete der Beamte, der Abraham St. John den Rücken zugewandt hatte und aus dem Fenster schaute, „und wie geht es Ihrer Frau Elizabeth? Ich muss sie jetzt beinahe 6 Jahre nicht gesehen haben."

„Sie ist nach wie vor die Gleiche. Schön wie am ersten Tag und glaubt immer noch an das Gute in jedem Menschen", kürzte Abraham ab, der sich langsam aber sicher in die Ecke gedrängt fühlte.

„Ja", fuhr der Mann am Fenster fort, „nicht jeder auf dieser Welt ist mit einer solchen Familie gesegnet. Aber der, der es ist, sollte gut achtgeben, dass ihr nichts Schlechtes widerfährt."

„Ich stimme Ihnen zu, doch manchmal ist eine raue Hand gerechter, als eine verzeihende", warf St. John ein. In diesem Moment klopfte es und kurz darauf öffnete sich die große, dunkle und schwere Eichentür und da stand er, Jonathan Smith. Wohl an die 1,80 Meter groß, kurze, dunkle Haare, breite Schultern und ein Lächeln, das seine makellos gepflegten Zähne zeigte. Ein Bild von einem Mann. Das musste sich auch Pfarrer St. John eingestehen und genau das Gegenteil von dem, was er erwartet und vor allen Dingen gewollt hatte.

„Abraham St. John, das ist ja ewig her, dass wir uns gesehen haben", begann Jonathan Smith, als er Abraham im Sessel sitzen sah. Er ging sofort auf ihn zu und schüttelte ihm herzlich und mit kräftigem Druck die Hand. „Zehn Jahre ist es doch mindestens her."   St. John, der sich aus seinem Sessel erhoben hatte, sah den Mann an, der da vor ihm stand und den er zum letzten Mal gesehen hatte, als der noch klein und schmächtig gewesen war. Nichts hatte damals darauf hingedeutet, dass er mal so aussehen würde, wie er es jetzt tat.

„Jonathan, schön zu sehen, dass du gesund bist und dich so gut entwickelt hast. Ich habe schon gehört, wie du dich hier in London machst und ich muss sagen, dein Vater wäre sehr stolz auf dich. Ich für meinen Teil bin es auf jeden Fall."

Die beiden Männer umarmten sich und Abraham St. John hatte das Gefühl, einen Baum zu umfassen. Aber die Stärke und die sympathische Ausstrahlung dieses jungen Mannes würde er sich zunutzen machen.   „Nun, wie ich sehe", sprach der Beamte mit Blick auf die beiden Männer, „ist dies der Beginn zu einer freundschaftlichen und fruchtbaren Zusammenarbeit. Für beide Seiten, wie ich hoffe. Dann will ich

Sie nicht länger aufhalten. Sie haben einen weiten Weg vor sich und ich habe auch noch ein paar Termine. Leben Sie wohl."

Der Riese kam auf die beiden Männer zu, schüttelte einem nach dem anderen die Hand, geleitete sie zur Tür und Abraham St. John hatte das Gefühl, als würden sie praktisch hinausgeworfen, machte aber, wie schon die ganze Zeit, gute Miene zum schlechten Spiel.

Als die Männer dann den langen Flur heruntergingen, in dem jeder Schritt von den Wänden wiederhallte, hielt Abraham St. John kurz an, drehte sich zu Jonathan und flüsterte ihm ins Ohr: „Ich sollte einen Vikar bekommen, also werde ich dich wie einen behandeln. Dass das klar ist."

Scheinbar unberührt von dieser Aussage schaute Jonathan Smith ihm in die Augen, lächelte und ging an ihm vorbei in Richtung Ausgang. St. John eilte ihm hinterher und ahnte, dass er gerade aus einem Freund einen Feind gemacht hatte. Wenn sich dieser Widerstand nicht brechen ließe, so wäre eine weitere Stufe der Treppe zur Macht herausgebrochen. Er musste es unbedingt schaffen, Jonathan auf seine Seite zu bekommen. Er hätte genug Zeit auf der Fahrt zurück, in Ruhe über alles zu reden und den jungen Mann in alles einzuweihen, was er wissen durfte. Dann würde auch St. Johns Plan gelingen und er könnte sich innerhalb der nächsten Jahre zur Ruhe setzen und in Frieden auf seinem Landgut leben. Nachdem das Gepäck des jungen Pfarrers verstaut war, setzten sich die beiden Männer in die Kutsche und Abraham St. John gab das Zeichen, dass der Kutscher fahren könne. Die Kutsche setzte sich in Bewegung und die beiden Männer fuhren zurück nach Plymouth, wo auf beide eine Überraschung wartete.

◆◆◆

Weit draußen auf dem Meer lag ein Mann auf seiner Koje und blickte starr an die Decke. Er atmete ruhig und konzentrierte sich auf jedes Geräusch, das er hörte. Es war James Ferguson. Nachdem die Fluten in die Royal Highness eingebrochen und die Mannschaft und ihn weggerissen hatten, war er knapp drei Tage an eine Planke geklammert durchs Meer getrieben worden, bis er von diesem Schiff, auf dem er sich jetzt befand, entdeckt und gerettet worden war. Laut Aussage des an Bord befindlichen Arztes, war es ein Wunder, dass er überlebt hatte. Die Highness musste von einer unglaublichen Welle oder einem Strudel in Sekundenschnelle in die Tiefe gezogen worden sein und jeder, der so etwas überlebte, war für etwas Größeres bestimmt, so der Arzt. Aber das Größte, was in James Leben auf ihn wartete, würde bald die Frau eines anderen Mannes werden und er war sich nicht sicher, wie er das verhindern sollte. Würde er früh genug zurückkehren können? Er nahm die dünne Wolldecke, die ihm gegeben worden war, drückte sie an sich und flüsterte: „Rebecca, ich komme zurück zu dir." Dann schlief er vor Erschöpfung wieder ein.

Geweckt wurde James vom lauten Klopfen an der Kabinentür. Im Türrahmen stand ein älterer kleiner Mann, den er vorher noch nicht gesehen hatte.

Abgesehen davon erinnerte er sich auch nicht an viel, was er gesehen hatte und es fiel ihm auch noch schwer das von dem zu trennen, was er geträumt und was er wirklich gesehen hatte.

Der Mann trat, immer noch lächelnd, an sein Bett und grüßte ihn, wie seinen Vorgesetzten. „Guten

Morgen, Sir. Ich hoffe, Sie konnten sich einigermaßen erholen. Möchten Sie jetzt Ihr Frühstück? Ich werde Sie dann informieren, auf welchem Schiff Sie sich befinden, über unsere Befehle und natürlich, wo und wie wir Sie gefunden haben. Kaffee, Sir?“

„Nichts lieber als das, Sir“, erwiderte James und begegnete dem Mann an seinem Bett mit genau dem Respekt, mit dem auch er behandelt wurde.

„Dann kommen Sie mal langsam zu sich und ich werde Ihnen Ihr Frühstück kommen lassen. Mein Name ist Jack McClaskey“, sagte er und drehte sich dabei im Fortgehen um, „ich bin auf diesem Schiff der Kapitän.“

James konnte aus seiner Koje sehen, wie der Kapitän hinter sich die Tür leise zuzog und hörte ihn ein paar Stufen hinaufgehen. Es war ruhig auf dem Schiff, er schaute nach draußen, um zu sehen, ob sie vielleicht in einem Hafen lagen, aber was er sah, war nichts anderes als das weite und unendliche Meer. Wo mochten sie sein und wo würde dieses Schiff hinsteuern? Die Antworten würde er gleich bekommen, wenn er mit Kapitän McClaskey frühstückte. Also zog er seine Uniform an, die scheinbar gereinigt und gebügelt worden war. Er drehte sich um, ging zum Bullauge und schaute aufs Meer. „Ich bin auf dem Weg zu dir Rebecca. Ich komme zurück“, murmelte er.

Ein kurzes Klopfen und die Tür ging erneut auf. Dieses Mal standen der Kapitän und der Koch vor James Tür und James bat beide hereinzukommen.

„Sie haben Ihre Uniform gefunden. Sehr gut. War eine harte Sache, sie wieder so zusammenzukriegen, dass sie auch noch gut aussieht. Aber wie ich sehe, fallen die Nähte kaum auf", sagte der Mann, der James als Koch vorgestellt wurde, aber hier an Bord noch andere Aufgaben zu erledigen hatte und eine davon war das Waschen und Pflegen der Kleidung der Offiziere.

„Es ist mir nicht aufgefallen. Ich danke Ihnen", sagte James und reichte ihm die Hand. Dieser wusste nicht recht, wie er reagieren sollte. Schließlich stand da ein Offizier der königlichen, englischen Marine vor ihm.

Aber da James seine Hand nicht zurückzog, ergriff der Koch dann die Hand und schüttelte sie aus Leibeskräften. „Ist mir eine Ehre, Sir", sagte er, „wenn Sie etwas brauchen, lassen Sie einfach Buggy schicken. Das bin ich."

„Ohne Buggy würde hier an Bord vieles nicht so sein, wie es soll. Er näht, wäscht, spleißt Taue und sorgt dafür, dass alles in Schuss ist", ergänzte der Kapitän und schickte den Koch mit einer freundschaftlichen, aber bestimmten Handbewegung aus der Kabine.

Die beiden Männer standen sich an gegenüberliegenden Seiten des Tisches gegenüber und auf ein Kopfnicken von Kapitän McClaskey setzten sie sich.

„Mr. Ferguson, Sir", begann der Kapitän, „bedienen Sie sich. Möchten Sie Kaffee?"

James nickte und ihm wurde eine Tasse heißen Kaffees eingeschenkt.

„Nun, ich denke nicht, dass Sie wissen, auf was für einer Art Schiff Sie sind. Die SeaWarrior ist ein Walfänger. Wir sind auf dem Weg Richtung Island. Also führt uns unser Kurs nicht in Sichtweite an Irland vorbei. Es tut mir leid. Es besteht aber die Möglichkeit, sobald wir ein englisches oder irisches Schiff treffen, dass Sie einfach übersetzen und mit dem betreffenden Schiff in Ihre Heimat reisen können. Es tut mir leid, dass ich Ihnen nichts anderes sagen kann, aber auch wir haben durch den Sturm schon zu viel Zeit verloren."

James hörte die Worte des Kapitäns und auch wenn es für ihn logisch war, was er ihm gerade gesagt hatte, so konnte er es doch nicht glauben. Er hatte überlebt, scheinbar als Einziger und sollte nun doch nicht nach Hause kommen?

„Welcher Kurs liegt denn jetzt an und wo sind wir?", erkundigte sich James.

„Der momentane Kurs ist Nordnordost und bringt uns direkt nach Island. Wir müssten knappe 100 Seemeilen von der Westküste Irlands entfernt sein. Wie ich schon sagte, Mr. Ferguson, es tut mir leid. Zumal ich mir vorstellen kann, was Ihre Familie jetzt durchmachen muss. Ich habe, seit wir Sie an Bord genommen haben, einen Mann im Ausguck Tag und Nacht, der Ausschau nach einem englischen Schiff hält. Ich kann Ihnen das Angebot machen, Sie als zweiten Steuermann anzuheuern. Sie würden für die Zeit, in der Sie bei uns an Bord sind, bezahlt werden und hätten eine Aufgabe. Was meinen Sie?"

„Ich kann es Ihnen nicht sagen, nicht jetzt", antwortete James leise und mit einem verzweifelten Ton in der Stimme, der auch Kapitän McClaskey auffiel.   Er legte seine Hand auf die zur Faust geballte von James und sagte: „Das müssen Sie auch nicht sofort, mein Lieber. Es hat Zeit und vergessen Sie nie, jede Sekunde ist eine neue Chance. Also lassen Sie den Kopf nicht hängen. Trinken Sie noch einen Kaffee und stärken Sie sich. Wenn Sie dann mögen, stelle ich Sie der Mannschaft vor. Natürlich wissen alle, dass wir jemanden an Bord haben, aber gesehen hat Sie nur der Doc, Buggy, der Wachhabende, der Sie entdeckt hat und ich. Es wird Sie auf andere Gedanken bringen, an Deck zu stehen."   James sah zum Kapitän, der im trüben Licht ein wenig Ähnlichkeit mit seinem Vater hatte.

„Kapitän", sagte James und setzte sich aufrecht in seinen Stuhl, „ich denke, Sie haben recht. Ich nehme Ihr Angebot an. Ob ich nun hier auf der SeaWarrior meinen Dienst tue oder auf der Royal Highness. Nach Hause wäre ich ohnehin nicht so schnell gekommen und ob ich nun noch weitere Monate", James stockte, „Sir, für wie lange ist Ihre Jagd geplant?"

„Acht Monate und nennen Sie mich nicht Sir. Wir sind hier nicht bei der Marine und sprechen uns alle nur mit Vornamen an und meiner ist Jack."

Kapitän McClaskey hielt James die geöffnete Hand über den Tisch entgegen, James nahm sie etwas zögerlich, griff dann aber zu, da ihm bewusst war, dass dieses Schiff nicht nur seine Rettung gewesen war, sondern auch die einzige Chance, nach Hause zu gelangen. Nach Hause zu Rebecca.

Die beiden Männer tranken Kaffee und redeten über ihre Erfahrungen, die sie auf See gemacht hatten. Dabei kam heraus, dass das Leben von Jack McClaskey nicht immer in geordneten Bahnen verlaufen war. Als Waisenkind in einem kleinen Dorf in der Nähe vom Lake Superior aufgewachsen, dann aus dem Waisenhaus geflohen und über die Grenze nach Kanada entwischt, war er einfach immer weiter Richtung Osten gelaufen, also Richtung Küste, den Blick stets auf den Kompass in seiner Hand gerichtet.

„Den besitze ich immer noch", sagte Jack, griff in seine Rocktasche und holte einen kleinen, silbernen Kompass hervor. Er hatte viele kleine Verzierungen und sah fast kostbar aus.

„Mein Vater hat ihn mir gegeben, bevor er zu der Fahrt aufbrach, von der er nie zurückkam. Meine Mutter hat das nicht verwunden und begann zu trinken und uns zu schlagen. Irgendwann hab ich dann meine kleine Schwester genommen und wir sind weggelaufen. Ein Polizist griff uns nachts auf und da wir ihm erzählten, wir seien Waisen, steckte man uns ohne zu zögern in ein Heim. Meine kleine Schwester wurde ziemlich bald danach sehr krank und in ein Krankenhaus gebracht. Eine Krankenschwester verliebte sich sofort in das kleine Mädchen und adoptierte sie. Für mich war kein Platz. Ich blieb also in dem Heim und schmiedete jeden Tag neue Pläne, wie ich unbemerkt fliehen könnte. Irgendwann war es dann soweit. Und der Kompass war mir dabei eine große Hilfe.

Wenn ich mal nicht weiterweiß, brauche ich nur einen Blick auf ihn zu werfen und weiß, dass es immer eine Lösung für das Problem gibt, das da gerade versucht, mich von meinem Kurs abzubringen. Ich landete irgendwann an der Küste und versuchte anzuheuern, aber alle sagten mir ich sei zu jung. Also hab ich lange in einer Fischfabrik gearbeitet, mein Geld gespart und nebenbei so viel über die Seefahrt gelernt, wie es ging. Mit 16 bekam ich dann meine erste Heuer, als Decksjunge. Himmel war ich stolz darauf und von da an habe ich nur noch für kurze Zeiten Festland betreten."

James war sprachlos. Solche Offenheit war ihm selten widerfahren und er bewunderte diesen kleinen Mann, der da vor ihm saß. Nicht nur, dass Jack der kleinste Kapitän war, den er jemals gesehen hatte, nein, er schien auch durch nichts, was ihm widerfuhr, den Mut zu verlieren.   „Ich erzähle Ihnen das nur James, da auch Sie scheinbar Ähnliches durchgemacht haben, und ich denke, dass auch Sie etwas haben, auf das Ihr Blick gerichtet ist, wenn Sie am Ende Ihrer Lebensweisheit sind, oder nicht?"

James, der schon die ganze Zeit in den Taschen seiner Jacke, die über seiner Stuhllehne hing, nach einem Brief von Rebecca suchte und hoffte dass es nicht aufgefallen war, begann die ganze Geschichte seiner Liebe zu erzählen. Die heimlichen Treffen mit Rebecca, das Versteckspiel, welches sie spielen mussten, seit der alte St. John beschlossen hatte, sie mit dem adeligen und älteren Sir Patrick Hamesworth zu verheiraten und eben von dem letzten Tag, an dem er ihr geschworen hatte, sie immer zu lieben, egal, was passieren würde.

Der Kapitän sah ihn mit ernster Miene an, zog eine kleine, zierliche Pfeife aus seiner Hosentasche und stopfte sie mit Tabak, den er in der anderen Hosentasche mit sich trug. Dann setzte er sich mit übereinandergelegten Armen an den Tisch, schaute erst nach unten, als würde er nachdenken, um jetzt nichts Falsches zu sagen und fragte dann: „Darf ich?", wobei er auf die Pfeife deutete.   „Natürlich, Sir, es ist Ihr Schiff", gab James in seinem schneidigen Marineton, den er immer noch in seiner Stimme hatte, zurück.

„Jack genügt vollkommen", entgegnete der Kapitän ruhig, „aber das braucht wahrscheinlich noch etwas Zeit, die Sie ja offensichtlich im Bezug auf Ihre Liebste nicht haben. Aber erlauben Sie mir eine Frage: Warum haben Sie sie überhaupt verlassen und sind nicht sofort mit ihr weggelaufen? Ich meine, ob nun mit wenig oder eben noch weniger Geld, das bleibt sich doch letzten Endes gleich, oder nicht? Ein Neuanfang ist eben ein Neuanfang und warum dann nicht bei Null beginnen?"

Jack McClaskey schaute mit ernster Miene über den Tisch hinweg zu James, der inzwischen den Abschiedsbrief von Rebecca gefunden hatte.

„An diesem Stück Papier habe ich mich festgehalten, als ich durch die Fluten geschwommen bin. Ich glaube es hat einen halben Tag gedauert, bis ich die Planke fand, auf der sie und ihre Männer mich gefunden haben. Bei jeder Welle, über deren Kamm ich schwamm, hinter jedem Wellental, das mich hinabriss, bei jedem Atemzug, den ich in der kalten See machte, habe ich nur an eines gedacht: Rebecca und ja, natürlich hätte ich nicht gehen dürfen, doch ich bin eben auch Untergebener ihrer Majestät von England und als solcher ..." James konnte den Satz nicht zu Ende sprechen, denn Kapitän McClaskey brach in ein schallendes Gelächter aus.

„Ihr Engländer, ihr würdet auch alles für eure Königin tun, oder? Ich hab das noch nie verstanden, was euch so abhängig von ihr macht. Ich meine jetzt nicht die Kriege, die ihr führt. Das tun Menschen auf der ganzen Welt aus nichtigeren Gründen, aber einen Menschen zu verlassen und dann die Königin als Grund für die eigene – und nehmen Sie mir das jetzt nicht übel – Feigheit vorzuschieben. Verstehen Sie, was ich meine? Es ist doch ein Unterschied, ob mich mein König oder Präsident oder wer auch immer in den Krieg schickt, oder ob ich mich selber entschließe, fortzugehen und den Dingen seinen Lauf zu lassen. Damit hat Ihre Königin nichts zu tun."

Während er einen Zug aus seiner Pfeife nahm, schaute er James weiter in einer durchdringenden Art und Weise an, die ihn scheinbar zum Handeln auffordern sollte.

„Wissen Sie, Jack, Rebeccas Vater hat da, wo ich herkomme, fast uneingeschränkte Macht. Er kontrolliert praktisch alles, was passiert und ich meine nicht nur in seiner Familie. Er beherrscht nicht nur die Stadt, sondern auch die Politik. Jeder, der dort im Rathaus sitzt, ist einer seiner persönlichen Freunde, die er sich durch sein geschicktes Taktieren zu seinen Sklaven macht, ohne dass sie es merken. In den letzten Jahren hat er sich Ländereien angeeignet, die eigentlich den Bauern im Umland gehörten, aber im Namen der Kirche hat er sie konfisziert. Nicht aber, dass er sie an die Kirche oder die Stadt weitergegeben hätte. Er lässt die Bauern eine Pacht zahlen und erhält zusätzlich die Hälfte ihres Gewinns, wenn sie ihre Ernte auf dem Markt verkaufen."

„Scheint ja ein übler Bursche zu sein. Aber wie auch immer, welche Macht hat er über Sie?"

„Nein, die hat er nicht", antwortete James und ballte seine Hände zu Fäusten. „Wie weit sind wir vom Land entfernt, Kapitän?"

Jack sah sein Gegenüber fast mitleidig an und winkte ab. „Es wäre selbst für ein Schiff wie die Warrior eine drei bis vier Tagereise, aber bei dem momentanen Wind bräuchten wir wahrscheinlich zwei Tage länger. Es ist Flaute."

„Egal", warf James fast trotzig ein. „Sie haben mir gerade die Augen geöffnet und ich muss einfach zurück nach England. Egal wie!"

„Gut, mein Freund", erwiderte der immer noch an seine Pfeife paffende Kapitän. „In zwei Tagen müssten wir querab an Irland vorbeisegeln. Wir haben eine kleine Schaluppe an Bord. Wenn das Wetter mitspielt, rüsten wir Sie mit allem aus, was Sie brauchen und Sie müssten es dann in vier bis fünf Tagen an die Küste dieser grünen Insel schaffen. Aber vorher sollten Sie sich noch ausruhen und vor allem rasieren. Ich gehe nicht davon aus, dass ein Offizier ihrer Majestät von England einen solchen Bart trägt", fügte er grinsend hinzu und reichte James einen Spiegel.

James blickte hinein und sah das Gesicht eines Mannes, der zu allem entschlossen war, auch wenn er einen Bart hatte und durch seinen langen Aufenthalt im Wasser alles andere als gesund aussah.

„Ich denke, Sie haben recht. Ich sollte mich rasieren, aber vorher würde ich mich gerne bei den Männern bedanken, denen ich meine zweite Chance zu verdanken habe."

Der Kapitän nickte zustimmend und beide Männer standen vom Tisch auf und gingen in Richtung Tür. James ließ seinem neuen Freund den Vortritt. Er folgte ihm über eine kleine Stiege an Deck des Walfängers. Die Mannschaft war damit beschäftigt, kleinere Reparaturen durchzuführen, hier ein bisschen Farbe aufzutragen, dort etwas auszubessern und alle hörten auf einen Schlag auf zu arbeiten und schauten zu den beiden Männern, die aus dem Unterdeck hervorkamen.

„Männer, hört mal eben auf. Das hier ist James, ihr habt ihn gerettet. Er wird nicht lange zu Gast sein, denn wir werden ihn in circa zwei Tagen mit der kleinen Schaluppe absetzen. Im Gegensatz zu uns, wartet eine Frau auf ihn und ihr wisst, was das heißt. Also, kümmert euch darum, dass die Little Warrior seetauglich ist, alle Segel an Bord sind und legt ihm für alle Fälle zwei Ruder mit hinein."

Sofort machte sich eine Gruppe von drei Männern daran, das Beiboot gründlich auf Risse und Löcher zu untersuchen, während der Rest der Mannschaft sich wieder der Arbeit zuwandte, mit der sie vor dem Erscheinen der beiden Männer beschäftigt waren. Jack führte James zum Achterdeck, das nur ein kurzes Stück entfernt lag. Für einen Walfänger war dieses Schiff außerordentlich gut gepflegt und jeder hier an Bord schien wirklich sein Bestes zu tun, damit es so blieb.

„Sie fragen sich, warum dieses Schiff so gut aussieht? Nun, jeder meiner Männer ist Teilhaber dieses Schiffes. Jedem gehört ein Stück und allen zusammen das ganze, wenn man's denn so sehen mag. Darum sieht hier an Bord jeder zu, dass der alte Kahn immer in Schuss bleibt. Es gibt keine Privilegien an Bord, auch nicht für Offiziere oder mich. Wir teilen das Schiff, das Essen, das Geld und unser Leben. Jeder Mann hier an Bord lernt von dem anderen und so sind wir die einzige Mannschaft, in der jeder den anderen ablösen und seine Aufgabe erledigen

kann. Natürlich bis auf Buggy, den kann niemand ersetzen. Und hier ist Ihr Retter."

Jack McClaskey deutete auf einen schwarzhäutigen Mann, der gerade damit beschäftigt war, mithilfe eines Sextanten, die genaue Position des Schiffes zu berechnen. Als er bemerkte, dass James auf ihn zu ging, senkte er sein Navigationsinstrument, drehte sich lächelnd in seine Richtung und streckte seine Hand aus.

„Freut mich zu sehen, dass es Ihnen besser geht, Sir", sagte er, ergriff James Hand und schüttelte sie. „Ich heiße George."

„Mein Name ist James und ich wollte mich bei Ihnen bedanken. Ich weiß überhaupt nicht mehr, was passiert ist und ich danke Gott, dass Sie solche wachen Augen besitzen."

„Gern geschehen, James, aber das hätte jeder hier an Bord getan. Da können Sie sich drauf verlassen."

„George, wo sind wir gerade? Unser Besucher will uns auf dem schnellsten Weg wieder verlassen", fragte der Kapitän.

„Ah, ich verstehe, also wir sind jetzt ungefähr hier." George tippte mit seinem schwarzen Finger auf die Seekarte. Der Finger landete mitten im Wasser. Weit ab vom Land. Laut der Karte waren sie gerade in der Mitte des Atlantiks und nahmen jetzt Kurs Richtung Norden zu den Walgründen im Eismeer.

„Wenn wir unseren Kurs jedoch für zwei Tage ein klein wenig weiter nach Osten ausrichten, verlieren wir keine Zeit und wir kommen näher an Irland vorbei. Es wäre immer noch ein gutes Stück und nicht ungefährlich, aber wir hätten beide einen Vorteil. Wir könnten den momentanen, leichten Wind optimal nutzen und James hier wäre ein paar Seemeilen näher an Land."

„Gut", sagte der Kapitän, sichtlich entspannt und zog noch einmal an seiner Pfeife, „verstehen Sie, James, wir arbeiten hier auf eigene Rechnung. Kein Eigner oder irgendeine Gesellschaft gibt uns einen Zeitplan vor. Wir verarbeiten und verkaufen alles selbst, was wir fangen."

„Erstaunlich", antwortete James, „ich habe so etwas noch nie gehört, wirklich erstaunlich. Aber wenn Sie mich jetzt entschuldigen würden. Ich werde mich rasieren und noch ein wenig zu schlafen versuchen."

„Natürlich, mein Lieber, tun Sie das, ich werde dann später noch einmal nach Ihnen schauen."

James verabschiedete und bedankte sich für die unerwartete Hilfe und ging zurück in seine Kabine. Er ließ sich in einen der Stühle fallen, nahm den Spiegel und schaute in dieses bärtige und scheinbar älter gewordene Gesicht. Dann sagte er leise: „Rebecca, egal wo Du bist. Ich werde dich finden und wir beide, du und ich, werden den Rest unserer Tage gemeinsam und glücklich verbringen. Das verspreche ich dir bei meinem Leben." Er griff in seine Tasche, holte den Brief von Rebecca hervor und küsste ihn. Dann fiel er auf dem Stuhl in einen Erschöpfungsschlaf.

Er erwachte, als es an der Tür klopfte. Draußen stand der alte Buggy mit einem Tablett, auf dem Brot und Wurst zum Abendbrot lagen. Eine Flasche Wein und ein Glas hatte er auch dabei.

„Ich hoffe, ich störe Sie nicht. Haben Sie Hunger? Der Kapitän meinte, ich sollte mal nach Ihnen sehen und etwas zu essen mitbringen."

„Das ist sehr großzügig von Ihnen, vielen Dank. Stellen Sie es bitte einfach auf den Tisch. Ich will mich erst einmal rasieren, um mich wieder einigermaßen wie ein Mensch zu fühlen."

„Tun Sie das, Sir. Wenn Sie dann so weit sind, würde der Kapitän gerne noch einmal mit Ihnen reden. Er erwartet Sie in der Messe."

Buggy stellte das Tablett auf den Tisch und verließ James wieder. Der setzte sich aufrecht an den Tisch und begann, sich zu rasieren. Das Rasiermesser war scharf und er benutzte weder Wasser noch Seife. Er wollte einfach die Haare aus seinem Gesicht entfernen und das so schnell wie möglich. Genauso ungeduldig war er in Bezug auf die Aussicht, dieses Schiff wieder zu verlassen. In seinen Gedanken war er schon zurück bei Rebecca und hielt sie in seinen Armen. Er wusste, dass es noch eine Zeit dauern würde, aber er konnte jetzt nicht mehr aufgeben. Er würde sie zu seiner Frau machen.

Den Abend verbrachte er mit Jack McClaskey und während sie ein Glas Wein nach dem anderen tranken, erzählten sie sich gegenseitig ihre kühnsten Seemannsgeschichten und James merkte, dass das Leben aus viel mehr bestand als Geld, Ansehen und Ruhm. Er würde Rebecca erklären müssen, warum er sie noch einmal verlassen hatte und er wollte ihr versichern, dass es nichts auf der Welt geben würde, keinen Grund, keinen Menschen, der ihn jemals wieder von ihr wegreißen könnte.

Die nächsten zwei Tage vergingen so langsam wie eine Schnecke kriecht, die die Straße kreuzt. Aus Minuten wurden Stunden und James lief vom Bug zum Heck und wieder zurück. Jedes Mal, wenn er an der Schaluppe vorbeiging, streiften seine Fingerspitzen den Rumpf der Little Warrior und er flüsterte ein leises „bald", als müsse er die kleine Nussschale ebenfalls beruhigen. In der Nacht vor seinem Abschied konnte er fast gar nicht schlafen. Er wälzte sich in seiner Koje hin und her, stand auf, setzte sich an den Tisch, las im flackernden Kerzenschein Rebeccas verblassten Brief und die Worte – für immer Dein – stand wieder auf, legte sich in seine Koje und presste seine Augen mit aller Kraft zu. Es nützte nichts.

Dann endlich begann es am Horizont zu dämmern. James sprang aus seiner Koje, griff nach seiner Uniformjacke und hastete an Deck. Niemand außer dem Kapitän und dem Steuermann waren an Deck.

„Die Mannschaft wird an unserer kleinen Abschiedszeremonie nicht teilnehmen", sagte Jack McClaskey mit gedämpfter Stimme. „Aber das muss Sie nicht weiter stören."

Er ging auf James zu, ergriff seine Hand und legte den kleinen Kompass seines Vaters hinein.

„Wie ich Ihnen erzählt habe, James, hat er mir immer den richtigen Weg gezeigt. Nun, meinen habe ich gefunden und jetzt ist es an der Zeit, dass er Ihnen Ihren Weg zeigt."

James wusste nicht, was er sagen sollte. Außer einem Danke brachte er nichts hervor.

„Wenn Sie jetzt Richtung Westen segeln, müssten Sie Irlands Küste innerhalb der nächsten zwei bis drei Tage erreichen. Im Boot finden Sie eine Seekarte und Proviant für vier Tage."

Die Männer schüttelten sich noch einmal die Hände und dann stieg James in die Little Warrior, die schon zu Wasser gelassen war und neben ihrem großen Schwesterschiff in dem leichten Wellengang hin und her schaukelte. James stieg die Leiter hinab, die außen an der Bordwand hing, löste die Taue und die Little Warrior setzte sich sofort aus dem Fahrwasser der SeaWarrior ab. James sah noch einmal zu dem Schiff, das sein Leben nicht nur gerettet, sondern auch grundlegend verändert hatte. Jack stand auf dem Achterdeck und winkte James noch einmal zu, dann drehte er sich um und verließ das Heck.

James schaute auf den Kompass, drehte den Bug seiner Schaluppe Richtung Westen und der leichte Wind, der blies, brachte sein Boot in mäßige Fahrt. Drei bis vier Tage, dachte er und dann lehnte er sich zurück, legte den Kompass so hin, dass er ihn immer im Auge hatte und dachte an Rebecca. Er musste sie einfach zurückgewinnen.

◆◆◆

Als die Kutsche mit Abraham St. John und Jonathan Smith vor dem alten Herrenhaus ankam, lag alles im Dunkeln. Abraham war erbost. Hatte er doch seine Frau gebeten, ihr sogar befohlen, anwesend zu sein und das Haus mit allem zu beleuchten, was zur Verfügung stand. Er konnte sich denken, was passiert war, wollte sich aber vergewissern und vor allem Jonathan nichts von seiner Wut spüren lassen.

Als die beiden Männer das Haus betraten, lag ein Brief auf dem Treppenabsatz. St. John hob ihn auf und entschuldigte sich bei Jonathan mit dem Vorwand, er müsse kurz in sein Arbeitszimmer, um Unterlagen einzusehen. Er setzte sich hinter seinen großen Schreibtisch und riss den Brief auf.

Abraham, viel zu lange habe ich geduldet, wie und in welcher Form du unser Leben bestimmt hast. An keinem Tag in den letzten Jahren war mir so klar, dass du uns nicht liebst. Ich werde weit entfernt von Plymouth versuchen, ein neues Leben zu beginnen und hoffe, dass es Rebecca und mir gelingen wird, diese Zeit zu vergessen und dir eines Tages zu verzeihen. Du wirst dich für alles eines Tages vor deinem Schöpfer verantworten müssen,
Elizabeth

Abraham St. John las diese Zeilen und in seiner Wut darüber, dass sich jemand seinen Anordnungen widersetzte, zerriss er den Brief und warf ihn in den Papierkorb. Was sollte er jetzt tun?

Da war ein Vikar, der keiner mehr war, die ausstehende Hochzeit mit Rebecca und Sir Patrick ohne eine Braut und zu allem Überfluss hatte er erfahren, dass Johanna nie in dem Kloster angekommen war.

Er ließ sofort Klive Benson zu sich zitieren, unterzog ihn einem Verhör und machte ihm unmissverständlich klar, dass, wenn er Johanna nicht innerhalb der nächsten zwei Tage finden würde, er sich schon einmal nach einer neuen Stelle umsehen könne. Klive, der zum einen keine Ahnung hatte, wo er anfangen sollte zu suchen und dem es mit zunehmendem Alkoholgenuss immer gleichgültiger war, was mit ihm passierte, beugte sich zu Abraham St. John über den Tisch und hauchte ihm mit brandyschwangerer Stimme zu: „Das ist erst der Anfang, Hochwürden. Alle in der Stadt werden bald wissen, was für ein Mensch Sie sind. Ich habe alles notiert und habe alles beobachtet. Sie sind in meiner Hand, Sir, nicht ich in Ihrer. Und jetzt entschuldigen Sie mich. Ich habe eine Verabredung mit einer Dame."

„Dame? Dass ich nicht lache", sagte Abraham St. John und erhob sich aus seinem Arbeitsstuhl. „Wer will denn mit einem versoffenen Verlierer Zeit verbringen, der nichts besitzt und der auch bis an sein Lebensende nichts Eigenes besitzen wird? Wer sollte so dumm sein, einem Säufer und Nichtsnutz seine Geschichten zu glauben. Verschwindet aus meinen Augen und verlasst sofort mein Haus. Ihr seid nicht länger im Dienste dieser Kirche."

Klive drehte sich um und verließ das Arbeitszimmer. An der Tür, an der Jonathan immer noch stand und auf die Rückkehr seines neuen Dienstherren wartete, blieb Klive einen Augenblick stehen, schaute den jungen Mann an, stellte sich aufrecht vor ihn, musterte Jonathan von oben bis unten und flüsterte ihm zu: „Behalten Sie immer Ihren Kopf und Ihren Willen, denn das ist es, worauf

Pater St. John es abgesehen hat."

Dann griff er nach der Türklinke, öffnete die Eingangstür, schritt erhobenen Hauptes die kurze Treppe herunter und verschwand in der Dämmerung. Der junge Jonathan schaute dem merkwürdigen Mann hinterher und war sich noch nicht ganz sicher, was er von alle dem halten sollte. Da ging die Tür erneut auf und Abraham St. John stand im Türrahmen.

„Jetzt werde ich dir erst einmal dein Zimmer zeigen, dann wollen wir noch ein wenig in die Stadt reiten und ich zeige dir deine neue Gemeinde."

Es hörte sich ja alles sehr gut an, aber irgendetwas stimmte hier ganz und gar nicht. Keine Elizabeth oder Rebecca im Haus, der Brief auf der Treppe und dann der kauzige Mann mit seiner doch sehr eindeutigen Warnung. Was war während der letzten Jahre mit dem Mann geschehen, der für Jonathan immer eine Art Vorbild gewesen war? Sollte die Kirche mit dem Misstrauen gegenüber dem alten Pfarrer doch Recht haben? Er konnte sich an Zeiten erinnern, da hatte sich Abraham St. John um Menschen bemüht und sie nicht aus seinem Haus geworfen. Was war passiert?

Sie brachten Jonathans Koffer in eine kleine Kammer unter dem Dach und als gäbe es keinen Aufschub, drängte St. John seinen jungen Kollegen, mit ihm in die Stadt zu reiten. Denn jetzt in den Abendstunden zögen viele Menschen durch die Straßen, die man am Tage nicht zu Gesicht bekommen würde. Der junge Mann tat wie ihm geheißen und so ritten sie gemeinsam in die Stadt, aber nur Abraham St. John wusste wohin und verfolgte einen Plan. Johanna musste sich hier irgendwo verstecken und er würde sie finden und hatte er sie gefunden, würde es ein Leichtes sein, Elizabeth und Rebecca zur Rückkehr zu bewegen. Er musste jetzt erst einmal Zeit gewinnen, Sir Patrick vertrösten und ihm eine glaubwürdige Geschichte erzählen, warum der Hochzeitstermin verschoben werden müsste.

◆◆◆

Christian Aberton stand an seinem Amboss und schmiedete das Eisen, welches glühend und dampfend vor ihm lag. Mit der einen Hand schlug er immer wieder auf das heiße Metall ein, während er es mit einer Zange in seiner anderen Hand ruhig hielt. Er schmiedete einen Pflug für einen Freund, der seinen kleinen Acker von der Kirche, um genauer zu sein, von Abraham St. John, gepachtet hatte. Er würde kein Geld von ihm verlangen, da er nicht nur eine hohe Pacht zahlen, sondern auch drei Kinder und seine Frau von der kargen Ernte versorgen musste.   Christian hatte das Gefühl, dass man vieles in dieser Stadt ändern müsse. Es müsste gerechter zugehen und jeder müsste die Möglichkeit haben, von dem zu leben, was er erzeugte. Aber das war schon lange nicht mehr gegeben. Die Steuern waren hoch, die Pacht für ein kleines Stück Land überstieg meistens ein Jahreseinkommen eines normalen Bürgers. Wäre diese Schmiede nicht schon seit Generationen in Familienbesitz gewesen, so wäre es auch ihm und seinem Vater nicht anders gegangen. Sie gehörten zweifelsohne zu den Menschen, die sich glücklich schätzen konnten, etwas Eigenes zu besitzen und jetzt, wo er Johanna bald heiraten würde, konnte ihnen rein gar nichts mehr passieren, denn Liebe hat von jeher alle Tyrannen dieser Welt besiegt, sagte sein Vater immer. Und der alte Pat musste es wissen. Er hatte in unzähligen Schlachten gekämpft, hatte von jeher immer an das Gute im Menschen geglaubt und sein Glauben war oft erschüttert, aber nie gebrochen worden. Seit dem Tod seiner Frau war er Stück für Stück ruhiger und in sich gekehrter geworden, aber nun, wo Johanna das Leben nicht nur durch ihre Anwesenheit, sondern auch durch ständig neue Ideen bereicherte, schien er wieder der Mann zu werden, der er einmal gewesen war. Er redete wieder, diskutierte und ging ab und zu in den Pub, um sich mit alten Freunden zu treffen. Pat hatte durch Johanna wieder ins Leben gefunden und das war nur ein Grund, warum Christian glücklich war, sie gefunden zu haben.

Es waren jetzt drei Tage vergangen, seit er Elizabeth und Rebecca auf ihre Reise ins Ungewisse geschickt hatte und bald müsste auch Abraham St. John zurückkehren und bemerken, was während seiner Abwesenheit passiert war. Christian war sich nicht sicher, wie er reagieren würde, aber er hatte Angst. Angst um seine Johanna und was der alte Patriarch anstellen würde, wenn er herausbekäme, dass sie nicht im Kloster war und auch sonst nichts so war, wie er es verlangt hatte. Die Flucht seiner Frau und seiner Tochter hatte er mit Sicherheit nicht vorausgesehen.

Die zwei Frauen waren auf jeden Fall in Sicherheit vor dem herrischen, alten Mann. Er hatte eine Nachricht aus Barnstaple bekommen, dass die beiden dort sicher angekommen seien und dass sie, sobald sich eine Möglichkeit ergebe, nach Irland eingeschifft werden würden. Er schmiedete und schlug weiter auf das Metall ein, als könne er sich seine Sorgen aus dem Kopf herausschlagen.

Da ging die Tür auf und in dem fahlen Licht, das durch die geöffnete Tür hereinfiel, konnte er Johanna erkennen. Sie war außer Atem und offensichtlich sehr erregt.

„Er ist zurück und er sucht uns. Er wird mich hier bei euch finden und dann droht nicht nur mir, sondern auch euch, dir und Pat, seine Rache", sprach sie atemlos mit verweinter Stimme.

Christian ließ den Hammer und das Eisen fallen, eilte auf sie zu, drückte sie fest an sich und flüsterte ihr ins Ohr: „Du bist hier sicher, Liebste. Er kann uns und unserer Liebe nichts anhaben."

Er küsste sie auf ihren Mund und sie schien sich zu beruhigen.

„Ich habe ihn gesehen", sprach sie weiter, „hier ganz in der Nähe. Sie waren zu zweit. Ein junger Mann war bei ihm. Ich hatte das Gefühl, als würde ich ihn von irgendwoher kennen. Er sah mich, grüßte mich und ritt dann weiter, aber ich glaube, er hat Abraham nicht erzählt, dass er mich sah, denn er zwinkerte mir unauffällig zu."

Christian sah ihr tief in ihre dunkelbraunen Augen, in die er sich immer aufs Neue verliebte und fragte sie: „Und du hast dich nicht geirrt? Der neue Vikar soll Jonathan Smith heißen. Kennst du ihn vielleicht?"

Johanna musste gar nicht lange nachdenken. Der Name Jonathan Smith rief viele Erinnerungen in ihr wach. Sie hatten als Kinder zusammen gespielt und lange über diese Zeit hinaus

Kontakt gepflegt, bis er eines Tages aus unerfindlichen Gründen abgebrochen war.

Johanna hatte versucht, ihm Briefe zu schreiben, aber es kam nie eine Antwort.

Sie erzählte Christian alles, was ihr im Zusammenhang mit Jonathan einfiel: Die Spiele, die sie gespielt und die kindlichen Abenteuer, die sie erlebt hatten. Die beiden Joes waren sie genannt worden und es war eine glückliche Zeit gewesen, bis eines Tages Abraham St. John in ihr Leben trat und alles anders wurde.

„Er will mich finden und dann will er Rebecca. Meine Mutter ist ihm völlig egal. Sie war immer nur Schmuck für ihn. Ich weiß nicht, wie sie dieses Leben so lange aushalten konnte!"

„Sie hat es für euch getan", sagte Pat, der in der Zwischenzeit die Schmiede betreten hatte, in einer Ecke lehnte und sich seine Pfeife stopfte. „Nur für euch hat sie dieses Leben geführt. Euch sollte es besser gehen. Ihr solltet nicht das erleiden, was sie erlitt, als sie jung war. Zwei Kinder, keinen Mann und kein Geld, das ihr zur Verfügung stand. Dann lernte sie den alten St. John kennen und", er stockte, „den Rest kennst du ja. Aus Liebe und Fürsorge tat sie es, nicht, um teure Kleider zu tragen oder Macht zu besitzen. Aus Sorge um euch tat sie es und war bereit dafür alles zu ertragen."

„Sie ist meine Mutter. Die beste Mutter, die sich ein Kind wünschen kann und ich liebe sie", sagte Jo.

◆◆◆

Elizabeth lag im Bett und starrte an die Decke. Sie wusste nicht, was sie davon halten sollte, vor ihrem Mann und ihrem Leben wegzulaufen. Sicherlich, es ging ihr und Rebecca hier in Barnstaple besser und sie fühlte sich frei, aber sie hatte ihr anderes Kind zurückgelassen und das war etwas, das sie niemals hatte tun wollen. Sie und Rebecca waren auf dem Weg nach Irland und niemand konnte sagen, wann sie Johanna wiedersehen würde.   Sie fühlte sich gespalten in die Frau, die um ihre Freiheit kämpfte und die Mutter, die sich viel zu wenig Sorgen um ihre Kinder gemacht hatte. Sie seufzte leise, doch Rebecca, die auch im Zimmer war, konnte es hören. Sie ging zu ihrer Mutter und setzte sich auf die Bettkante.

„Mutter, mach dir keine Vorwürfe. Johanna geht es gut und wir werden bald ein neues Leben beginnen. Weitab von Zwang und Strafen. Bitte glaube mir, wenn ich dir sage, dass alles gut werden wird."

Rebecca nahm die Hand ihrer Mutter und drückte sie. Die beiden Frauen sahen sich schweigend in die Augen und jede von ihnen hatte auf einmal das sichere Gefühl, dass es überhaupt keine Zweifel mehr an dem gab, was sie taten.

„Lass uns aufstehen und sehen, was wir tun können."   Seit sie in der Schmiede von Ken Barrington angekommen waren, halfen sie seiner Frau May bei den täglichen Verrichtungen, wie putzen oder auf den Markt gehen, um etwas einzukaufen oder sie saßen mit May im kleinen Garten der Schmiede und sprachen über ihre Pläne. May war in Elizabeths Alter und an ihr konnte sie sehen, was ihr die letzten Jahre gefehlt hatte und was sie Tag für Tag unterdrückt und dadurch irgendwann aufgehört hatte sich zu wünschen, nämlich die Zuneigung und Liebe eines Mannes. Sie hatte immer versucht, Abraham eine gute Frau zu sein und dadurch seine Liebe zu gewinnen. Aber statt dass er ihr näher kam oder ihr vertraute, hatte er von Jahr zu Jahr mehr Abstand zu ihr genommen und hatte begonnen, über das Leben ihrer Töchter zu bestimmen. Einmal hatte er sie so heftig an ihrem Arm gepackt, dass man die Abdrücke seiner Finger noch zwei Tage hatte sehen können und wie immer hatte er ihr gedroht.

„Du musst gehen und deine Kinder bleiben bei mir. Also pass auf, was du tust und sagst. Sonst geschieht es schneller, als du glaubst."

Sie hatte kurz darauf versucht, gemeinsam mit ihren Kindern fortzulaufen, aber sie war an dem Opportunismus von Klive Benson gescheitert, der sie beobachtet und es sofort Abraham kundgetan hatte. Der ließ sie daraufhin an ihrem Zufluchtsort abholen und sperrte sie für zwei Tage in den Keller. Ohne Trinken, ohne Essen. Den Kindern hatte er nichts getan, sondern ihnen gesagt, dass ihre Mutter fortgelaufen sei und sie nichts mehr von ihnen wissen wolle. Johanna hatte es nicht geglaubt und war in ein lautes Weinen ausgebrochen, das Elizabeth bis in den Keller hatte hören können. Rebecca hingegen glaubte es ihrem Vater. Warum sollte er auch lügen? Sie war in ihrer kindlichen Seele so verletzt gewesen, dass, als Elizabeth wieder auftauchte, sie ihr mit Misstrauen und Argwohn begegnete.

Erst Jahre später sollte sie erfahren, was wirklich passiert war und von dem Tag an misstraute sie jedem Wort, das Abraham sagte.

Aber nun waren Mutter und Tochter gemeinsam auf der Flucht vor demselben Mann und seinem Anspruch auf uneingeschränkte Herrschaft über sie und das schweißte sie hier in Barnstaple jeden Tag enger zusammen. Nachdem sie ihre Morgentoilette erledigt und sich die geliehenen Kleider angezogen hatten, gingen sie zu Kay in die Küche und begannen, ihr bei den täglichen Verrichtungen zu helfen. Die Tage, die sie hier verbrachten waren geprägt von Offenheit und Herzlichkeit. Alle redeten und lachten miteinander und Elizabeth und Rebecca fühlten sich hier sofort zu Hause und sicher. Jeder achtete auf den anderen und half, wo der andere nicht alleine weiterkam. Für die beiden Frauen ein neues Gefühl.

Sie waren hier wie ein Teil der Familie aufgenommen worden und wurden auch wie ein solcher behandelt. Elizabeth half Kay im Garten und im Haus, während Rebecca häufig in den Ort ging, um dort Besorgungen zu machen. Die große, schlanke Frau mit den langen, blonden, lockigen Haaren fiel jedem auf und war, durch ihre Freundlichkeit, überall ein gern gesehener Gast. Ganz besonders angetan von der neuen Schönheit im Ort war Steve Banning, ein Tischler. Er war Mitte zwanzig, ein gesunder junger Mann, dem man ansah, dass er jeden Tag hart und körperlich arbeitete. Seine kurzen, dunklen Haare und seine meerblauen Augen waren auch Rebecca aufgefallen, doch sie traute sich nicht, ihn anzusehen, geschweige denn ihn anzusprechen. Außerdem waren die Gedanken und die Sehnsucht nach James immer gegenwärtig und so schien es ihr unmöglich, ihr Herz für einen anderen Mann zu öffnen.

Doch Steve übte eine besondere Anziehungskraft auf sie aus. Es waren seine Augen, die genau wie die von James ins Herz und in die Seele zu blicken und so immer zu wissen schienen, was der andere fühlte und brauchte. Sie hatte ihn ein paar Mal im Vorbeigehen gesehen und er war ihr sofort aufgefallen, doch gerade seine Augen waren es auch, die Rebecca immer wieder an ihre verlorene Liebe erinnerten. Und selbst wenn sie es gewollt hätte, so wusste sie, dass sie ihn niemals so lieben könnte, wie James.

So machte sie sich auch an diesem Tag wieder auf den Weg in Richtung Markt, um einige Dinge zu besorgen. Als sie aus dem Haus trat, strahlte ihr die Sonne ins Gesicht und wärmte es. Es blies ein leichter Wind, der ihr langes Haar sanft bewegte und ihr übers Gesicht streichelte. Das waren die Momente, in denen sie James nah war und Rebecca das Gefühl hatte, sie könne zu ihm gehen und in wenigen Augenblicken bei ihm sein, seine Stimme hören, in seine Augen schauen und sich in seinen Umarmungen sicher und geborgen fühlen. Doch er war nicht hier und sie würde ihn wohl nie wiedersehen. Egal, was sie tat, egal wie sehr sie es versuchte, sie würde in niemandem auf dieser Welt jemals wieder das finden, was sie in James Liebe gefunden hatte, aber sie musste beginnen, sich damit abzufinden, dass er niemals zu ihr zurückkommen würde. Sie gab sich einen Ruck und ging die Straße hinunter Richtung Marktplatz. Sie grüßte freundlich jeden Mann und jede Frau, die ihr entgegenkamen, hielt ein kurzes Schwätzchen mit der Frau des Bäckers, verabschiedete sich von ihr und bog dann in ein kleine Seitenstraße, die sie zum Marktplatz führte. Sie war schon fast am Ende der Gasse angelangt, als ihr plötzlich jemand im Weg stand.

Es war Steve Banning, der ihr entgegengekommen war und jetzt einfach vor ihr stand, als hätte er auf sie gewartet.

„Guten Tag, Rebecca, gehen Sie auch zum Markt?", fragte er mit einer Stimme, die ihr durch Mark und Bein ging. Sie war tief und ruhig und so vertrauensvoll und Rebecca war es fast unangenehm, wie gut es ihr tat, eine männliche Stimme zu hören.

„Darf ich Ihnen helfen?", fragte er weiter und nahm ihr im gleichen Atemzug den Korb aus der Hand.

Sie wehrte sich nicht. Es hätte auch gar keinen Sinn gemacht, denn sie konnte sich in diesem Moment weder bewegen noch ein Wort sagen. So sehr hatte sie sich tief in ihrem Innern gewünscht, dass dieser Mann sie ansprechen würde. Und selbst wenn ihr klar war, dass er nur ein Ersatz für James sein würde, so wusste sie doch, dass sie sich nicht auf Dauer in ihr Herz zurückziehen konnte und bevor es an Hoffnungslosigkeit und Einsamkeit zerbrechen würde, so wollte sie sich doch lieber diesem Mann anvertrauen, der ihr wie ein Licht im Dunkeln vorkam.

James war ihr für immer genommen worden. Die See, die schon so oft zwischen ihr und ihm gestanden hatte, war nun zu seinem Grab geworden und Rebecca würde für immer ohne ihn sein.

Ohne Gegenwehr ließ sie sich den Korb aus der Hand nehmen und ging gemeinsam mit Steve Banning in Richtung Markt.

„Ich weiß", begann er, „dass Sie nur auf der Durchreise sind und unsere kleine Stadt schon bald wieder verlassen werden, aber auch eine kurze Zeit sollte man doch so schön wie möglich gestalten. Finden Sie nicht?"

Sie war sich nicht sicher, was sie antworten sollte und so blieb es nur bei einem vorsichtigen Nicken ihrerseits. Auch wenn sie etwas hätte sagen wollen, wäre es ihr nicht möglich gewesen, auch nur den kleinsten Laut aus ihrer Kehle zu bringen. Ein Gefühl von Glück und Freiheit hatte sie übermannt. Sie ging hier mit einem Mann an einem schönen sonnigen Tag durch diese Stadt, in der sie lebte. Überall roch es nach frischem Gemüse und frischem Brot. Es war ihr bis heute nie aufgefallen, wie schön es hier eigentlich wirklich war.

Sicher, sie und ihre Mutter führten ein Leben, das einfach und von Arbeit geprägt war, doch Elizabeth hatte sich in der kurzen Zeit an dieses Leben, das jetzt mit Aufgaben gefüllt war, für die sie nie zuständig gewesen war, gewöhnt und genoss es.

Die Begegnung mit Steve hatte alles in ihr gelöst, was sie bis jetzt gebremst hatte. Sie hatte keine Angst mehr vor ihrem Vater, keine Angst in alte Verhaltensmuster zurückzufallen und vor allem hatte sie wieder Hoffnung und Lebensmut.

So schlenderten sie über den Markt, machten an verschiedenen Ständen Halt und Rebecca machte eine Besorgung nach der anderen.

Sie ertappte sich dabei, dass sie Steve ansah und während sie das tat, lächelte sie. Es war ihr fast etwas unangenehm, fühlte sie sich doch eher wie eine Witwe, denn wie ein junges Mädchen, das hier mit einem jungen und sehr attraktiven Mann über den Markt ging.

Steve war sehr zuvorkommend, nahm ihr alles ab und trug es für sie. Er kannte hier scheinbar jeden Menschen, denn von überall her kamen Rufe, dass er doch noch mal hier und da vorbeischauen solle.

„Es muss Sie nicht wundern", sagte er, „wenn mich hier alle ansprechen. Wir haben fast alle Marktstände gebaut und helfen den Leuten immer, wenn mal wieder eine kleine Reparatur anfällt. Wir unterstützen uns hier alle gegenseitig in Barnstaple, sonst würde ja niemand in Zeiten wie diesen zurechtkommen. Außer den Reichen natürlich, aber die leben ja auch nur, weil wir arbeiten und sie unsere Steuern kassieren. Doch das wird sich auch bald ändern. Es dauert nicht mehr lange. Man kann ein Volk nicht auf Dauer unterdrücken und bestehlen. Irgendwann ist das Maß voll. Man kann einen Zweig biegen, aber irgendwann bricht er. Ich wollte Sie jedoch nicht mit meinen Gedanken langweilen. Also, Rebecca, wo kommen Sie genau her und was hat Sie in unser kleines Dorf geführt? Ich hoffe, Sie sind nicht auf der Flucht und wir müssen Sie hier vor irgendjemandem verstecken?"

Für einen kleinen Augenblick war Rebecca er-

schrocken, doch als sie in Steves lächelndes Gesicht sah, war ihr klar, dass es sich um einen Scherz gehandelt hatte. Sie erzählte ihm, dass sie und ihre Mutter aus einem kleinen Dorf in der Nähe von London kämen und nur auf der Durchreise nach Irland seien. Hier würden alte Freunde ihrer Mutter wohnen und diese hätten sie lange nicht gesehen und jetzt kurzerhand beschlossen, sie endlich einmal zu besuchen.

„Die Barringtons", sagte Steve mit leicht hochgezogenen Augenbrauen, als sei er misstrauisch, „da haben sie aber ein schönes Geheimnis lange für sich behalten."

Rebecca verstand im ersten Moment überhaupt nicht, was Steve meinte, bis ihr klar wurde, dass er sie als schönes Geheimnis bezeichnet hatte.

Auf der einen Seite empfand sie es als ein wenig aufdringlich, auf der anderen Seite schien dieser Steve Banning ein Mann voller Geheimnisse zu sein. Immer wieder die Andeutungen über einen bevorstehenden Aufstand der Menschen hier im Dorf und überall in England, seine Art sich auszudrücken und seine Augen, die so blau waren wie der Ozean und in denen man ertrinken zu können schien.

Schlagartig zuckte es durch Rebecca. Ertrunken war nur einer und das war James und sie ließ sich hier mit einem fast fremden Mann sehen und ihn ihre Einkäufe tragen. Dieser aufdringliche Mensch schien sich seiner Sache so sicher zu sein und tat so vertraulich, als würden sie sich schon lange kennen. Was bildete sich dieser Mann nur ein?

„Wie lange werden Sie und Ihre Mutter in unserem kleinen Dorf bleiben? Denn wir haben nächste Woche ein Dorffest mit Musik und Tanz. Es würde mich freuen, wenn Sie mich begleiten würden und ich denke, es wird Ihnen gefallen. Falls Sie Angst haben, bringen Sie doch einfach Ihre Mutter mit. Ken und May Barrington werden mit Sicherheit auch kommen, aber es ist ja noch Zeit, also überlegen Sie es sich."

„Nein, nein", antwortete Rebecca, die fast stotterte, sich selber sprechen hörte und sich dabei zusehen konnte, wie sie die Einladung dieses ungehobelten und doch so unglaublich gutaussehenden Mannes annahm, „nein, ich komme gerne mit und Sie haben recht. Es ist eine wunderbare Abwechslung zu dem so gleichbleibenden Trott aus Hausarbeit, Einkauf und schlafen. Ich komme gerne und ich bin überzeugt, meine Mutter wird uns begleiten. Ich danke Ihnen für die Einladung."
„Nein, Rebecca, ich habe zu danken, dass Sie mich begleiten", antwortete Steve und machte dabei eine tiefe Verbeugung. Die beiden sahen sich an, blickten sich tief in die Augen und

dann begann Rebecca zu lachen. Sie hatte schon lange nicht mehr gelacht und in diesem Moment schien alles, was sie in den letzten Jahren in sich aufgestaut hatte, aus ihr herauszuwollen. Ob schöne oder schlechte Erinnerung. Einfach alles suchte sich in diesem Moment einen Weg aus ihr heraus, was schließlich dazu führte, dass sie zu weinen begann.

Steve, der genau wie Rebecca lachte, bemerkte ihre Stimmungsschwankung und zog sie ein wenig vom Markt fort, damit sie sich in dieser Menge von fremden Menschen keine Blöße geben musste. Er führte sie herunter zum Hafen und die beiden setzten sich auf eine Bank. Er bot ihr ein Taschentuch an und saß schweigend neben ihr. Rebeccas Tränen wollten nicht aufhören, an ihrer Wange herunterzurinnen. Hatte sie sich doch nie etwas anderes gewünscht, als so frei und unbeschwert zu lachen. Einfach durch eine Stadt zu gehen und sich zu freuen. Nicht ständig diesen Spionen ihres Vaters ausgesetzt zu sein. Einfach ein freies Leben zu führen. So wie Johanna es schon immer gefordert hatte. Wie mochte es ihrer kleinen Schwester gerade jetzt wohl gehen? Mit ihrem Mann und dessen Vater in der kleinen Schmiede. „Rebecca, sind Sie noch hier?", hörte sie Steve leise sagen.

„Ja, natürlich, entschuldigen Sie. Entschuldigen Sie mein Schweigen, mein Weinen, entschuldigen Sie mein Verhalten. Am besten Sie entschuldigen mich komplett. Verstehen Sie mich bitte nicht falsch, Steve, aber Ihnen meine Last aufzubürden wäre einfach nicht fair Ihnen gegenüber. Aber ich kann und darf Ihnen nicht die wahren Gründe dafür nennen, warum ich weine, warum ich hier bin und warum ich diese Stadt wieder verlassen werde. Es tut mir leid. Es ist am besten, wenn wir uns nicht mehr sehen. Ich danke Ihnen auch noch

einmal für die Einladung, aber ich werde sie nicht annehmen
können."

Steve schwieg, saß neben ihr und sah sie an. Rebecca traute
sich nicht, seinen Blick zu erwidern, spürte aber seine Augen,
wie sie in ihrem Gesicht nach neuen Tränen suchten.

„Darf ich noch eines sagen, Rebecca. Es ist mir klar, dass ein
einfacher Mann wie ich nicht die geringste Chance hat bei
einer Frau aus gutem Hause. Dass Sie es sind, sieht man an
Ihrem Gang, an der Art wie Sie mit den Menschen sprechen
und eben auch daran, dass Sie scheinbar noch nie in Ihrem
Leben einem anderen Menschen etwas von sich preisgegeben
haben. Dabei ist es doch das Normalste der Welt, seine Sorgen
und Nöte mit Menschen zu teilen, die man liebt und die
werden sie doch haben."

Jetzt brach alles aus Rebecca heraus, wer sie wirklich war,
was ihr Vater alles getan hatte, um sie und James voneinander
fernzuhalten, die ständigen Bespitzelungen durch Klive
Benson, die Flucht von Johanna vor dem Kloster und das
Leben, das ihre Schwester jetzt führte, die geplante Hochzeit
mit dem alten Sir Patrick und alle anderen Dinge, die sie bis
jetzt in ihrem Leben durchgemacht hatte und dass sie
eigentlich immer von James erhofft hatte, dass er sie aus
diesem Gefängnis befreien und sie weit weg von den täglichen
Attacken ihres herrischen Stiefvaters bringen würde. Aber nie
hatte James auch nur den kleinsten Versuch gemacht, sie von
diesem Joch zu befreien.

Im Gegenteil, als herauskam, dass Rebecca den alten Sir
James Patrick heiraten sollte, schiffte er sich erneut auf eines
seiner geliebten Marineschiffe ein und entzog sich so jeder
Verantwortung. Vielleicht hatte auch alles so kommen sollen,

wie es jetzt gekommen war und sie sollte von nun an ein einfaches Leben als Frau eines Handwerkers führen.

Eventuell hatte Gott auch ganz andere Pläne mit ihr? Das war die Stimme ihres Vaters, die da aus ihr sprach und keine andere Stimme erfüllte sie so mit Hass. Von dieser Stimme wollte sie niemals wieder hören, was sie zu tun und zu lassen hatte. Sie wollte sie nie wieder hören und alles, was mit dieser Stimme und dem Mann, dem sie gehörte, zu tun hatte, aus ihrer Erinnerung löschen.

Während die Erinnerungen durch sie hindurchrauschten, so wie ein Sturm durch einen Wald, saß Steve Banning ruhig neben ihr und beobachtete, wie sie sich abwechselnd auf die Unterlippe biss, durchatmete und sich dann eine weitere Träne aus dem Gesicht wischte. Er saß einfach neben ihr und sie hätte alles dafür gegeben, ihren Kopf auf seine Schulter fallen zu lassen.

Steve Banning war ihr Prinz auf dem weißen Pferd, der Ritter, der den Drachen tötet. Er hatte in dieser kurzen Zeit so viel bewirkt wie James in der gesamten Zeit, in der er mit Rebecca zusammen war, nicht geschafft hatte. Sicher war diese Zeit unglaublich schön und romantisch gewesen, aber mehr eben auch nicht. Sie war eine Frau geworden und musste ihre Entscheidungen treffen, die für sie und ihr eigenes Leben am besten waren.

Und dennoch würde sie diesen aufrechten, ehrlichen Mann nie vergessen und er würde immer einen Platz in ihrem Herzen behalten. Doch durch Steve Banning erlebte sie zum ersten Mal das Gefühl von Verlangen und willenloser Hingabe.

„Rebecca, alles in Ordnung?", hörte sie Steve leise fragen.

„Ja, Steve, selbstverständlich." Sie legte ihren Kopf auf ihre Schulter, strich sich die langen blonden Haare aus ihrem Gesicht und dann drehte sie sich zu Steve und sah ihm in seine Augen.

„Ich muss mich schon wieder bei Ihnen entschuldigen, aber ich musste nur kurz über etwas nachdenken. Also, ich danke Ihnen noch einmal für Ihre Einladung zu dem Fest und wenn Sie mögen, würde ich Sie gerne begleiten. Es wäre mir eine Freude."

Steve Banning war sichtlich überrascht, wie schnell sich die Gefühlslage bei Rebecca wandelte und dass sie jetzt so voller Enthusiasmus und scheinbarer Überzeugung zusagte. Aber was auch immer in dieser Frau vorging, sie würde es ihm irgendwann erzählen und dann würde er sie verstehen. Für den Moment war es einfach nur ein großartiges Gefühl, mit der wohl bestaussehendsten Frau aus dem Ort zu dem Fest zu gehen. Sie brauchten noch Zeit, um sich kennenzu lernen und die würden sie haben.

Steve bot Rebecca an, ihr die Einkäufe noch bis nach Hause zu tragen, was sie gerne annahm, da sie sich einfach nicht im Stande fühlte, Kartoffeln, Salat und alles andere, was sie noch zusätzlich gekauft hatte, alleine nach Hause zu bringen.

Auf dem Heimweg wollte es ihnen nicht mehr gelingen, ein gelöstes Gespräch zu beginnen. Beide ahnten, dass sie etwas trennte und es schien unüberwindbar zu sein. Als sie vor dem Haus der Barringtons angekommen waren, bedankte sich Rebecca noch einmal bei Steve, wollte ihm gerade den Einkauf abnehmen, als sich die Haustür öffnete und Elizabeth St. John in der Eingangstür stand. Sie lachte Steve an und bat ihn, doch hereinzukommen und etwas zur Erfrischung zu trinken, wenn er schon die schweren Einkäufe trug. Steve nahm die Einladung gerne an und Rebecca fühlte sich ein bisschen unwohl, aber sie war auch froh. Merkte sie doch, dass dieser Mann ihr Leben in eine Bahn lenken könnte, die ihr Ruhe und Frieden verhieß.

Sie gingen gemeinsam in die Küche, wo Steve von May und Ken Barrington begrüßt wurde. Sie redeten über das Wetter, machten ein paar Späße und dann verabschiedete sich Steve sehr höflich, ohne noch einmal ausdrücklich darauf hinzuweisen, dass er sich darüber freute, dass Rebecca ihn zum Fest begleiten würde. Sie lächelte etwas verschämt zurück und dann verschwand er.   „Ein Verehrer", sagte Elizabeth leise und lachte dabei übers ganze Gesicht. Sie freute sich für ihre Tochter, die nach ihrer Meinung viel zu lange an einem Mann gehangen hatte, der sich nie richtig für Rebecca entschieden hatte.

Mutter und Tochter gingen hinaus in den Garten und Rebecca erzählte ihrer Mutter alles, was auf dem Markt passiert war. Währenddessen bereitet Kay Barrington in der Küche das Essen vor und Ken Barrington ging zurück in seine Schmiede, um noch etwas zu arbeiten.

Tochter und Mutter aber blieben die ganze Zeit unter dem blühenden Apfelbaum sitzen und Rebecca kam aus dem Schwärmen fast nicht mehr heraus. ♦♦♦

Zur selben Zeit in Plymouth wurde die Lage für den alten St. John merklich bedrohlicher. Er saß in seinem Arbeitszimmer hinter seinem Schreibtisch und blies den Rauch seiner Pfeife durchs offene Fenster in den Abendhimmel. Nichts von dem, was er geplant hatte, war aufgegangen. Johanna hatte ihn auf das Derbste enttäuscht und war einfach davongelaufen. Aber so war sie schon immer gewesen. Er hatte jahrelang versucht, diesen unruhigen Geist, der in ihr wohnte, zu zähmen. Aber es war ihm nie auch nur ansatzweise gelungen, Johanna in den Griff zu bekommen. Dass sie jetzt fort war, ließ eher das Gefühl von Wut denn von Enttäuschung in ihm aufkommen. Die Flucht von Elizabeth und Rebecca jedoch war nicht nur eine Flucht. Es war Verrat. Verrat an ihm und an alle dem, was er für diese beiden Frauen getan hatte. So viel Undank konnte es doch nicht auf dieser und schon gar nicht in seiner Welt geben.

„Ihr seid verdammt", flüsterte er, „verdammt aus dem Himmel, aus dieser Welt, aus diesem Haus und aus meinem Leben. Ihr werdet die Rache eures Herren und meine noch zu spüren bekommen. Seid euch sicher." Er lehnte sich in den Sessel zurück und blickte über die Felder, die er von seinem Arbeitszimmer aus sehen konnte. Da klopfte es an der Tür.

Erst beim wiederholten Klopfen sagte der alte St. John in einem unwirschen Ton, dass, wer immer da auch draußen stehen möge verschwinden und zu einem anderen Zeitpunkt wiederkommen solle.

Er konnte die Schritte hören, die sich langsam und schlurfend von der Tür entfernten, dann ging die schwere Haustür leise zu. Wer kam um diese Zeit, um etwas zu besprechen? Die Neugier trieb ihn ins Wohnzimmer, von dem aus er in den Innenhof blicken konnte. Aber da war niemand mehr. Kein Mensch, der vom Hof ging und der einzige Weg, dieses Gut zu verlassen, führte nun einmal über den Hof.

Wo war der ungebetene Besucher? War er vielleicht noch im Haus? Nein, St. John hatte die Schritte und die Tür gehört, was einzig und allein darauf schließen ließ, dass dieser Mensch das

Haus wieder verlassen haben musste. So stand er am Fenster, schaute in die Dämmerung und wusste nicht, was er davon halten sollte.   Aber wie auch immer und wer es auch gewesen sein mochte und was er von ihm gewollt hatte, er würde wiederkommen, denn St. John war hier im Ort die Lösung zu allen Problemen, die Bauern und Handwerker hatten. Aber er war eben auch der Auslöser für die meisten Probleme.

Doch warum sollte er etwas an seinem Verhalten ändern, so lange sich niemand wehrte und keiner von ihnen aufbegehrte? Außerdem stand ihm die Kirche zur Seite und mehr Schutz konnte es in dieser und vor allem in seiner Welt nicht geben.

Das war auch der sich immer wiederholende Schlusssatz seiner Predigten in den sonntäglichen Gottesdiensten: „Denkt immer daran, mehr Schutz und Vergebung bekommt ihr nirgendwo. Also, betet und seid euch immer dessen bewusst, dass Gott und die Kirche alles sehen."

Man musste diesen Menschen nur Angst genug machen und alles fügte sich. St. John hatte im Laufe der Jahre Schätze, ja Reichtümer angehäuft, die er sein eigen nennen konnte. Er hatte Steuern erhöht, hatte die Pacht für die Ländereien heraufgesetzt und einmal im Monat mussten die Bauern bei ihm vorstellig werden, um zu berichten, wie es um ihre Ernte stand, um dann von diesem kläglichen Ertrag noch etwas an die Kirche abzugeben. Natürlich nicht an die Kirche im eigentlichen Sinne. Diese Abgaben wurden im Keller und in den Scheunen untergebracht, wo St. John sie anhäufte, um sie dann von einigen Getreuen auf dem Markt zu überhöhten Preisen wieder verkaufen zu lassen.

St. John war bei all diesen Aktivitäten nie als Auftraggeber, sondern immer nur als Befehlsausführer aufgetreten. Mit der Summe der unterschlagenen Gelder wollte er sich in den nächsten zwei Jahren in die Kolonie Indien absetzen und hatte einen Vertrag mit Sir Patrick unterzeichnet, der ihm, St. John, einen ansehnlichen Landsitz in der Nähe von Neu Delhi zusicherte. Die Voraussetzung dafür war jedoch die Heirat mit Rebecca gewesen.

„Was und wer um Himmels Willen hat ihr nur in den Kopf gesetzt, fortzulaufen?", sagte er vor sich hin und sein Atem kondensierte an der Scheibe. Er stellte sich aufrecht hin, drückte seine Daumen tief in die kleinen Taschen seiner Weste, so wie er es immer tat, wenn wieder einmal eine Entscheidung getroffen werden musste, eine Geste, die ihm in Fleisch und Blut übergegangen war. In dieser Pose schritt er durchs Wohnzimmer, in den Flur an die Treppe, die ins obere Geschoss führte und betrat sein Arbeitszimmer. Er griff nach der Klinke, schloss die Tür und ging auf seinen Schreibtisch zu, um über weitere Schritte nachzudenken, mit denen er Elizabeth und Rebecca aufspüren und zurückbringen könnte.

Er ging um seinen Schreibtisch herum, lies sich in seinen Stuhl fallen und zog die unterste Schublade auf. Er verschloss sie immer, da in ihr Briefe und Notizen lagen, von denen niemand anderes wissen durfte.

Er durchsuchte die Schublade kurz und hatte sofort den Brief, den er finden wollte. Es handelte sich um einen Brief, den er vor langer Zeit erhalten hatte und in dem amtlich bestätigt wurde, dass Elizabeth die Eigentümerin großer Ländereien in Plymouth war. Zu seinem Glück hatte er ihn abfangen können und er war nie in die Hände von Elizabeth gelangt. Sie ging immer noch davon aus, dass sie nichts besitze und der Wohlstand, in dem sie gelebt hatte, einzig und allein dem Beruf und der Stellung von Abraham zu verdanken war.

Jetzt, wo sie fort war, hatte sie nach seiner Meinung den Anspruch darauf verwirkt. Sie hätte ihn eines Tages beerben können, aber selbstständig über so viel Land zu verfügen, das stand ihr nicht zu. Nicht nach allem, was er für sie und ihre Brut, wie er es immer ausgedrückte, getan hatte.

Er hielt den Brief in seiner linken Hand, zögerte ein paar Sekunden, um ihn dann doch über die Kerzenflamme, die auf seinem Schreibtisch brannte, zu halten. Es dauerte ein paar Sekunden, doch dann begann er zu brennen. St. John beobachtete, wie sich die Flamme von einer Seite beginnend, zur anderen hindurchfraß. Er hielt ihn so lange wie möglich in seiner Hand und erst, als die Flamme kurz vor seinem Finger war, legte er den Brief auf eine metallene Unterlage, die er extra zu diesem Zweck in der Mitte seines Schreibtisches positioniert hatte.

Mit einer Mischung aus Gleichgültigkeit und Siegessicherheit beobachtete er, wie der letzte Beweis für den Reichtum Elizabeths zu Asche zerfiel. Er stocherte noch ein wenig mit seinem goldenen Brieföffner in der glühenden Asche, bis auch das letzte Bisschen des Briefes zu Asche zerbröselt war.

St. John erhob sich fast feierlich aus seinem Sessel, griff sich den metallenen Untersatz mit der Asche, ging zu seinem Fenster und pustete sie hinaus in den Abend.   „Asche zu Asche, Staub zu Staub", sprach er fast unhörbar vor sich hin.

Dann schloss er das Fenster und setzte sich wieder hinter seinen Schreibtisch. Er schob die Schublade zu und schloss sie, wie gewohnt, zweimal ab. Jetzt war auch der letzte Beweis vernichtet, der darauf hingewiesen hätte, dass Elizabeth Land besaß. Er lehnte sich zurück und schloss langsam seine Augen.

◆◆◆

Während Abraham St. John sich gut und sicher fühlte, waren andere dabei, ihm genau dieses Gefühl zu nehmen. Zu lange schon hatte die Herrschaft des Herren gedauert, der jeden Menschen, außer sich selbst im Namen Gottes leiden ließ.

Diese kleine Gruppe von Frauen und Männern hatten sich zusammengefunden, da sie unter dem Druck der Abgaben an St. John ihre Familien nicht mehr ausreichend ernähren konnten.

Unter ihnen waren Bauern, die sich schon immer über die viel zu hohe Pacht beschwert hatten, aber nie angehört worden waren und es waren Handwerker aus dem Dorf anwesend, die hohe Mieten an den obersten Kirchenhüter am Ort zahlen mussten.

Diese Beschreibung für seinen Beruf hatte sich St. John schon vor langer Zeit zugelegt und offene Zweifel an seiner Stellung waren nie laut geworden. Jedenfalls nicht bis zu dem Zeitpunkt, als Johannas unfreiwilliger Einzug in ein Kloster und eine arrangierte Hochzeit für Rebecca das Fass zum Überlaufen brachten. Sicher hatte Johanna schon immer überlegt, wie sie ihren ungeliebten Stiefvater auf den Boden der Tatsachen zurückholen konnte. Und ihr wäre jeder Weg recht gewesen, aber sie hatte eben nicht die Mittel, ihn mit Gewalt dazu zu zwingen, die Ländereien zurückzugeben und das Haus zu verlassen.

Und so stand sie auch an diesem Abend vor den aufgebrachten Menschen und versuchte, sie davon abzubringen, unüberlegte Aktionen durchzuführen.

„Liebe Freunde, ihr wisst alle, es wäre mir eine große Freude zu sehen, wie dieser alte, herrische Unmensch unsere Stadt verlässt. Aber wir brauchen noch ein wenig Zeit. Klive ist noch nicht zurück und er ist der Einzige, der wirkliche jede einzelne Zahlung von euch an den alten St. John bezeugen kann. Wir brauchen ihn. Gebt uns noch ein paar Tage. Bitte. Und dann, ich verspreche es euch, dann werden wir dem Alten da oben einheizen." Missmutig, aber einsichtig beruhigten sich die Leute. Christian kam durch die Menge auf Johanna zu und allein sein Anblick ließ Johanna immer wieder aufs Neue schwach werden.

Dieser wunderbare Mann, groß, muskulös und immer ein charmantes Lächeln auf den Lippen. Jedes Mal, wenn sie ihn ansah, konnte sie nicht glauben, dass sie so viel Glück im Leben hatte, einen solchen Menschen gefunden zu haben.

Sie saßen alle noch eine Zeit lang zusammen und redeten angeregt über weitere Schritte, die zu tun seien, um sich von den viel zu hohen Kosten durch St. John zu befreien. Doch irgendwann beschlossen sie, in den nächsten Pub zu gehen und den Abend dort bei einem guten Glas Bier friedlich zu beenden.

So wurde es dann auch gemacht und der kleine Tross von Freiheitsliebenden bewegte sich durch die engen Gassen in Richtung Wirtshaus. Bis die Sperrstunde anbrach, saß die kleine Gruppe um einen Tisch versammelt und man sprach darüber, wie erst alles sein würde, wenn die Herrschaft St. Johns beendet sei.

Christian und Johanna verließen die Gruppe früher. Beide waren müde und zudem plagte Johanna so etwas wie ein schlechtes Gewissen.

„Er hat mir nie etwas Gutes getan. Warum habe ich jetzt diese Gefühle, als sei es Unrecht, was wir tun?" „Weil du du bist, Liebste, weil du eben nicht seine Tochter bist, sondern ein lebendes und liebendes Wesen, das sich, egal was es tut, immer Gedanken um andere macht und um die Folgen. Es ist doch nur verständlich, Jo. Er hat dich, Elizabeth und Rebecca aufgenommen und deine Mutter geheiratet, damit es euch gut geht. Die ganzen Jahre habt ihr zusammengelebt und auch wenn du ihn nie so gesehen hast, aber er war doch dein Vater. Er hat alle Aufgaben übernommen, die ein Vater hat und wenn ich dich anschaue und wenn ich dir zuhöre, dann hat er trotz seiner Fehler letzten Endes den Menschen aus dir gemacht, der hier vor mir steht und den ich liebe.

Du bist die Frau, von der ich immer geträumt habe und die ich immer wollte und ich werde immer, egal was passiert, für dich da sein und an deiner Seite stehen. Auch wenn du manchmal etwas übereilt urteilst und dann versuchst, die ganze Welt zu ändern und es doch aussichtslos ist, aber genau das, dein Kampfgeist für die Gerechtigkeit und dein Wille zur Liebe ist das, was mich den ganzen Tag an dich denken lässt. Dieses Gefühl würde mich in der dunkelsten Nacht voller Hoffnungslosigkeit zurück zu dir bringen."

Johanna wusste, wie sehr Christian sie liebte, aber so hatte er noch nie zu ihr gesprochen und es rührte das Innerste in ihr. Deshalb konnte sie nicht anders als ihm in die Arme zu fallen und ihn zu küssen. Sie umarmten und küssten sich und es schien, als würde die Welt um sie herum verschwinden. Es war ihnen egal, ob Passanten an ihnen vorbeigingen. Es wäre ihnen sogar gleich gewesen, wenn es angefangen hätte zu schneien. Sie liebten sich und ihre Liebe würde sie wärmen, für immer.

Eng umschlungen gingen sie nach Hause und waren sich ihrer Liebe so sicher, wie nur die es sein können, die von ganzem Herzen und aus tiefster Seele lieben.

◆◆◆

Weitab von Liebe und Zuversicht betrat ein Mann ein Gasthaus in Irland. Er hatte einen ungepflegten Vollbart und die Sonne schien ihm seine Haut verbrannt zu haben. Seine Kleidung war zerschunden und er bewegte sich, als sei er in den letzten Jahren nur gebückt oder aber zumindest nicht aufrecht gelaufen. Er humpelte in die

Schankstube, hielt sich an der Rückenlehne eines Stuhles fest, schaute dem Wirt tief in die Augen und sagte: „Wasser bitte. Ich brauche nur Wasser, bitte."

Dann versuchte er sich aufzurichten und zum nächsten freien Stuhl zu gelangen. Mit scheinbar letzter Kraft erreichte er einen Stuhl an einem Tisch in einer der dunklen Ecken und ließ sich darauf hinabsinken. Sein Blick war starr auf ein Bild an der Wand gerichtet, auf dem der Maler einen Sturm dargestellt hatte. Er schien das Bild nach irgendetwas abzusuchen, aber es war nicht mehr darauf zu sehen als aufgewühlte See und weiße Gischt, die über den Wellen tanzte.

Als der Wirt ihm Wasser brachte, schaute der unheimliche Gast ihn an, zog ihn an sich, deutete auf das Bild und sagte mit kaum hörbarer Stimme: „Ich war da."

Der Wirt wusste nicht, was er antworten sollte und hielt diesen Gast eher für verrückt als für einen Seemann. „Trink das Wasser und dann verschwinde. Du verscheuchst mir noch meine Gäste."

„Bitte schicken Sie mich nicht fort. Ich habe dafür gekämpft, zurück an Land zu gelangen und wenn es am Geld liegt, so soll das kein Problem sein."

Er griff in seinen zerlumpten Beutel, den er mit sich trug und man konnte das Klingeln von Münzen hören.

Er legte eine Handvoll von ihnen auf den Tisch.

„Reicht das, Herr Wirt?"

„Selbstverständlich, werter Herr, aber erzählen Sie doch, von wo kommen Sie und was hat Sie hierher verschlagen?"

„Mein Name ist James Furgeson und ich bin Steuermann im Dienste ihrer Majestät."

James erzählte von dem Höllenritt, den er hinter sich gebracht hatte und der Wirt schien ihm nachfühlen zu können, was er erlebt hatte, denn noch bevor James mit seiner Geschichte zu Ende war, schob der Wirt ihm sein Geld über den Tisch zurück.

„Sie haben die Hölle durchlebt, mein Freund, und alles mit der Kraft der Liebe. Sie sind ein Beispiel für jeden Menschen, der sein Ziel erreichen will. Seien Sie mein Gast, fühlen Sie sich wie zu Hause und wenn Sie etwas brauchen, rufen Sie nach mir. Mein Name ist William Foster Doyle, aber alle nennen mich nur Bill. Meine Frau heißt Shannon und sie wird Ihnen ein Bett in der oberen Etage zurechtmachen. Da ist es ruhig."

„Ich will keine Ruhe", sagte James mit einem fast ängstlichen Ton und hielt Bill am Arm fest. „Bitte alles, aber keine Ruhe. Ich habe seit Wochen nichts anderes gehört als Ruhe und sie hört sich grausam an. Man weiß, dass man alleine und niemand da ist, der einen hört. Man beginnt, mit sich selber zu sprechen, um sich davon abzulenken und irgendwann ist es völlig normal, dass man mit sich redet. Ich will nie wieder Ruhe, oder zumindest vorerst nicht und nennen sie mich bitte James."

Er setzte das Glas an und leerte es in einem Zug. Er setzte es aber nicht sofort wieder ab, sondern behielt es an seinem Mund, als wartete er darauf, dass es sich erneut füllte und er weitertrinken konnte.

Bill legte seine Hand vorsichtig an das Glas und führte es zurück auf den Tisch.

„Es ist genug davon da. Wenn Sie mehr wollen, können Sie so viel haben, bis Sie nicht mehr können." Er winkte seiner Frau und deutete auf das Glas. Shannon Doyle kam sofort mit einem großen Krug gefüllt mit frischem Wasser und stellte es vor James auf den Tisch. Dabei schaute sie ihren Mann fragend an und verschwand wortlos.

„Ihr gefällt es nicht, dass ich hier sitze", sagte James leise vor sich hin, während er sich ein neues Glas einschenkte.

„Ach, so ist sie nun mal. Misstrauisch und oft sehr verschwiegen, aber die einzige Frau, die es mit mir aushält und ich habe es schon öfter probiert. Es hat nie geklappt." Ein leichtes Lächeln war auf seinem Gesicht zu sehen, als er das sagte. „Wissen Sie, ich bin lange zur See gefahren, habe gefischt, Wale gejagt und sogar gegen die Franzosen gekämpft, aber nirgendwo auf dieser Welt habe ich so viel

Ruhe gefunden, wie bei Shannon. Wir kennen uns jetzt schon zehn Jahre. Wir werden von vielen gemieden, da wir nicht heiraten wollen, aber unsere Freunde kommen immer noch zu uns. Und so haben wir uns hier, abseits des nächsten Dorfes, ein schönes und ruhiges Heim und ein erfülltes Leben geschaffen. Wo wartet Ihre Frau auf Sie James?"

„Plymouth", sagte James monoton, „sie lebt in Plymouth und ich muss auf dem schnellsten Wege zu ihr. Sie weiß doch überhaupt nicht, wo ich bin und wie es mir geht und wie sehr ich sie liebe."

„Sie sollten aber erst eine Nacht schlafen in einem Bett und sich waschen und ich denke eine Rasur würde Ihnen auch nicht schlecht zu Gesicht stehen. Was meinen Sie?", fragte Bill und griff James freundschaftlich an die Schulter, der in dem Moment vor Schmerzen sein Gesicht zu einer Fratze verzog.

„James, was ist mit Ihnen? Was ist mit Ihrer Schulter? Kommen Sie, wir gehen nach nebenan und ich werde mir das mal anschauen. Haben Sie etwas dagegen, wenn uns Ian begleitet?", er deutete auf einen älteren Herren am anderen Ende der Theke. „Er ist Arzt."

„Natürlich nicht", antwortete James, dessen Stimme immer noch leicht schmerzverzerrt klang.

Bill ging hinüber zu dem älteren Mann und die beiden kamen sofort zu James Tisch zurück.

„Ich bin Ian McFedder. Ich bin hier der Arzt im Dorf, jedenfalls halten mich alle für einen. Dann lassen sie mich Ihnen helfen und Sie wieder zusammenflicken."   Die beiden Männer stützten James beim Aufstehen und brachten ihn in einen Raum mit einem großen Tisch, um den herum acht

Stühle standen. Sie nahmen drei der Stühle weg, sodass sie James problemlos auf den Tisch legen konnten.

Nachdem James sein Hemd ausgezogen und sich bäuchlings auf den Tisch gelegt hatte, konnten die zwei Männer den Rücken eines Mannes sehen, der ohne Frage mehrere Tage im Wasser verbracht hatte. Unterkühlungen, Narben und ein fast senkrecht heraustehendes Schulterblatt waren zu sehen.

Ian tastete den geschundenen Rücken ab und fragte immer wieder, ob es hier weh tue oder da schmerze.   „Ja, es tut überall weh, egal, wo Sie mich berühren, egal, wie vorsichtig Sie mich auch anfassen. Bei jeder Berührung ist es so, als würde man mir ein Bajonett in den Leib rammen und es langsam umdrehen."

„Wissen Sie, James", begann Ian, „Sie sind jung, Ihnen steht die Welt offen und Sie haben noch jede Menge Zeit, aber diese Verletzungen müssen behandelt werden und das wird einfach dauern. Am besten wir legen Sie in ein Bett, und ich schicke jemanden, der sich um die Säuberung der Wunden kümmert. Wie hört sich das für Sie an?"

Aber James hörte nichts mehr. Nach vier Tagen im Atlantik war eine Grenze überschritten, die James in einen tiefen Schlaf fallen ließ.

So mussten Ian und Bill den reglosen und geschundenen Körper des Mannes, der ihre Hilfe brauchte, in ein Bett legen. Ian begann, die Wunden auf dem Rücken mit Alkohol zu reinigen und verband seinen Patienten soweit möglich.

„Ich werde Fay schicken. Sie wird sich dann um alles Weitere kümmern. Sie ist eine gute Krankenschwester. Meinst du,

Shannon ist es recht, wenn er hier bleibt? Ich meine, es kann einige Zeit dauern, bis er wieder laufen kann."

„Shannon wird das einsehen. Außerdem war ich damals in fast demselben Zustand, als sie mich kennenlernte. Sie wird es verstehen und wenn sie nicht damit einverstanden sein sollte, kann unser unbekannter James mit Golddublonen bezahlen und das sollte sie dann wieder beruhigen."

Die beiden Männer löschten die Kerzen und verließen den Raum, in dem James lag. Er stöhnte leise vor sich hin, als er sich im Bett bewegte und scheinbar immer noch das Gefühl hatte, im Wasser zu schwimmen.

Die Tür wurde leise geschlossen und sie gingen zurück in den Schankraum. Ian setzte sich wieder an seinen Platz. Bill ging zu Shannon, die ihn scheinbar schon erwartet hatte. Sie stand mit in die Hüften gestemmten Fäusten und machte durch eine Kopf-

bewegung unmissverständlich klar, dass sie ihren Mann in der Küche sprechen wollte.

„Was denkst du dir nur dabei, diesen Bettler hier unter unserem Dach zu beherbergen?", zischte sie so leise, dass es nur Bill hören konnte, „wir waren uns doch einig, dass wir, nach allem was wir durchgemacht haben, einen solchen Menschen nicht bei uns aufnehmen wollen. Was ist in dich gefahren, William Foster Doyle?"

Shannon nannte Bill nur bei seinem vollständigen Namen, wenn sie wirklich sehr erregt war und nicht verstand, was ihr Mann gerade wieder entschieden hatte. Bill nahm beide Hände seiner Frau, sah ihr tief in die Augen und zog sie an sich.

Er erklärte ihr, wer James war, was mit ihm passiert war und was er erlebt und durchgemacht hatte.

„Das erinnerte mich an meine eigene Situation, als wir uns kennengelernt haben. Außerdem ist er verletzt und wahrscheinlich auch krank. Er braucht unsere Hilfe, so wie ich damals deine. Er wird abreisen, sobald er in der Verfassung ist zu laufen. Das kannst du mir glauben und außerdem hat er versucht, das Wasser mit Gold zu bezahlen. Ich bin der festen Überzeugung, dass dieser Mensch kein schlechter ist. Bitte vertrau mir, Liebling." Shannon befreite sich ein wenig aus Bills Umarmung, aber nur so viel, dass sie ihm in die Augen schauen konnte. Ihr lief eine Träne an ihrer linken Wange herunter und Bill küsste sie.

„Ich liebe dich, du gutgläubiger Mann und ich vertraue dir. Lass uns gehen und uns um unsere Gäste kümmern, bevor sie fortlaufen."

Sie gingen Hand in Hand aus der Tür in den Schankraum, wo immer noch fröhliches Treiben herrschte.

Der Abend verging und es wurde viel geredet, gelacht und getrunken. Der Mann, der in dem kleinen Zimmer lag, geriet ein wenig in den Hintergrund, bis plötzlich die Eingangstür zum Wirtshaus aufging und eine junge Frau im Türrahmen stand. Sie war schlank, großgewachsen und hatte lange, rotblonde, leicht gelockte Haare. Es war Fay Flinnigon, die Krankenschwester des Dorfes.

Sie ging zielsicher an den Tresen und sagte: „Hallo, Ian hat nach mir schicken lassen. Ich soll mich um einen Gast kümmern, den ihr beherbergt."

„Das ist richtig", antwortete Shannon, „möchtest du erst etwas trinken, bevor du ihn dir ansiehst oder soll Bill dir gleich zeigen, wo unser Gast liegt?"

„Mir ist es lieber, wenn ich ihn mir erst einmal anschaue, dann kann ich immer noch etwas trinken, danke."   „Dann folge mir bitte", sagte Bill, kam hinter dem Tresen hervor und wies Fay den Weg in James Zimmer.

„Ich brauche mehr Kerzen", bemerkte Fay als Erstes, „und Handtücher, Waschlappen und frisches Wasser."   „Kriegst du, Fay, dauert nur einen Moment. Ich bin gleich zurück", antwortete Bill, der froh war, dass Fay hier war. Sie war zwar jung, aber doch schon eine erfahrene Krankenschwester und die beste hier am Ort. Ein Glück, dass sie für Ian arbeitete.

Als Bill zurück in die kleine Kammer kam, war Fay gerade damit beschäftigt, die Verbände zu lösen und sich die Wunden genauer anzuschauen.

„Wie kann ein Mensch so etwas überleben? Diese Wunden müssen so schmerzhaft sein, dass er sie bei jeder Bewegung gespürt hat. Unglaublich, dass er hier ist. Ein Wunder. Ja, das ist ein echtes Wunder. Wo nimmt man so viel Kraft her, um so etwas zu überstehen," sagte Fay leise vor sich hin.

„Die Liebe", sagte Bill.

Fay erschrak und fuhr herum.

„Bill, Herr Gott nochmal, schleich dich nicht so an mich heran", sagte sie, schaute ihn erbost an, um sich dann sofort wieder James Rücken zuzuwenden.   „So, mein Freund, die Liebe war es, die dich zurück an Land gebracht und dich zu uns geführt hat.

Hoffentlich ist sie es wert."

Fay wusch die Lappen aus und begann, den vernarbten Rücken des Mannes, der durch die Kraft der Liebe zurück an Land gefunden hatte, zu reinigen. Vorsichtig und Stück für Stück arbeitete sie sich von der rechten, unverletzten Schulter zur linken und dann wieder nach rechts. Wie ein Uhrpendel, das zuverlässig und unaufhörlich von links nach rechts schwingt.

„Wenn du etwas brauchst, sag es uns einfach, Fay."

„Fürs Erste bräuchte ich Kaffee, eine Kanne, ich muss auf unseren Helden hier aufpassen, dazu muss ich wach bleiben und das klappt nur mit viel Kaffee."

„Bekommst du. Ich bringe ihn dir, sobald er fertig ist. Sonst noch irgendetwas?"

„Ja Bill, einen Mann wie diesen und dann für mich und nicht für irgendeine Frau, die sowieso denkt, dass er tot ist und schon in den Armen eines anderen liegt, das kannst du mir noch bringen."

„Wenn ich auf dem Weg in die Küche auf einen solchen Mann treffe, fange ich ihn, fessele ihn und bringe ihn zu dir."

„Ich danke dir Bill, ich danke dir", seufzte Fay und Bill schloss leise die Tür. Er musste lachen, diese Fay war von so offenherzigem und gutem Geist. Bereit sich für jeden Kranken aufzuopfern und ihm die möglichst beste und intensivste Pflege zu schenken. Eine wirkliche Ausnahmefrau.

Während Bill damit beschäftigt war, den Kaffee für Fay zuzubereiten, machte diese sich daran, jede auch noch so kleine Schramme an James Rücken genau zu inspizieren. Sie machte sich zudem noch Notizen über deren Farbe, Länge und wo sie genau waren. So würde sie innerhalb der nächsten Tage genau verfolgen können, wie sich der Zustand ihres Patienten verbesserte.

Als sie damit fertig war, die Narben und Verletzungen genauestens zu kartographieren, wie es der alte Bill immer nannte, ging sie zu dem kleinen Tisch am anderen Ende des kleinen Zimmers.

Bill hatte den Kaffee und eine große Tasse dort hingestellt und Fay nahm in dem schweren Sessel Platz, der hinter dem Tischchen stand. Sie spürte die Müdigkeit. Wie viel Uhr mochte es jetzt sein? Sie schaute aus dem Fenster und versuchte, Sterne und Mond zu sehen, um die Uhrzeit zu bestimmen, so wie es ihr ihr Vater beigebracht hatte.

Sie ging zum Sessel, setzte sich und dachte an ihren Vater, der, wie viele Männer hier aus dem Dorf, irgendwann nicht mehr nach Hause gekommen war. Auch wenn man wusste, dass das Meer sie nie wieder hergeben würde, so hoffte man doch bei jedem Klopfen an der Tür, dass es dieser eine Mensch sei, der jetzt den Weg nach Hause gefunden hatte. Vielleicht auch deswegen berührte sie James Schicksal mehr als alle anderen, mit denen sie vorher zu tun gehabt hatte.

Dieser arme, geschundene Mann. Er war derjenige, der an der Tür klopfte und zurückkam. Sie trank einen großen Schluck Kaffee und bemerkte, dass dieser schon fast wieder kalt war. Seit wann mochte er hier stehen? Wie lange war es her, dass Bill ihn gebracht hatte?

Während sie darüber nachdachte, regte sich ihr Patient im Bett. Er stöhnte und seine Hände verkrampften sich, als würde er gegen eine unsichtbare Macht kämpfen. Fay betrachtete diesen stolzen Mann, den nichts hatte brechen können, den nichts aufhielt auf dem Weg zu seiner Liebsten.

Sie seufzte erneut bei dem Gedanken, dass ihr in diesem Leben ein solcher Mann wohl nicht mehr begegnen würde.

James indessen kämpfte sich in seinen Fieberträumen durch haushohe Wellentäler und war weit ab jeder Hoffnung, jemals wieder Land zu sehen und Rebecca. Wo war Rebecca? Was tat sie?

Er spürte ihre Hände auf seinem Rücken, wie sie ihn immer wieder unter Wasser drückten. Er schrie laut, sie solle ihm endlich die Hand geben, aber nichts. Immer wieder spürte er, wie ihre Hand ihn weiter in die Tiefe drückte, doch in einem Moment der Unachtsamkeit, als sie scheinbar von ihm abließ, drehte er sich um und griff ihre Schultern.

„Rebecca, was tust du? Warum hilfst du mir nicht? Warum willst du mich töten?"

Aber sie lächelte ihn nur an und gab keine Antwort. Er versuchte, sie an sich zu ziehen und zu küssen, doch sie drehte ihren Kopf immer wieder fort.

„Was tust du, Liebste? Nur für dich durchschwamm ich das Meer und habe es überlebt. Du warst meine Kraft, meine Hoffnung und nun willst du mich nicht mehr, da ich zurückgekehrt bin?"

„Doch, James, ich werde dich immer lieben und immer wollen. Schließ deine Augen und ruh dich aus." Schlagartig wurde James warm, es war auch kein Wasser mehr um ihn oder Sturm. Es war ruhig und Rebecca war da. Er schloss die Augen und bevor er wieder in tiefen Schlaf fiel, spürte er ihre

Lippen auf seinen. Mehr wollte er nicht von diesem Leben. Rebecca war wieder da und nun würde alles gut werden.

Fay war nach der Umarmung etwas von James abgerückt und hatte ihn wieder auf den Bauch gedreht, damit sie seine Wunden trocknen konnte.

Was war das nur für ein Mann? Erst kämpfte er sich tagelang alleine durch die Wellen und jetzt, da er im Fieber darniederlag, durchlebte er alles noch einmal. Er tat ihr leid. Aus diesem Grund hatte sie ihm gesagt, dass sie Rebecca sei und auf ihn warten würde. Geküsst hatte sie ihn natürlich nicht. Sie hatte lediglich seine Lippen mit einem feuchten Tuch berührt.

Sie hätte ihn niemals küssen können. Einen Mann, der so voller Liebe für eine andere war. Es klopfte an der Tür. Es war Shannon, die fragte, ob Fay noch irgendetwas brauche. Die aber bedankte sich nur für den Kaffee und meinte, dass dieser bis morgen früh reichen müsse. Shannon wünschte eine gute Nacht und schloss die

Tür. Langsam wurde es ruhig im Haus. Die Stimmen verstummten und Fay war alleine. Alleine mit ihrem

Patienten, der sie für eine andere hielt.

Sie war sich nicht sicher, ob sie dieses Spiel mitspielen sollte oder ihm, auch wenn er im Fieber lag, versuchen sollte zu erklären, wer sie war und wo er sich befand. Sie beschloss, ihn in dem Glauben zu lassen, dass alles gut werden würde, denn das gab ihm jetzt Kraft, die verletzungsbedingte Krankheit durchzustehen.

Sie stand auf und kehrte zu dem Sessel zurück. Der Kaffee war jetzt endgültig kalt. Aber das machte ihr nichts. Sie löschte eine Kerze und drehte die kleine Petroleumlampe, die Bill ihr gebracht hatte, kleiner.

Es wurde dunkler in dem Raum und Fay schaute über ihre Tasse hinüber zum Bett, auf dem dieser geheimnisvolle Mann lag, von dem sie nur wusste, dass er James hieß und irgendwo eine Rebecca auf ihn wartete. Sie trank einen Schluck von dem kalten Kaffee und schloss die Augen.

Der nächste Morgen kam und Fay war irgendwann in der Nacht in ihrem Sessel eingeschlafen. Die Morgendämmerung schickte die ersten Sonnenstrahlen über das Meer und färbte das Wasser in ein rotgoldenes Licht. Sie liebte es, morgens aufs Meer zu schauen und diese endlose Weite zu sehen.

Dann fiel ihr Blick auf James, der alleine in dieser endlosen Weite um sein Überleben gekämpft hatte. Die Frau, die diesen Mann ihr eigen nennen durfte, hatte ein nicht zu beschreibendes Glück.

Fay nahm die Schüssel mit dem Wasser und wollte gerade neues holen, als die Tür aufging und Bill mit frischem Wasser eintreten wollte, hinter ihm Shannon mit einem Tablett, auf dem Kaffee und Brot standen. „Wie war die Nacht?", fragte Bill noch sichtlich müde.

„Nun, er war letzte Nacht schwimmen und hält mich für seine Rebecca", antwortete Fay, „ansonsten ist alles in Ordnung mit ihm. Er hat Fieber, aber nicht mehr so hoch wie letzte Nacht. Er hat durchgeschlafen. Wenn er bis Mittag nicht aufwacht, wäre es gut, wenn wir ihm ein wenig Suppe geben würden."

„Ich koche welche", antwortete Bill, „aber jetzt iss du erst einmal und trink frischen Kaffee. Ian schaut im Laufe des Tages auch noch einmal vorbei."

Shannon hatte das Brot und den Kaffee schon auf den kleinen Tisch gestellt. Die drei begannen zu frühstücken und betrachteten nun zusammen ihren Gast, der regungslos im Bett lag.

Nach dem Frühstück begann Fay erneut, die Wunden zu reinigen und flößte ihrem bewusstlosen Helden vorsichtig etwas Suppe in den leicht geöffneten Mund.

Die Tage vergingen, das Fieber stieg und fiel und nicht einmal Ian konnte feststellen, was James fehlte. In den kurzen Momenten, in denen er erwachte, redete er von Wellen, Gefahren und immer wieder von Rebecca.

„Wir sollten sie finden und ihr mitteilen, dass er lebt", schlug Shannon vor, „wenn es ihm besser geht und Gott möge uns und ihm dabei zur Seite stehen, wird er sofort aufbrechen wollen, aber wie schön wäre es, wenn diese Frau dann hier wäre."

„Ach ihr Frauen", polterte Ian, „hoffnungslos romantisch und verträumt. Wir wissen doch nicht einmal, ob sie überhaupt existiert und wenn ja, ob sie wirklich seine Angebetete ist und ob sie genau so denkt und fühlt wie er. Es ist besser und sicherer, wenn wir ihn einfach in Ruhe genesen lassen und dann schauen wir weiter."

Nicht nur weil Ian der Arzt war, sondern auch, weil seine klare und sachliche Analyse der Situation nicht von der Hand zu weisen war, fügte sich Shannon, wenn sie es auch nicht ganz einsah.

♦♦♦

Während James seine Verletzungen auskurierte, begannen in Barnstaple die Vorbereitungen für das Stadtfest. Die Straßen wurden mit Girlanden verziert, die Fassaden gereinigt und ausgebessert und es wurde ein großes Zelt für den abendlichen Tanz aufgebaut.

Rebecca, die fast jeden Tag in die Stadt ging, konnte diese Vorbereitungen Schritt für Schritt verfolgen und umso näher der Termin rückte, desto schlechter wurde ihr Gewissen gegenüber James. Auch wenn ihr Verstand ihr sagte, dass James irgendwo auf dem Grund des Meeres lag und sie ihn nie wiedersehen würde, so war da doch tief in ihr, immer noch ein Funken Hoffnung, dass er eines Tages an ihre Tür klopfen würde.

Doch wie sollte er sie finden? Er wusste nichts von alle dem, was in Plymouth passiert war und würde er zu Abraham gehen und ihn fragen, so könnte ihm dieser auch keine Auskunft geben. Im Gegenteil, er würde James belügen und ihn bewusst auf eine falsch Fährte schicken.

Die einzige Hoffnung war Johanna. Er musste sie fragen und würde von ihr alles erfahren, was passiert war.

Rebecca entschloss sich, ihrer Schwester einen Brief zu schreiben, in dem sie sie um Hilfe bat und Johanna darum James, sollte er an die Tür der Schmiede klopfen, Auskunft zu geben.

Sie steckte den Brief in einen Umschlag und brachte diesen zum Postschalter. Er würde, so versicherte man ihr, in den nächsten Tagen Plymouth erreichen. Beruhigt wollte sie sich auf den Rückweg machen, als ihr Steve begegnete.

„Hallo, Rebecca, wie geht es Ihnen?", sagte er mit seiner samtweichen und doch so männlichen Stimme. Rebecca mochte ihm nicht in die Augen sehen, da sie wusste, dass sie ihm und vor allem sich selbst etwas vormachte. Und dennoch hob sie den Kopf, blinzelte ein wenig gegen die Sonne und lächelte ihn an.

„Gut, es geht mir gut und wie geht es Ihnen, Steve", versuchte sie in einem freundlichen, doch distanzierten Ton zu sagen.

„Ich war gerade bei einem unserer ältesten Kunden. Wir haben ihm einen Tisch", er unterbrach sich selbst, „was langweile ich Sie mit meinen Problemen, ich freue mich, Morgen mit Ihnen zu tanzen. Sie sind doch noch einverstanden?"

Rebecca wusste, egal, was sie jetzt sagte, sie würde es bereuen. Auf der einen Seite war der Mann, den sie liebte, irgendwo auf See verschollen und die Chancen, dass er zurückkam, waren erdenklich gering, aber sie würde eben immer nur ihn lieben können. Auf der anderen Seite stand dieses Bild von einem Mann, der sie verehrte und mit Sicherheit nie schlecht behandeln würde und der es augenscheinlich ernst mit ihr meinte. Sollte sie ihr Leben nur noch auf die Hoffnung stützen, dass James irgendwann vielleicht doch wieder zurückkommen würde oder sollte sie sich mit seinem Tod abfinden und ihr Leben neu beginnen?

„Rebecca, ich will Sie nicht unter Druck setzen. Sie haben mir alles erzählt, was ich wissen muss, um zu verstehen, warum Sie zögern, mir zu antworten. Ich möchte nur, dass Sie wissen, dass ich mich sehr freuen würde, wenn Sie mich begleiten würden. Mehr nicht!"

„Aber was werden die Leute über mich denken, wenn ich mit Ihnen ausgehe und dann vielleicht bald aus Barnstaple fortziehe? Was hinterlässt das für ein Bild bei den Menschen hier? Was hinterlässt das für ein Bild bei Ihnen? Wissen Sie, ich bin so erzogen worden, dass ich immer darauf geachtet habe, meine Haltung zu bewahren und vor allem das Ansehen meiner Eltern nicht zu beschmutzen. Verstehen Sie das?"

Steve konnte sich ein leichtes Schmunzeln nicht verkneifen und Rebecca konnte es sehen. „Sicher verstehe ich das, aber Sie sind hier in einem kleinen Dorf, welches Sie doch in absehbarer Zeit wieder verlassen werden und außerdem wird niemand daran Anstoß nehmen, wenn Sie mit mir zum Tanz gehen. Genießen Sie Ihr Leben Rebecca, gehen Sie aus sich heraus, überwinden Sie Ihre eigenen Grenzen und haben Sie unvoreingenommen Spaß. Niemand hier im Dorf wird Ihnen das übel nehmen."

„Aber Sie", antwortete Rebecca leise, „Sie werden es mir übel nehmen. Wir gehen zusammen zu dem Fest, wir tanzen, lachen und haben gemeinsam Freude, aber Sie und ich wissen, dass es in meinem Leben immer nur den einen geben wird und ich mich nie auf einen anderen einlasse, solange ich nicht weiß, dass James wirklich tot ist.

Vielleicht ist er tot, aber solange er in mir ist, in mir lebt und ich ihn fühle, kann ich einfach nicht ja zu einem anderen sagen, aber wenn ich es tun würde, wären Sie meine erste

Wahl. Verstehen Sie mein Dilemma, Steve? Ich würde nichts lieber tun, als in die Arme eines Mannes zu sinken und mich wieder wie eine Frau zu fühlen, aber es sind meine Erinnerungen, die mich davon abhalten."

„Rebecca, waren Sie noch nie in Ihrem Leben auf einem Fest? Und sind Sie da noch nie von einem anderen Mann zum Tanz aufgefordert worden? Ich fordere Sie lediglich etwas früher zum Tanz auf. Mehr ist es doch nicht! Machen Sie sich keine Sorgen. Die Menschen hier mögen Sie und werden es Ihnen nicht nachtragen, wenn Sie mich nicht heiraten."

Er sah sie mit seinen unglaublichen Augen an und Rebecca kam es so vor, als könnte er in ihre Seele schauen. Dieses Gefühl hatte sie zum letzten Mal beim Abschied von James gehabt und jetzt wusste sie, dass nichts Verwerfliches daran war, mit diesem Mann zum Fest zu gehen. So willigte sie ein.

♦♦♦

In diesen Stunden war James Fieber wieder gestiegen. Fay hatte alle Hände voll zu tun, den erhitzten Körper zu kühlen und es war nicht einfach, aber sie sah es als ihre Pflicht an, diesem Mann die bestmöglichste Pflege angedeihen zu lassen. Was sie dabei genau antrieb, wusste sie nicht. Es ging aber über reine Pflichterfüllung hinaus. James Körper bog sich unter Schmerzen, verkrampfte sich. Er stöhnte und dann war es wieder ruhig. Er schwitze, als würde er in der prallen Sonne liegen und Fay war darum bemüht, den Schweiß so schnell wie möglich von seinem Rücken zu wischen. Er tat ihr leid und sie dachte darüber nach, wie Rebecca wohl aussehen mochte. Wie diese Frau verzweifelt in einem Zimmer sitzen musste und ihren Liebsten beweinte.

Wie viel Glück sie hatte, so einen Mann zu haben, das konnte sie einfach nicht glauben. Warum hatten immer andere Menschen so viel Glück und warum schien es um Fay immer einen großen Bogen zu machen?

In dieser Nacht stieg das Fieber erneut und Fay schlief von nun an keine Minute mehr. Sie wachte auf einem Stuhl an seinem Bett. Sie würde ihn gesund pflegen und ihn zu seiner Liebsten zurückschicken.

◆◆◆

Zwei Tage später in Barnstaple: Es war die Nacht des Tanzes, der Ausgelassenheit und der Annäherung. Rebecca saß ein wenig nervös in der Küche. Sie trug eines der Kleider, welches sie für die Flucht eingepackt hatte. Auch wenn sie zu dem Zeitpunkt noch nicht gewusst hatte, für welche Gelegenheit sie es mitgenommen hatte. Es war weinrot, betonte ihre Hüften und hatte, so hatte es der alte St. John einmal formuliert, einen zu tiefen Ausschnitt.

Rebecca war das heute egal. Erstens war der Alte weit weg und zweitens war sie mit einem attraktiven Mann verabredet und auch sie wollte für diesen Abend so gut wie möglich aussehen.

Dann klopfte es endlich an der Tür und da stand er – Steve Banning. Er trug einen tiefblauen Anzug, passende Schuhe und einen Zylinder. Er zog den Hut, verneigte sich vor Rebecca und sagte: „My Lady, die Kutsche ist bereit, Sie zum Tanz zu bringen."

Dann richtete er sich wieder auf, nahm ihre Hand und küsste diese vorsichtig. Rebecca wusste nicht, wie sie reagieren sollte. Zu ihrem Glück standen Elizabeth, Ken und May hinter ihr und halfen ihr aus dieser für sie peinlichen Situation.

„Wären Sie bereit, uns ebenfalls zum Tanz mitzunehmen, edler Herr?", fragte Elizabeth lachend.

„Sehr wohl, Gnädigste! In der Kutsche ist genug Platz für Sie und Ihr Gefolge. Nun folgt mir. Ich will euch den

Weg weisen."

So gingen die Vier zur Gartenpforte und dort stand ein weißer Zweispänner, der von zwei Schimmeln gezogen wurde. Steve stand neben der Kutsche und half den drei Damen in die Kutsche, dann setzte er sich auf den Kutschbock und die Gesellschaft setzte sich langsam in Bewegung.

Es war keine weite Fahrt und als sie vor dem Festzelt angekommen waren, hörten sie dort schon lautes Lachen und Musik. Sie betraten das Zelt und Rebecca kam es so vor, als würden alle Blicke auf ihr ruhen. Sicher, sie hatte als Einzige ein rotes Kleid an, aber das konnte ja nun wirklich nicht der Grund sein.

Steve führte die Vier zu einem Tisch, der etwas abseits stand, zog den Stuhl zurück auf den sich Rebecca setzen wollte, half Elizabeth und setzte sich dann selber neben Rebecca. Ken und May waren zum Tresen gegangen, um für alle etwas zu trinken zu holen.

„Es ist schön hier", begann Rebecca, „alle sehen so

anders aus, als ich sie vom Markt kenne."

„Das liegt wohl daran, dass sie dieselben sind, die Sie vom Markt her kennen, eben nur nicht so gut angezogen. Aber Sie sehen heute Abend ja auch nicht so aus, als würden Sie zum

Markt gehen und wenn ich das sagen darf, so sind Sie doch die attraktivste Frau hier im Zelt. Aber das wissen Sie natürlich selber. Und Sie Elizabeth, machen diese Runde komplett und verleihen dem ganzen noch mehr Licht."

„Ich danke Ihnen, Steve, aber das ist nun wirklich nicht nötig", sagte sie mit einer Stimme, die Rebecca noch nie bei ihrer Mutter gehört hatte. Sie schien peinlich berührt von dieser kleinen Schmeichelei. Nun, so etwas hatte sie wohl nicht mehr gehört, seit sie Abraham geheiratet hatte.

Ken und May kehrten zum Tisch zurück. Ken trug zwei Bierkrüge und eine Flasche Wein. May trug die Gläser.

„Bier für die Männer", sagte er und stellte den einen Krug vor sich und den anderen vor Steve, „und Wein für die Damen."

Er verteilte die Gläser und nahm dann die Flasche, ging um den Tisch herum, schenkte den drei Frauen Wein ein und fragte sie, ob alles in Ordnung sei. May, Elizabeth sowie Rebecca antworteten mit lachender Stimme. Sie waren eine fröhliche Runde, tranken, lachten und irgendwann begannen die beiden Männer am Tisch mitzusingen.

Rebecca schaute zu Steve. Er sah so gut aus, so stark und war einfach so ein fröhlicher und unkomplizierter Mann. Sie fühlte sich wohl und hatte das Gefühl, schon immer hier gewesen zu sein und nie etwas anderes gesehen zu haben.

So begann der Abend und die Fünferrunde im Festzelt, reihte sich in die der anderen Familien und Freunde ein, ohne sonderlich aufzufallen.

Im Laufe des Abends kamen mehrere Männer zu Rebecca und forderten sie zum Tanz auf. Sie lehnte aber jedes Mal mit einem anderen Vorwand ab, freundlich, aber eben in der ihr eigenen, bestimmten Art. Bis sie die Stimme des Mannes in ihrem Ohr hörte, dessenwegen sie hier war: Steve Banning.

Er hatte sich zu ihr herübergelehnt und fragte mit seiner tiefen Stimme und in seiner ruhigen Art: „Rebecca, werden Sie mir auch einen Tanz abschlagen?"

Sie konnte sein Lächeln hören, das immer, wenn er etwas sagte, auf seinem Gesicht zu sehen war. Es waren diese kleinen Grübchen auf seiner Wange, die dann zum Vorschein kamen und die Rebecca sofort aufgefallen waren, als sie zum ersten Mal miteinander gesprochen hatten. Er wirkte durch sie immer noch wie ein kleiner, schelmischer Junge. Nein, ein großer und gutgebauter, schelmischer Junge.

Rebecca drehte ihren Kopf und sah ihm in seine Augen. Sie zögerte etwas, bevor sie ihm antwortete. „Aber ja, natürlich. Sehr gerne tanze ich mit Ihnen. Sonst wäre ja alles umsonst gewesen, was ich mit meinem Gesicht angestellt habe und dieses Kleid müsste ich auch nicht tragen. Lassen Sie uns tanzen, Steve."

Sie hielt ihm ihre Hand so hin, dass Steve gar nicht anders konnte, als sie zu nehmen und ihr aufzuhelfen. Er ließ sie nicht wieder los und führte sie vom Tisch fort, zwischen den anderen Tischen hindurch, durch die am Rand stehenden Menschen auf die Tanzfläche. Dort tanzten alle ausgelassen, klatschten in die Hände und sangen dabei.

Eine fröhliche Gesellschaft, die sich des Lebens freute, es feierte, egal, wie die Umstände waren. Das erinnerte sie an Johanna, die genau für diese Menschen gekämpft und sich immer ihrem Vater widersetzt hatte, wenn dieser behauptete, dass, wenn Mensch arm seien, sie es auch nicht anders verdient hätten.

Rebecca hatte das nie wirklich interessiert, denn sie war nicht arm und an die Zeit, als es ihnen nicht gut ging, konnte und wollte sie sich nicht erinnern. Aber ihr wurde immer klarer, dass es nicht möglich war, so zu leben, wie sie es gewohnt war, ohne andere dabei auszubeuten.

Während sie über all diese Dinge nachdachte, vergaß sie beinahe, warum sie hier war. Sie wollte tanzen. Sie wollte sich gut fühlen und alles um sich herum vergessen: ihren Vater, die fast unerträgliche Situation, in der sie zurzeit lebte und auch James. Ja, sie wollte diese Nacht nutzen und ihr Leben neu beginnen. Sie wollte nicht mehr an alten Dingen festhalten, ihre Vorstellung von einem Leben in begüterten Verhältnissen aufgeben und sich ganz und gar diesem Mann hingeben, der hier neben ihr stand und ihre Hand hielt.

Steve Banning, der von all diesen inneren Kämpfen, die in Rebecca tobten, nichts ahnte, führte sie auf die Tanzfläche. In dieser Sekunde endete der Tanz und alle applaudierten den Musikern und sie begannen ein neues Lied. Es war ein langsames Lied mit einer traurigen Melodie und es handelte von einem jungen Mädchen, das nur einen Augenblick lang die Augen ihres Liebsten sehen möchte, der im Krieg gefallen ist und dafür ihre Seele verkauft.

Rebecca blickte Steve an und bevor sie auch nur ein Wort sagen konnte, hatte er schon seine Hände auf ihre Hüften gelegt und sie begannen, sich langsam im Takt zu wiegen.

„Wenn es dir unangenehm ist, musst du es nur sagen, aber ich denke ein langsames Lied ist doch ein guter Anfang. Das Tempo können wir dann ja immer noch steigern", sagte Steve und hatte dabei wieder dieses verschmitzte Lächeln in seinem Gesicht.

„Nein, Steve, es ist in Ordnung. Hättest du mich jetzt nicht auf die Tanzfläche gezogen, dann würde ich immer noch über alles Mögliche und Unmögliche nachdenken", antwortete Rebecca, warf ihr langes Haar ein wenig zurück und schaute diesem großen und gut aussehenden Mann in seine Augen.

„Du lächelst, Rebecca, das tust du nicht oft, obwohl es dir so gut zu Gesicht steht. Jedes Mal, wenn du lächelst, ist es so, als würde die Sonne hinter dir scheinen und dich in ein helles und warmes Licht tauchen. Ich zähle diese Augenblicke, denn sie sind so selten und so kostbar. Heute Nacht aber sollst du über nichts nachdenken. Genieße das Leben, lache und vergiss deine Sorgen."

„Das werde ich, Steve, das werde ich", antwortete Rebecca gerade so laut, dass Steve es bei der Musik noch hören konnte. Sie legte ihre Arme um seinen muskulösen Nacken und ihren Kopf gegen seinen ausgeprägten Brustkorb. Sie konnte spüren, wie er sie mit seinen starken Armen fester an sich drückte und sie konnte und wollte sich nicht dagegen wehren.

Nein, sie genoss es, die Nähe eines Mannes zu fühlen, seine Kraft und Leidenschaft, die durch jeden Muskel seines Körpers zu sehen und zu spüren waren.

◆◆◆

Es war früher Abend in Plymouth und Johanna und der alte Pat saßen in der alten Schmiede. Sie saßen sich gegenüber und lächelten sich an.

„Es kann überhaupt keinen Zweifel geben, Pat, ich muss schwanger sein."

Sie lächelte über ihr ganzes Gesicht und auch Pat lachte und wischte sich eine Träne aus seinem Augenwinkel.

„Du hast meinen Sohn schon so glücklich gemacht und damit auch mich und jetzt werde ich Großvater. Du gibst uns so viel Liebe und jetzt machst du meinen Sohn zum Vater und mich zum Großvater. Ich danke dir." Sie umarmten sich und saßen einfach nur da und begannen sich Geschichten aus ihrer Kindheit zu erzählen, wobei die Erzählungen von Johanna immer ein wenig traurig ausfielen.

„Weißt du, Pat, ich wollte immer ein Kind, um ihm eine Kindheit zu geben, die ich nie gehabt habe. Mit einem Vater, der es liebt und beschützt."

„Darauf kannst du dich verlassen. Wir werden euch beide beschützen, bis in den Tod."

Sie saßen da und schauten in die lodernden Flammen in der Esse. Und ja, Johanna fühlte sich sicher und geborgen.

Da klopfte es an der Tür. Erst zweimal und dann heftiger und unaufhörlich.

„Öffnet die Tür, Aberton. Wir wissen, dass sich Johanna St. John hier versteckt. Öffnet die Tür und es wird – weder Ihnen noch Johanna – ein Leid zugefügt."

Dem alten Pat war in Sekundenschnelle die Farbe aus dem Gesicht gewichen und er begann zu zittern. Johanna streichelte ihm über die Wange, sah ihn traurig an und sagte: „Wir wussten alle, dass es eines Tages passieren würde. Mein Vater lässt so etwas nicht mit sich machen. Pass auf dich auf und sag Christian, dass ich ihn liebe. Egal, was jetzt passieren mag."

Erhobenen Hauptes schritt sie zur Tür, schob den Riegel beiseite und bevor sie die Tür noch richtig öffnen konnte, standen mehrere bewaffnete Männer in der Schmiede. Sie trugen keine Uniform, jedenfalls keine, die Pat gekannt hätte.

„Wer seid ihr?"

Der Anführer der Truppe kam in schnellem Schritt auf Pat zu, schlug ihm mit voller Wucht in sein Gesicht und sagte: „Dein schlimmster Albtraum, alter Mann, und wenn du nicht ruhig bist, kannst du gleich sterben."

Daraufhin drehte er sich um, sah Johanna an und sagte lachend: „Was für ein Glück für uns Männer. Stellt euch vor, sie wäre wirklich ins Kloster gegangen, dann wäre uns ja wirklich eine Menge Spaß entgangen." Er kam ganz nah an Johannas Gesicht, schloss seine Augen und roch an ihr. „Ja", sagte er leise, „genau so muss eine Frau riechen."

Johanna, die von zwei seiner Männer festgehalten wurde, spuckte ihm ins Gesicht.

Er schaute sie an, ballte seine Faust und schlug ihr so fest in den Magen, dass sie zusammensackte und in Ohnmacht fiel.

Der alte Pat hatte sich in der Zwischenzeit wieder gefangen, nahm eines der glühenden Eisen, die noch im Feuer lagen und schlug auf den namenlosen Anführer ein. Der drehte sich um, wich den folgenden Hieben geschickt aus, zog seinen Degen und stach zu. Der alte Pat öffnete seine Augen weit, torkelte ein paar Schritte rückwärts und brach zusammen.

Johanna wurde von den zwei Männern aus der

Schmiede zu einem Pferd geschleift, sie warfen sie bäuchlings und sehr unsanft über den Rücken des Tieres, fesselten ihr Hände und Füße und knebelten sie.

„Zwei von euch bleiben hier. Wenn der junge Aberton zurückkommt, nehmt ihn gefangen und bringt ihn zu mir. Aber nicht etwa in Richtung Gefängnis. Der Weg führte sie aus der Stadt hinaus.

Spät in dieser Nacht kam ein gut gelaunter und leicht angetrunkener Christian zurück zur Schmiede, sah die offene Tür und seinen Vater, der mit starren Augen am Boden lag. Er stürzte in die Schmiede, nahm den Kopf seines Vaters, drückte ihn fest an sich, hob seinen Kopf und jeder in Plymouth, wenn er nicht taub, war konnte ein lautes „Nein" hören.

„Wer war das? Wer ist so mutig, einen alten Mann zu töten und meine geliebte Johanna zu entführen?"

„Das waren wir", hörte er hinter sich, „und wenn du nicht genau so wie dein Vater enden willst und deine Johanna noch einmal sehen möchtest, machst du am besten keine Probleme."

Christian drehte sich um und konnte in die Gesichter zweier Männer sehen, denen es offensichtlich ganz egal war, ob er leben oder sterben würde.

Für seinen Vater konnte er ganz offensichtlich nichts mehr tun, aber für Johanna. Und wenn es hieß, sich diesen beiden Mördern zu ergeben, so wollte er es tun. Er stand langsam auf, drehte sich um und konnte seinen beiden Kontrahenten direkt ins Gesicht sehen.

„Wie könnt ihr nur so etwas tun?", fragte er die beiden Männer, die ihre Messer gezogen hatten. „Es ist Geld, ganz einfach Geld", bekam er als Antwort.

„Geld? Ihr mordet für Geld?"

„Naja", begann der eine, „erst für den König und jetzt für jeden, der bezahlt."

„Ihr Schweine", brüllte Christian sie an, woraufhin er einen so heftigen Schlag ins Gesicht bekam, dass ihm die Sinne schwanden.

Er wurde ebenfalls gefesselt, auf ein Pferd geworfen und die drei folgten dem Weg der anderen, der sie auch aus der Stadt und ins Dunkle führte.

Die Tür zur Schmiede blieb offen und als Christian kurz zu sich kam, konnte er sehen, wie die Schmiede im Innern Feuer fing und zum Grab seines Vaters werden würde. Dann schwanden ihm wieder die Sinne und er fiel in ein tiefes Loch aus Dunkelheit und Verzweiflung.

Als das Feuer loderte und Nachbarn es entdeckt hatten, versuchten sie es zu löschen. Doch jeder Versuch es aufzuhalten war vergebens. Die kleine Schmiede brannte bis auf die Grundmauern nieder und niemand fand den alten Pat, oder hätte jemals daran gedacht, dass es sich um Brandstiftung gehandelt hätte. Wussten doch alle, dass der alte Pat an diesem Abend alleine gewesen war und er das Feuer gerne einmal zu hoch schürte.

So musste es gewesen sein und nun war es eben passiert. Sie hatten Christian immer gewarnt, den alten Mann alleine zu Hause zu lassen. Niemand hätte im Entferntesten daran gedacht, dass sich in der Schmiede eines der schlimmsten

Verbrechen seit der Entstehung von Plymouth gerade hier ereignet hatte.

Johanna kam zu sich und merkte, dass sie das alles nicht nur geträumt hatte, sondern wirklich auf dem Rücken eines Pferdes lag. Sie wollte den Kopf heben, bekam aber sofort und unmissverständlich zu hören, dass, wenn sie etwas sagen würde, oder auch nur versuchen würde zu fliehen, ihre Schmerzen gerade erst angefangen hätten und sie es nicht riskieren solle.

„Wir werden dafür bezahlt, dass wir Menschen finden und das, was wir von ihnen wissen wollen auch zu hören bekommen. Also verschwende nicht deine Kraft und unsere Zeit. Sei ruhig und tu das, was man dir sagt, dann kommst du am gesündesten hier raus."

Wäre ihr ihre Lage nicht klar gewesen und hätte sie nicht solche unendliche Angst um Christian und ihr ungeborenes Kind gehabt, so hätte sie umgehend über einen Fluchtplan nachgedacht. Doch in dieser Situation gefährdete sie nicht nur ihr eigenes Leben, sondern auch das ihrer Familie.

Sie blieb ruhig auf dem Rücken des Pferdes liegen und versuchte anhand der Beschaffenheit des Bodens zu erkennen, wo man sie hinbrachte. Ohne Zweifel führte der Weg aus der Stadt hinaus, aber in welche Richtung es ging, vermochte sie nicht zu erkennen. Irgendwann verließen sie ihre Kräfte und sie fiel wieder in einen Schlaf.

Sie erwachte erst wieder, als ihr eine Binde vor die Augen gebunden wurde und sie unsanft vom Pferd gehoben wurde.

„Bringt sie nach unten, der Herr wird sie sich später vornehmen."

Man gab ihr einen Schups und ohne zu sehen, wo sie hinging, setzte sie einen Fuß vor den anderen.

„So und jetzt den Kopf einziehen", hörte sie eine Stimme und im selben Moment packte irgendjemand sie am Arm und führte sie eine Treppe hinunter.

Sie konnte zweihundertdreizehn Treppenstufen zählen. Kein Gebäude, das ihr bekannt war, hatte einen derart tiefen Keller. Sie hörte das metallische Klirren von Schlüsseln, es wurde eine Tür geöffnet, sie wurde mit soviel Kraft nach vorne gestoßen, dass sie auf den Boden fiel und dann hörte sie, wie die Tür hinter ihr geschlossen und verriegelt wurde.

„Du kannst dir die Binde jetzt abnehmen. Willkommen in deinem neuen zu Hause", hörte sie einen der Männer sagen, der sich wieder von ihr entfernte und die Stufen wieder hinaufsteigen wollte.

„Wo bin ich hier? Was habt ihr mit Christian gemacht? Ihr Monster", schrie sie ihm hinterher.

„Wo du bist? Das wirst du noch früh genug erfahren und dein Christian – also wenn er sich nicht zu sehr gewehrt hat, wird auch er bald hier einziehen. Wir wollen doch kein glückliches Paar trennen. Wir sind doch keine Unholde, oder wie hattest du uns genannt? Wenn du etwas brauchst, dann schrei einfach und wenn du Glück hast, dann hört dich jemand. Ansonsten verhalte dich ruhig, wenn du willst, dass dir und vor allem nicht deinem

Liebhaber etwas passiert."

Damit drehte er sich um und Johanna konnte sehen, wie die Fackel, die er in der Hand hielt, von Stufe zu Stufe dunkler wurde, bis das Licht ganz verschwunden war. Nichts war mehr da, was dieses Gewölbe erleuchtete. Ihr wurde kalt und sie bekam Angst, die so groß war, wie sie sich es nie hätte vorstellen können. Ganz langsam begann sie auf allen Vieren den Boden der Zelle nach irgendwelchen Gegenständen abzusuchen. Es war ihr egal, was sie finden würde, aber es würde auf jeden Fall ein Anfang sein.

Sie fand eine Decke, die aber so feucht war, dass die Feuchtigkeit aus ihr heraustropfte. Ebenfalls fand sie in einer Ecke etwas Stroh, welches ganz offensichtlich ihr Bett werden sollte. Ansonsten fand sie nichts.

Und mit jedem Atemzug wurde ihr klarer, dass sie aus dieser Situation nicht so leicht herauskommen würde, wie aus allen anderen, in denen sie vorher gesteckt hatte. In ihrer Verzweiflung lies sie sich auf das Strohlager fallen, schlug die Hände vor ihr Gesicht und begann zu weinen bis sie auf einmal Schritte hörte, die sich von oben näherten.

Sie setzte sich auf und wartete, was jetzt passieren würde. Schlimmer konnte es momentan nicht mehr werden. Zuerst kam ein Mann mit einer Fackel in der Hand. Ihm folgten zwei Männer, die Christian an den Oberarmen festhielten und hinter sich her schleiften. Sie konnte es nicht genau sehen, aber in dem fahlen Licht der Fackel konnte sie erkennen, dass er schlimm zugerichtet war.

Sie ließen ihn unsanft auf den Boden fallen, öffneten einen engen Verschlag, in dem kaum mehr Platz war als in einer Hundehütte und schoben ihn hinein. Sie mussten ihm die Beine anwinkeln, damit sie das Gatter wieder schließen konnten.

Einer von ihnen kam zu Johanna, fesselte sie auf einem Holzstuhl und flüsterte ihr ins Ohr: „Schade, dass wir noch warten müssen, aber später werden wir bestimmt noch eine Menge Spaß mit dir haben. Ich hoffe du freust dich drauf."

„Ich sterbe lieber, als dass mich einer von euch anfassen darf. Außerdem würde ich mich an eurer Stelle nicht all zu sicher fühlen. Wir sind nicht alleine und man wird uns finden. Bald! Und dann werde ich euch finden und dann Gnade euch Gott!"

Er griff ihr an die Kehle und drückte zu: „Du weißt doch gar nicht, mit wem du dich eingelassen hast, also versuch nicht, mir Angst zu machen. Das haben schon andere probiert. Du kannst ihre Gräber besuchen." Er stieß sie mit einer solchen Kraft an die Rückenlehne des Stuhles, dass dieser nach hinten kippte und sie mit dem Kopf auf den steinigen Boden schlug. Sie vermied es, auch nur ein Wehklagen von sich zu geben aus Angst dieser Mann, von dem sie nun Stimme und Geruch kannte, würde zurückkommen und ihr und ihrem Kind etwas antun.

Sie blieb so ruhig sie konnte auf dem Rücken liegen und spürte, dass sie sich ihren Kopf auf dem steinigen Untergrund aufgeschlagen hatte. Sie konnte fühlen, wie ihr das Blut durch die Haare tropfte.

„Wir lassen euch eine Fackel hier. Ihr sollt euch jedenfalls sehen, wenn ihr Abschied voneinander nehmen müsst."

Einer der Männer trat noch einmal mit voller Kraft gegen den kleinen Käfig, in den sie Christian gesperrt hatten, aber auch er gab keinen Ton von sich.

Die drei Männer gingen auf die Treppe am Ende des Raumes zu und stiegen sie, einer nach dem anderen, hinauf. Ihre Stimmen entfernten sich und verstummten schließlich ganz.

Ob aus Angst oder Vorsicht, weder Johanna noch Christian bewegten sich, oder sagten ein Wort.

♦♦♦

Weit ab von diesen Geschehnissen und doch ahnend, dass irgendetwas nicht stimmte, saß Elizabeth in der Küche der Barringtons und schaute tief in die Augen ihrer Tochter Rebecca.

Sie saßen sich gegenüber und beide sagten kein Wort; Rebecca, weil sie wusste, dass ihre Mutter nicht damit einverstanden war, was sie gerade tat und Elizabeth, weil sie ihrerseits nicht wusste, wie sie beginnen sollte, ihrer Tochter zu erklären, dass sie im Begriff war, einen großen Fehler zu machen.

Sie drückte Rebeccas Hände, schaute ihr fast flehend in die Augen und begann. „Rebecca, ich weiß, wie sehr dich die letzte Zeit verstört hat, wie es dich förmlich aus der Bahn geworfen hat zu hören, dass deine einzige Liebe tot ist. Ich weiß es, da ich selber es doch auch erfahren habe. Nun, ich will dir keinen Vortrag halten oder dir sagen, was du zu tun und zu lassen hast, aber bitte Rebecca, gehe in dich und prüfe deine Gefühle für Steve. Sicher ist er ein stattlicher Mann und er wird auch, so es denn deine Entscheidung sein sollte, für dich sorgen können, aber ist es wirklich er, den du willst? Ist er nicht vielleicht nur ein Ersatz für James?"

Rebecca sagte kein Wort. Sie sah weiter in die Augen ihrer Mutter, dann senkte sie ihren Kopf und Tränen begannen, ihr die Wangen herunterzulaufen.

„Er ist tot Mama, er ist tot und nichts und niemand auf dieser Welt wird ihn mir zurückbringen. Ich habe Fehler gemacht, ich weiß das, aber warum in Gottes Namen, wenn doch ich den Fehler begangen habe, warum muss denn ein anderer Mensch dafür büßen?" Sie wischte sich die Tränen von der Wange und fuhr fort. „Nie habe ich mich gegen irgendetwas gewehrt, was mein Vater mir gesagt, oder eher befohlen hat. Ich war immer folgsam, so, wie ich es gelernt und mir von dir abgeschaut habe. Keiner von uns beiden war so stark wie Jo, die sich mit jedem Atemzug, ja fast mit jedem Wimpernschlag gegen die „Herrschaft der Ungerechtigkeit", wie sie es immer nannte, gewehrt hat. Statt uns hier zu verstecken, sollten wir in Plymouth sein und genau wie sie gegen Hochwürden St. John vorgehen, aber", sie zögerte etwas, „so etwas kann ich gar nicht. Ich habe mich noch nie gegen irgendetwas in meinem Leben gewehrt, was ich nicht wollte, was mir wehtat oder einfach nicht gut für mich war. Ich habe immer alles mitgemacht und tatenlos zugesehen, wie andere über mein Leben bestimmten. Jetzt will ich einen Mann und du willst es mir verbieten? Warum hast du Abraham nicht verboten, mich an diesen alten und greisen Kerl nach Indien zu verkaufen, denn anders kannst du es nicht nennen. Warum hast du es ihm nie verboten, wenn er mich oder Johanna geschlagen hat? Warum nicht, Mutter? Was hat dieser

Mann mit dir getan? Was hat er mit uns getan?"

Rebecca drückte die Hände ihrer Mutter inzwischen so stark, dass Elizabeth den Schmerz ihrer Tochter am eigenen Leib erfuhr.

„Weißt du, Rebecca", begann Elizabeth, „ich war jung, ich war Witwe und da kam dieser junge, attraktive und einflussreiche Mann, der sich immer, wenn er bei uns vorbeikam, Zeit für mich nahm, immer etwas mitbrachte, was wir gebrauchen konnten und er war sehr liebevoll. Mit mir und auch im Umgang mit euch. Ich konnte nicht ahnen, zu was sich dieser scheinbar höfliche und gebildete Mann entwickeln würde. Meinst du, es war einfach für mich zu sehen, wie ein Mann, dessen Kinder ihr nicht ward, anfing, über euer Leben zu bestimmen und mich in einen goldenen Käfig zu sperren. Ich habe mir ein Leben lang dafür Vorwürfe gemacht, aber auf der anderen Seite ging es uns besser, als in dem kleinen Häuschen, das nicht einmal unseres war und das ich, nach dem Tod eures Vaters auch nicht mehr bezahlen konnte. Rebecca, sieh mich an, glaubst du wirklich, dass Steve der richtige Mann für dich ist? Denkst du, er wird dich lieben, so wie du es verdienst?"

Rebecca senkte den Kopf und atmete mehrmals tief ein, dann hob sie ihn, schaute ihrer Mutter in die Augen und sagte: „Ich will dir keine Vorwürfe machen. Du warst jung, hattest kein Geld, Abraham war einfach deine Rettung und ich bin der festen Überzeugung, dass du genau das Richtige getan hast. Dass er sich zu diesem herrischen, alten Mann entwickeln würde, das konntest du nicht ahnen, aber ich glaube ganz fest, dass Steve anders ist und dass er sich niemals gegen mich stellen würde. Er ist so verständnisvoll, er gibt sich Mühe mir Komplimente zur richtigen Zeit, am richtigen Ort zu machen. Sicherlich ist er nicht James. Aber nur James ist wie James und er ist tot. Damit muss ich mich abfinden und du auch. Ich werde ein neues Leben beginnen müssen und das werde ich hier tun und nicht in Irland. Sicher mag dir das alles übereilt vorkommen, aber ich habe Steve von James erzählt und er sagte mir, dass auch er Wunden in sich trage und wir uns gemeinsam helfen könnten, dass sie verheilten."

Rebecca hatte ihren Kopf etwas nach links geneigt und ihre langen, blonden Haare fielen ihr ein wenig über ihr Gesicht. Die Sonne schien durchs Küchenfenster und wärmte die beiden Frauen, die still da saßen, sich an den Händen hielten und wussten, dass sie sich verstanden hatten. Das machte ihnen Mut, denn sie waren hier aufeinander angewiesen. Sie waren die letzten ihrer Familie, die hier noch zusammen waren und sie mussten sich auf den anderen verlassen können.

So saßen sie da, hielten sich an ihren Händen und schwiegen. Sie waren enger verbunden als jemals zuvor und dieses Gefühl gab den beiden Frauen Sicherheit.

Dann klopfte es an der Tür und May Barrington schaute herein: „Störe ich euch? Rebecca, Steve ist da. Er sagt, dass ihr verabredet seid. Soll ich ihn wegschicken?"

Rebecca unterbrach May: „Nein, nein, vielen Dank. Ich bin mit ihm verabredet. Ich komme."

Die zwei Frauen schauten sich zum Abschied noch einmal tief in die Augen, Rebecca lächelte ihre Mutter an, um ihr zu zeigen, dass sie weiß, was sie tut. Dann stellte sie sich aufrecht hin, fuhr sich mit ihren Fingern durch die langen Haare, machte auf dem Absatz kehrt und verließ die Küche. Die Tür schloss sich so leise und vorsichtig, dass, hätte Elizabeth nicht hingeschaut, sie es nicht bemerkt hätte.

Jetzt, wo sie alleine am Tisch saß und ihr die Worte von Rebecca durch den Kopf gingen, fühlte sie sich verlassen. Sie wusste, dass Johanna einen guten und aufrechten Mann gefunden hatte, der immer für ihre kleine Tochter sorgen würde und jetzt hatte scheinbar auch Rebecca ihr Glück gefunden, auch wenn Elizabeth nicht daran glauben mochte, dass sie James so schnell vergessen konnte.

Aber warum sollte sie sich einmischen? Ihr Kind war erwachsen und würde seinen Weg gehen. Sicherlich würde auch sie Fehler machen, aber Elizabeth war sich sicher, dass ihre Tochter nicht den Fehler machen würde, den sie begangen hatte und der ihr ganzes Leben verändert hatte.

Steve stand vor dem Haus und hatte zwei Pferde mitgebracht. Beide stolze und gut gebaute Tiere, dunkle Rappen, die vor Kraft nur so zu strotzen schienen. Ihr Fell glänzte in der Sonne und er hielt die Zügel in der Art, wie es Männer tun, die wissen, was sie wollen.

Von diesem Bild war Rebecca überwältigt. Dieser gut aussehende Mann war wirklich eine Augenweide und nach ihrem Empfinden musste er sich mit seiner Kraft nicht vor diesen Pferden verstecken.

„Ich dachte an einen kleinen Ausritt, Madam. Ich hoffe, es trifft Euch nicht unvorbereitet", sagte er in einem so ehrerbietungswürdigen Ton, dass Rebecca meinte, ihr würden die Knie versagen.

„Oh nein, Sir, ich liebe es auszureiten und mir Eure Ländereien anzusehen", gab sie ihm zurück.

Er lächelte über das ganze Gesicht und Rebecca vergaß alles, was sie mit ihrer Mutter besprochen hatte. Sie wollte sich diesem Mann hingeben, der scheinbar alles für sie tat, damit es ihr gut ging und sie sich begehrt fühlte.   Und warum auch nicht. James war tot und nichts würde ihn zurückbringen, also Schluss mit den Erinnerungen, von denen kann man nicht leben, hatte ihr Vater immer gesagt und das war wohl ein Satz, der stimmte.

Steve half ihr aufs Pferd, streichelte noch einmal den Hals des Rappen, schaute Rebecca an und sagte: „Er heißt Brownie, ich weiß, es ist nicht sehr einfallsreich, aber als er geboren wurde, hatte er noch überall dunkle Flecken und sah aus wie ein Brownie, also vertragt euch, hörst du Brownie?" Steve sah dem Pferd noch einmal in die Augen, streichelte es über den Nasenrücken und bestieg dann, schwungvoll und mit einem „Hepp" sein eigenes Pferd.

„Wollt Ihr Strand oder Felder sehen, meine Teuerste?", fragte er noch während er sich aufs Pferd schwang.

„Am liebsten will ich alles sehen. Ginge das?", fragte Rebecca fast schüchtern wie ein kleines Kind.

„Aber selbstverständlich geht das. Die Pferde sind gut ausgeruht und gefüttert, das Wetter ist herrlich und ich habe mir den Tag frei genommen. Also steht diesem Vorhaben nichts im Wege. Ich würde vorschlagen, wir reiten von hier aus Richtung", er unterbrach sich selbst, um dann sofort fortzufahren, „Ihr kennt Euch hier ja noch nicht so gut aus. Ich werde Euch einfach alle Schönheiten zeigen, mit denen wir hier leben und der wir nun noch eine hinzufügen können."

Rebecca wusste, dass er sie meinte und auch wenn sie es als ein wenig unangenehm empfand, so war es doch einfach wunderbar, so etwas zu hören und zu spüren, wie diese Worte in ihr Wärme und Sicherheit erzeugten. Sie hatte so etwas schon viel zu lange nicht mehr gehört und vor allen Dingen gefühlt. In einer Lage scheinbar aussichtsloser Not, Bangen und Hoffen auf Hilfe, kam aus heiterem Himmel dieser Mann und brachte Licht zurück in die Dunkelheit, von der sich

Rebecca umgeben fühlte, als sie und Elizabeth auf der Flucht waren. Sie hatte einen Mann verloren, aber scheinbar hatte sie einen Helden gewonnen und ihn würde sie nicht verlieren. Dafür würde sie sorgen!

Es war jetzt fast ein Jahr her, dass die Nachricht von James Tod sie erreicht hatte und sie empfand, dass sie genug getrauert hatte. Sie war jung und wollte leben. Sie wollte alles; einen Mann, der für sie sorgte, zwei hübsche Kinder und ein Haus. War das zu viel verlangt?

Sie fand nein und während sie sich in ihren Gedanken verlor, merkte sie nicht, dass Steve schon ein ganzes Stück vorausgeritten war und am Rande eines Feldes ihr zugewandt auf seinem Pferd saß und wartete. Die Sonne wärmte noch ein wenig, es wurde Herbst, aber nichtsdestotrotz streichelte sie kurz den Hals ihres Rappen und flüstere ihm ins Ohr: „Komm Brownie, zeigen wir Steve, wie wir reiten können."

Und als wollte das Pferd ihr antworten, schnaubte es kurz. Rebecca schnalzte mit ihrer Zunge und dann setzten sie zu einem schnellen Galopp an. Rebeccas lange Haare wehten im Wind und vor Freude, sich selbst so frei zu fühlen, jauchzte sie und lachte. Steve, der auf der anderen Seite der Wiese stand und die herannahende Rebecca sah, konnte es kaum glauben.

Die schöne, aber doch sehr zurückhaltende Frau entwickelte sich scheinbar auf dem Rücken eines Pferdes in ein kleines Mädchen zurück, das Spaß am Leben haben konnte. Er empfand es nicht als unpassend oder komisch. Nein, vielmehr wunderte er sich, da Rebecca in der Vergangenheit immer reserviert und sehr überlegt gehandelt hatte. Nun aber schienen ihre Grenzen niedergerissen zu sein und sie war wieder in ihrem Körper angekommen. So hatte sie es einmal umschrieben, als sie Steve gebeten hatte, er möge ihr Zeit geben.

Er hatte ihr diese Zeit gegeben und er würde ihr auch noch mehr davon geben, denn so lange sie mit James und Plymouth nicht abgeschlossen hatte, würde es keinen Sinn machen, sie zu fragen.

Ja, Steve war davon überzeugt, dass dort die zukünftige Mrs. Banning angeritten kam.

Als sie und Brownie im Galopp heranpreschten und sie ihr Pferd an Steves Seite gebracht hatte, atmete sie kurz durch, lachte und schaute Steve an: „Was für ein herrliches Pferd", sagte sie und streichelte Brownie über den Hals, „stark, schnell und gehorsam. Ein gutes Pferd!" Steve lachte und schaute Rebecca an, die von dem schnellen Ritt außer Atem auf dem Rücken des Pferdes saß und eher wirkte wie eine dieser Statuen, die eine Göttin zeigen, die geradewegs vom Himmel herabgeritten ist. Die Sonne schien ihr ins Gesicht und ließ es in einem leichten Gold glänzen. Ihre langen blonden Haare wehten in der leichten Brise und verstärkten Steves Eindruck nur noch. Sie war eine wahre Schönheit.

Leicht nach vorne gebeugt saß sie im Sattel und schaute Steve erwartungsvoll an. „Wohin geht's Steve, oder war das etwa schon alles?" Sie lachte diese Worte, während sie immer noch tief atmete.

„Was hältst du davon, wenn wir von hier aus durch das kleine Waldstück da vorne und dann einen kleinen Weg hinunter zum Strand nehmen und wer dort als erster von uns beiden mit nackten Füssen im Wasser steht, der hat gewonnen. Einverstanden?", fragte Steve.

„Selbstverständlich, dann ziehe ich mir meine Schuhe am besten sofort aus, damit ich mir das unten am Meer erspare, aber was soll's, ich werde genug Zeit haben, bis du ankommst. Soll ich dir lieber einen Vorsprung geben?", lachte sie.

„Nicht nötig", bedankte sich Steve. Er zählte bis drei und dann ging die Jagd los.

Am Anfang lagen beide gleich auf, doch als sie in das kleine Waldstück kamen, glaubte Steve sich im Vorteil, da er sich im Gegensatz zu Rebecca hier besser auskannte. Doch er täuschte sich. War sie doch diesen Weg schon etliche Male zum Strand heruntergegangen und kannte sich hier bestens aus und so überholte sie Steve, bog auf einer Lichtung in einen kleinen Seitenweg, den nicht einmal Steve kannte und ritt in vollem Galopp zwischen Büschen und Bäumen hindurch, bis sie an einem schmalen Weg ankam, der sie zwischen Dünen hindurch hinunter zum Strand führte.

Von Steve war nirgendwo etwas zu sehen und so zog sie sich ihre Schuhe aus, nahm sie in die rechte Hand, die Zügel ihres Pferdes in die Linke und dann ging sie langsam ins Wasser. Das kalte Meer umspülte ihre Füße und erinnerte sie daran, was ihr am meisten im Leben fehlte: die Liebe eines Mannes. Eines Mannes, der sie schätzte und sie so liebte, wie sie war, der sie auf Händen trüge und alles für sie täte.

Hatte sie diesen Mann in Steve gefunden, oder würde sie ewig auf die aussichtslose Rückkehr von James warten müssen? Sie blickte auf das offene Meer und auf einmal konnte sie ihre Gefühle nicht mehr kontrollieren und schrie gegen den Wind: „Willst du, dass ich ewig auf dich warte, James? Willst du das? Gönnst du mir nicht endlich mein eigenes Glück? Meine eigene Liebe?"

Sie stand regungslos in der Brandung und man hätte meinen können, wenn man sie so ansah, dass sie auf eine Antwort wartete. Aber statt einer Antwort, war da nur das Rauschen der Wellen am Strand und das Geschrei der Möwen.

Eine Träne trat aus ihrem Auge und rann an ihrem Nasenflügel vorbei auf ihre Oberlippe. Rebecca wischte sie mit ihrem Handrücken ab und stellte sich wieder aufrecht hin.

„Alles in Ordnung, Rebecca?", hörte sie Steve fragen.

Ohne sich umzuschauen, antwortete sie: „Nein, Steve, nichts ist in Ordnung. Ich verbringe den Tag mit dir, wie schon so viele. Ich fühle mich zu dir hingezogen und würde dir so gerne zeigen, wie sehr ich dich brauche, aber immer wieder kommen diese Gedanken an James. Immer wieder ist er es, der es verhindert, dass ich mich ohne Wenn und Aber verlieben kann. Ich frage dich, ist das richtig? Ist das fair? Er ist tot und ich lebe. Als sei das nicht schon schlimm genug, nein, ich darf kein neues

Leben beginnen. Ich musste mit ihm sterben."

Sie drehte sich langsam um, sah Steve flehend an, breitete ihre Arme aus und sagte leise: „Hilf mir Steve, ich weiß nicht, was ich tun soll."

Sie machte einen Schritt auf Steve zu und sank dann in seine Arme. Er konnte sie gerade noch auffangen, hob sie hoch und brachte sie ans Ufer. Er legte sie behutsam in den Sand und wischte ihr vorsichtig die nassen Haare aus dem Gesicht.

Sie lag da, regungslos und gab keinen Laut von sich, doch die Tränen rannen ihr wie Sturzbäche aus den Augen. Er nahm sein Taschentuch und versuchte die Flut von Verzweiflung, die aus ihr herausquoll einzudämmen, doch nichts schien den Tränen Einhalt zu gebieten.

„Rebecca, ich weiß doch von James. Und ich habe vom ersten Augenblick an gemerkt, dass immer etwas zwischen uns stehen wird. Aber die Liebe ist ein langer Weg und manchmal wissen wir einfach nicht, wohin sie uns führt. Manchmal wird der unscheinbarste Mensch durch die Liebe zu einem anderen, einem Riesen und bäumt sich auf, gegen alle Kräfte und Mächte, die gegen ihn sprechen. Und durch die Kraft, die ihm die Liebe gibt, wächst er über sich hinaus. Und genau so ist es mit Menschen, die sich lange kennen und immer dachten, sie seien nur Freunde. Ein Moment in ihrem Leben kann das ändern. Du musst warten und sehen, was dir dein Herz sagt und dann, wenn du spürst, dass du frei bist, kannst du auch wieder lieben. Ich werde warten und hoffen, dass du es spürst, so lange du noch hier bist."

Rebecca öffnete ihre Augen und sah ihn an. Sie hob ihren linken Arm und strich ihm vorsichtig über seine Wange, während er immer noch leicht gebeugt über ihr im Sand kniete.

„Ach Steve, ich weiß das doch alles und dennoch ist es die Zeit, die mir alle geben, die mich unglücklich macht. Wenn die Zeit alle Wunden heilt, so vergeht sie in diesem Fall zu langsam."

Sie sah ihn verzweifelt an, wie ein Kind, das sich verlaufen hat und nicht wusste, wie es nach Hause kommen sollte.

Steve nahm vorsichtig ihre Hand und küsste sie auf ihre Innenfläche. Rebecca schloss ihre Augen, blieb auf ihrem Rücken im Sand liegen und genoss diese Zärtlichkeit, die ihr so lange gefehlt hatte.

Vorsichtig tastete sie mit ihrer anderen Hand nach Steves Hals. Sie zog ihn zu sich herunter und küsste ihn. Es fühlte sich so an, als sei sie noch nie geküsst worden und alle Gedanken an James und ihre trostlose Vergangenheit waren wie weggewischt. Sie spürte seine Lippen, die ihre vorsichtig berührten, seine Hände, die ihr durchs Haar glitten. Sie konnte seinen Körper fühlen. Diesen durchtrainierten Körper und seinen starken Bizeps. Sie müsste sich nie wieder unsicher oder verfolgt fühlen, so lange dieser Mann an ihrer Seite wäre. Das musste Glück sein und so musste sich wahre Liebe anfühlen und ja, Liebe mochte ein langer Weg sein, aber er führte doch ans Ziel und dass dieser Mann ihr Ziel sein musste, daran hatte sie keinen Zweifel in diesem Augenblick.

Sie küssten sich leidenschaftlich und ohne Unterlass und merkten nicht, wie die Zeit an ihnen vorbeizog. Sie lagen Arm in Arm im Sand und schauten in den Himmel. Beide sprachen kein Wort und wussten, dass der andere verstand.

Als es dämmerte machte Steve den Vorschlag, Rebecca nach Hause zu bringen und sie am nächsten Morgen wieder abzuholen. Doch sie entgegnete: „Ich will nicht, dass Du mich loslässt. Auch wenn es gegen alles verstoßen sollte, an das ich geglaubt habe und mit dem ich aufgewachsen bin, so will ich diese Nacht nicht ohne dich verbringen."

Sie einigten sich, auf Steves Drängen hin darauf, Elizabeth eine Nachricht in der Küche zu hinterlassen, damit sie sich keine Sorgen machen musste und so ritten sie in gemächlichem Tempo beide auf Steves Pferd zurück, Richtung Dorf und in Richtung auf das Haus der Barringtons zu.

Rebecca schlich sich in die Küche, legte die Nachricht an ihre Mutter auf den Küchentisch und verließ das Haus wieder auf leisen Sohlen.

Sie stieg erneut zu Steve aufs Pferd und umklammerte ihn so fest sie konnte. Sie wollte ihn spüren lassen, dass er nicht nur irgendein Ersatz war, sondern dass sie ihm alles gäbe, was er von ihr wollen würde. Sie war dazu bereit.   Diese Nacht wurde für Steve und Rebecca unvergesslich. Es war die Nacht der Nächte, von der sie immer wieder erzählen würden.

♦♦♦

Während an dem einen Ende Englands eine neue Liebe erblühte, versuchte man am anderen Ende des Landes mit aller Gewalt eine andere zu ersticken.

Johanna und Christian, die immer noch in ihrem nasskalten Gefängnis verharrten und nicht wussten, wer ihnen das antat, konnten sich nur mit allergrößter Mühe bei Bewusstsein halten. Das fehlende Essen und mangelnde Flüssigkeit machten vor allem der schwangeren Johanna zu schaffen. Christian hielt sich durch ständige Flüche wach und versprach immer wieder es demjenigen, der ihnen dieses antat und der dafür verantwortlich war, dass sein Vater getötet worden war, heimzuzahlen.

„Ich werde ihn leiden lassen. So, wie er uns leiden lässt. Und ich werde ihm zeigen, was es heißt, machtlos zu sein."

Jedes Mal, wenn er sich in seinem engen Käfig bewegte, stöhnte er vor Schmerz, da jetzt, nach Tagen in seinem beengten Gehege seine Gelenke schmerzten und durch die

Feuchtigkeit, die aus den Mauern heraustropfte, begannen beide zu husten und ihre Stimmen wurden heiser.

Das Einzige, was sie am leben hielt und was ihnen Mut machte, war ihre Liebe zueinander und die Hoffnung, dass irgendjemand sich hierher verirren würde, um sie zu befreien. Doch wer sollte das sein? Wenn sie sich nicht auf schnellstem Wege selbst befreien würden, drohte ihnen hier eher der Tot durch verhungern oder verdursten. So viel stand für sie beide fest. Johanna, die schwanger war, wurde zusehends schwächer. Christian schreckte, wenn er denn schlafen konnte, oft hoch und versuchte zu hören, ob Johanna noch atmete. Nicht nur, dass sie sich in diesem Dämmerlicht nicht sehen konnten, nein, Johanna lag immer noch so versteckt auf ihrem Stuhl, dass sie sich nicht sehen konnten und sie mittlerweile so entkräftet waren, dass sie nur noch das Nötigste miteinander sprachen. Doch ihre Zuversicht schien nicht zu schwinden, denn immer wieder betonte Johanna, dass sie und Christian auf ihr Kind achten würden und dass es niemals mit anderen Menschen so umgehen würde, wie es ihnen gerade geschah.

Unvermittelt hörten sie Geräusche. Es waren Pferde, mehrere Stimmen und dann leises Diskutieren auf der Treppe nach unten zu ihnen. Wer mochte das sein? Christian, der durch Nässe und Kälte entzündete Augen hatte, konnte nicht erkennen, wer da kam und die Stimmen waren ihm auch unbekannt. Er hoffte nur, dass sie eher ihm als Johanna etwas antun würden. Doch sie beachteten ihn gar nicht, sondern schienen wirklich nur wegen ihr gekommen zu sein.

Johanna, die auf dem Boden lag, konnte die Gestalten im Dunkeln nicht erkennen. Sie alle trugen schwarze Umhänge, die bis auf den Boden reichten und vor ihre Gesichter hatten sie Tücher gebunden, sodass sie nur ihre Augen sehen konnte. Sie sprachen kein Wort und doch schienen sie miteinander zu sprechen. Jeder wusste, was der andere tat und was von ihm erwartet wurde. Zwei von ihnen drehten Johanna auf den Rücken und richteten sie behutsam auf. Einer von ihnen fühlte ihren Puls und tastete ihren Bauch ab. Dann nickte er dem, der noch ganz hinten stand, zu. Er kam auf sie zu und sie hatte ihn bereits am Gang erkannt. Es musste Abraham St. John sein. Er blieb ein Stück von ihr entfernt stehen und sie konnte sehen, wie er unter seinem langen Gewand tief einatmete und zwei seiner Schergen nur durch ein kurzes Kopfnicken einen Befehl gab. Beide zogen einen Holzknüppel unter ihrer langen Verschleierung hervor und begannen erst langsam, dann immer schneller und zusehends heftiger auf den Käfig einzuschlagen, in dem Christian gefangen war. Als sie anfingen langsam auf das Metall zu schlagen, blieb Christian ruhig und hielt sich die Ohren zu, doch mit zunehmender Härte der Schläge, schien seine Angst zu wachsen und irgendwann verschwand sein Kopf zwischen seinen Armen und Johanna konnte sein lautes Schreien hören.

Sie hörten auf. Auf einmal war es ruhig und man konnte das leise Gewimmer Christians hören. Keine der Gestalten bewegte sich. Der Größte von ihnen kam auf Johanna zu, so nah, dass sie seinen Atem hören und riechen konnte und hielt ihr einen Zettel vors Gesicht. Sie konnte kaum lesen, was auf ihm geschrieben war, doch nach einiger Zeit konnte sie den Satz lesen, der dort geschrieben war: *Wo sind deine Mutter und deine Schwester?*

Johanna hätte schreien wollen, doch ihr fehlte die Kraft und so sagte sie zu dem, der ihr den Zettel vorhielt: „Sag Abraham

St. John, er soll selber kommen und fragen und ich gebe ihm die richtige Antwort, wenn er sich traut."

Der Mann schüttelte den Kopf und mit einem Nicken in Richtung Christians Käfig begannen die zwei anderen Männer wieder damit, auf das Metall einzudreschen, aber dieses Mal mit einer solchen Gewalt und einem lauten Geschrei, dass Christian sich vor Angst so klein wie möglich in dem ohnehin schon kleinen Käfig zusammenrollte und sich mit allem, was ihm zur Verfügung stand, die Ohren zuhielt und gleichzeitig versuchte, seinen Kopf zu schützen.

Wie ein Hund in einem Zwinger, der von allen Seiten getreten wird, fühlte er sich und wusste, er hatte keine Chance zu entkommen. Er tat das, was er noch nie in seinem Leben getan hatte. Er ergab sich in sein Schicksal.

Johanna beobachtete ihn und schrie mit der ihr noch verbliebenen Kraft, dass er nicht aufgeben solle, denn sie würden hier rauskommen und irgendwo ein neues und schönes Leben beginnen, mit ihrem Kind.

Doch eine Antwort bekam sie nicht, stattdessen fasste ihr einer der dunkel gekleideten Männer grob ins Gesicht und es fühlte sich an, als wolle er ihr den Kiefer zerdrücken und sie hörte ihn sagen:

„Wo sind sie?"

Er drehte ihren Kopf hin und her, während sich sein Griff nicht lockerte.

„Sie sind in Sicherheit! Und keiner von euch wird erfahren, wo sie sind."

Sie schaute dem maskierten Mann direkt in seine Augen in der Hoffnung, ihn zu erkennen, aber sie tat es nicht.

Er stieß sie zurück und gab den zwei Männern, die an Christians Käfig standen, ein Zeichen. Sofort begannen sie erneut, auf das Metall einzudreschen, mit aller Gewalt, die ihnen zur Verfügung stand. Ein dritter kam hinzu und fing an, mit einem langen, vorne zugespitzten Stab in den Käfig zu stechen, sodass Christian nach kurzer Zeit aus mehreren Wunden am Körper und im Gesicht blutete.

Erneut fühlte Johanna die grobe Hand im Gesicht, und ihr Kopf wurde in die Richtung zu Christians Gatter gedreht. Die zwei beendeten ihre Prügelei und der Dritte stieg auf den Käfig, hielt den langen Stab zwischen seinen Händen und drohte damit, Christian durch einen Stoß zu töten.

Johanna schaute flehend in die kalten Augen des Mannes, der sie dazu zwang, sich dieses Schauspiel anzuschauen.

„Sag einfach nur, wo sie sind und ihr könnt gehen."

Johannas Gedanken machten vier Schritte auf einmal – wenn sie ihre Mutter und Rebecca verraten würde, was würden diese Männer dann mit ihnen machen und wäre es wirklich sicher, dass sie und Christian hier gesund herauskamen? Oder würden sie beide getötet werden und dann auch noch Elizabeth und Rebecca? Und wer in Gottes Namen hatte diesen Männern den Auftrag gegeben, sie und Christian solche Qualen erleiden zu lassen? Sie blickte dem Mann traurig in die Augen, der seine Frage wiederholte und das in einem Ton, der noch bedrohlicher wirkte, als er es ohnehin schon tat.

Er kam ganz nah an ihr Ohr und flüsterte: „Das ist deine letzte Chance, deinem Mann das Leben zu retten. Los, sag schon. Wo sind sie?"

Im selben Moment hörte sie Christians Stimme, der den Schmerz unterdrückte und mit verzerrter Stimme rief: „Behalte es für dich, Jo. Sie werden uns sowieso nicht laufen lassen. Jedenfalls mich nicht. Sag ihnen nichts."

In diesem Moment stieß der Mann, der auf dem Käfig stand mit aller Gewalt die lange Holzstange in den Käfig und Johanna hörte ein lautes Schreien und ihres mischte sich dazu. Ihr liefen die Tränen und sie fragte immer wieder, warum sie so etwas tun und wer sie dazu beauftragt habe und dass nun sowieso alles egal sei. Sie hätten ihr gerade den Sinn ihres Lebens genommen.

Johanna bekam erneut eine Ohrfeige und der Mann brüllte sie an: „Reiß dich zusammen, du dummes und widerspenstiges Weib. Hier ist niemand getötet worden. Wenn es nach mir ginge, wäre er jetzt tot, aber wir sollen es nicht. Also, reiß dich zusammen oder wir machen deinen Liebhaber zum Krüppel. Also, bevor wir beginnen, nicht nur seine Hände, sondern auch jeden anderen Knochen in seinem Leib zu brechen, sag mir, wo deine Mutter und deine Schwester sind. Und keine Ausflüchte."

„Sie weiß es nicht", hörte Johanna eine andere Stimme und nicht nur sie reagierte überrascht.

Im Dunkel, auf dem letzten Treppenabsatz stand ein Mann und es schien so, als würden ihm mehrere andere folgen. Sie konnte es nicht genau erkennen.

„Lasst sie gehen, beide, sofort!", sprach er weiter.   „Und wenn nicht? Wie wollt ihr uns aufhalten sie zu töten?"

Johanna hörte so etwas wie eine kleine Explosion und der Mann, der gerade noch auf dem Käfig gestanden hatte, in dem Christian gefangen war, fiel auf den Boden und hielt sich wimmernd sein Bein.

„So, genau so werden wir euch aufhalten. Wollt ihr noch eine Demonstration oder lasst ihr jetzt ab von den Zweien?"

Johanna konnte hören, wie die Männer, die Christian und sie retten wollten, zu ihren Waffen griffen. Der Mann vor ihr machte einen Schritt zurück, hob seine

Arme und gab den anderen durch ein Kopfnicken das Signal, dass sie sich von Christians Käfig entfernen sollten. Sie taten es und alle Peiniger standen nun in der Mitte dieses Kellergewölbes, umringt von den anderen Männern.

„Nehmt eure lächerlichen Kapuzen ab", befahl einer ihrer Retter, „wir wollen doch mal sehen, wer in unserem

Dorf solche Methoden anwendet."

Während er das sagte, flüsterte er zwei anderen Männern zu, dass sie Christian aus dem Käfig befreien sollten. Vorher hatte er dem Folterknecht den Schlüssel zu Christians Käfig abgenommen und warf ihn einem der Befreier quer durch den Raum zu. Der ging sofort zum Käfig, griff nach dem Schloss und versuchte mit dem Schlüssel das Schloss zu öffnen. Es schien eine Ewigkeit zu dauern und Johanna, die mittlerweile von ihren Fesseln befreit worden war, versuchte verzweifelt zu erkennen, wie es Christian ging und wer diese Männer waren, die sie befreiten. Einer kam auf sie zu und hielt ihr eine Kelle mit frischem Wasser entgegen: „Hier, trinken Sie, das wird Ihnen gut tun."

Sie trank in einem Zug und gab zurück: „Gut wird mir tun, wenn ich Rache an den Männern nehmen kann, die mir, meinem Mann und meinem Kind das hier angetan haben und dann werde ich denjenigen finden, der den Auftrag dazu gab. Erst dann, wenn ich ihm in seine sterbenden Augen sehen werde, werde ich Ruhe finden. Aber dank euch allen für die Rettung."

„Dafür keinen Dank, wir tun das für alle, die in England unterdrückt werden und nicht so leben können, wie sie wollen, weil es der Obrigkeit nicht gefällt. Wir sind diesen Kerlen schon länger auf den Fersen. Sie haben schon viele solcher Verbrechen begangen und nie hat ein Opfer überlebt. Wir scheinen gerade noch zur rechten Zeit gekommen zu sein."

Er drehte sich um und schaute zum Käfig, wo zwei seiner Männer damit beschäftigt waren, Christian zu befreien.

„Beeilt euch, wir haben wenig Zeit. Bringt die beiden nach oben, setzt sie in die Kutsche und fahrt sie an den vereinbarten Platz. Dort werden wir sehen, wo wir sie hinbringen."

Christian, der von zwei Männern gehalten wurde, da er sich vor Schmerzen nicht aufrichten konnte sagte mit unterdrückter und schmerzgefüllter Stimme: „Ich will diesen Bastard töten. So wie er meinen Vater getötet hat und dann will ich ihn verbrennen, das müsst ihr mir zugestehen."

„Ich muss dir gar nichts zugestehen. Ich hab dir und deiner Frau das Leben gerettet, also darf ich auch bestimmen, was mit diesen Unmenschen passiert. Deine Aufgabe wird es sein, bis an dein Lebensende für deine Frau zu sorgen und eure Kinder. Nicht die Rache führt zu einem glücklichen Leben, sondern die Einsicht, dass es immer besser ist, die schmutzigen Aufgaben anderen zu überlassen. Sei dir gewiss, diesen Kerlen wird es nicht gut ergehen, darauf hast du mein Wort."

Christian, der versuchte, seinen Retter zu erkennen, aber durch seine gebückte Haltung und das dunkle Licht einfach nicht erkennen konnte, wer dieser Mann war, wusste, er könnte sagen, was er wollte, er würde nicht die Gelegenheit erhalten, sich an seinen Peinigern zu rächen. Johanna, die nach den Ereignissen, der totalen Erschöpfung und aufgrund ihrer Schwangerschaft in Ohnmacht gefallen war, wurde von zwei anderen Männern nach oben getragen.

„Was passiert mit uns?", fragte Christian und einer der beiden Männer, die ihn stützten, antwortete: „Ihr werdet in Sicherheit gebracht. Dort könnt ihr euch erholen und wieder zu Kräften kommen."

Christian versuchte noch, sich bei seinen Rettern zu bedanken, doch auch ihm schwanden die Sinne und auch er fiel in einen ohnmachtsartigen Schlaf.

Er konnte noch spüren, wie die Männer ihn die enge Treppe hochtrugen und auf einen Wagen luden. Er hörte das Schnauben der Pferde und merkte, dass sich der Wagen fast lautlos in Bewegung setzte. Wohin sie ihn und Johanna, die neben ihm lag und zu schlafen schien, bringen würden, wusste er nicht, aber er wusste, dass Johanna und er in Sicherheit waren und er wusste, dass sie eines Tages zurück nach

Plymouth kommen würden und denjenigen finden würden, der das alles zu verantworten hatte.

Er hatte den Wunsch zurückzukehren und alles zu bereinigen, aber er wusste auch, dass er sich jetzt erst einmal um Johanna kümmern musste und sie würde schwerer davon abzuhalten sein, hierher zurückzukehren als er. Er drehte sich auf die Seite, hielt ihre reglose Hand, schaute sie an und sah eine Frau, die trotz der Schmach der letzten Tage, der Schläge und der Dunkelheit immer noch die schönste Frau auf dieser Welt war und er würde alles für sie tun, um sie glücklich zu machen, bis ans Ende seiner Tage.

Christian kam langsam zu sich, als der Wagen stand. Johanna lag nicht mehr neben ihm, aber er konnte sie hören. Sie weinte und schrie verzweifelt. Er wollte sich aufrichten, doch eine Männerhand drückte ihn behutsam zu Boden.

„Schon gut, Christian", hörte er eine vertraute

Stimme, „du kannst ihr jetzt nicht helfen."

„Was ist mit ihr, ich will zu ihr", antwortete er, obgleich er wusste, dass er kaum zwei Schritte alleine gehen könnte.

„Sie ist gleich wieder hier und dann musst du für sie da sein. Sie hat gerade euer Kind verloren. Die letzten Tage und die Belastungen waren wohl zu viel für sie. Seit gut einer Stunde ist sie in diesem Zustand und wir hielten es für besser anzuhalten und sie ins Gras zu legen. Zwei Frauen sind bei ihr und kümmern sich um sie."   Christian schlug die Hände vor sein Gesicht und begann zu weinen. Sollte denn wirklich alles verloren gehen? Erst sein Vater, dann die Schmiede und nun auch noch das ungeborene Kind? Welche Ausgeburt des

Teufels hatte solch abscheuliche und grausame Wege für sie vorgesehen? Er konnte sich niemanden vorstellen und traute niemandem, den er kannte, so etwas zu. Auch nicht dem alten St. John.

Aber wer? Wer auf dieser Welt war fähig diese Untaten zu begehen? Er würde ihn finden und ihn so leiden lassen, wie er litt und er würde alle Schmerzen erfahren, die Johanna erlitten hatte und ebenso alle Demütigungen. „Willst du etwas trinken?", fragte der Mann, der neben ihm kniete.

„Nein, ich will nichts trinken, ich will Rache. Das ist zurzeit alles, was ich will", antwortete Christian mit gepresster Stimme und ballte seine Hand zur Faust. „Auch wenn mir nur noch eine Hand bleibt, so werde ich ihn mit dieser eigenhändig erwürgen und ihn an meinem ausgestreckten Arm verhungern lassen."

Er hatte seinen Arm gehoben, als hielte er den Schuldigen und starrte auf seine Hand. Johannas Stöhnen hatte aufgehört, doch stattdessen hatte ein unerbittliches Weinen und Klagen eingesetzt, das von Rufen nach Christian und dann wieder nach ihrem Vater unterbrochen wurde.

„Ich krieg dich, St. John und dann sollst du erfahren, was es heißt, sich mit einer Frau anzulegen. Ich reiß dir den Stein, den du Herz nennst, bei lebendigem Leibe aus deiner Brust und werde ihn an der tiefsten Stelle des Ozeans ins Meer werfen und niemand wird es je wieder finden. Du Teufel!"

Dann begann sie wieder zu weinen und Christian bat den Mann auf dem Wagen, ihm zu helfen. Er wollte zu Johanna. Und so half ihm sein Retter, sich vorsichtig aufzusetzen, was Christian schon Schmerzen bereitete, dann half er ihm vom Wagen und jeder Schritt, den er tat, war eine Tortur, doch er wollte zu Johanna, wollte bei ihr sein und sie beschützen. Vor dem Schmerz, den sie fühlte und auch vor sich selbst. Er hatte zum ersten Mal, seit er sie kannte, Angst um sie.

Es hatte angefangen leicht zu nieseln und es war kalt und nebelig, aber das machte Christian nichts aus, er merkte es nicht einmal und so fiel er dann nach wenigen Schritten auf die Knie vor Johanna, die auf dem Boden saß und ihn ansah, als wäre alles ihre eigene Schuld. Ihre Hände waren blutig. Sie hatte wahrscheinlich versucht, sich im ersten Moment selber zu helfen. Sie schien sich mit ihren Händen mehrere Male durchs Gesicht gefahren zu sein, denn auch das war blutig. Er sah sie an und streckte vorsichtig seine Hand aus. Sie holte tief Luft, setzte sich gerade hin und sagte: „Alles ist in Ordnung. Du brauchst dir keine Sorgen zu machen. Wir werden ein anderes Kind bekommen und dann noch viele. Du wirst sehen. Mir geht es gut."

Christian, der nicht glauben wollte, was er da hörte, drückte sie so fest er nur konnte an sich und sagte: „Ich weiß, Jo, wir werden es schaffen und niemand wird unserem Glück im Wege stehen. Niemand! Aber bitte, sag mir nicht, alles sei in Ordnung. Nichts ist in Ordnung. Mein Vater ist tot, wir haben Tage in einem Kerker verbracht und gerade haben wir unser Kind verloren. Was soll da in Ordnung sein? Liebste, gesteh es dir ein, nur dann können wir einen neuen Anfang machen, wenn wir beide wissen, dass das hier zu Ende ist. Also bitte weine, schreie und wenn du willst, brüll mich an, aber sag nicht, es sei in Ordnung."

Christian spürte, dass Johanna ihre Arme enger um ihn schlang und sie ihre ganze Kraft aufbrachte, um ihn an sich zu drücken. Dann begann sie erneut bitterlich zu weinen und er hielt sie in seinen Armen. Der Nieselregen war in einen wahren Sturzbach übergegangen und alle, außer den Zweien, hatten Schutz unter Bäumen gesucht. Sie saßen auf der Erde und es hatte den Anschein, als würde dieser Regen beginnen, einen kleinen Teil ihrer erlittenen Schmach abzuwaschen, denn auf einmal erhoben sie sich, blickten sich um und riefen in Richtung der

Wartenden: „Lasst uns fahren. Egal wohin."

Dann stiegen sie wieder hinten auf den Wagen, rückten eng zusammen und lehnten sich an eine der hölzernen Wagenwände. Die anderen kamen zurück. Die zwei Frauen setzten sich zu ihnen auf die Ladefläche, die beiden Männer auf den Kutschbock. Die Pferde schnaubten und zogen den Wagen langsam an. Der Boden, über den sie fuhren, war durch den Regen aufgeweicht und es schien, als koste es die Pferde größte Anstrengung, um den Wagen zu ziehen. Aber er bewegte sich stetig in Richtung London, wo sich die zwei erst einmal verstecken konnten. Was sie dort erwarten würde, dessen waren sie sich noch nicht sicher, aber sie wussten, dass es nur besser werden konnte.

Es regnete in Strömen, was alle Reisenden auf dem Pferdewagen bis auf die Knochen durchnässte, zusätzlich war es sehr kalt in dieser Nacht, aber mit der Freiheit vor Augen und dem Willen, ein neues Leben zu beginnen, hielten sie durch.

Die Reise war lang und beschwerlich. Christians verletzte Hand schmerzte heftig und Johannas Blutungen nach der Fehlgeburt schienen ebenfalls nicht vollständig aufhören zu wollen. Christian hatte sie in seinem Arm und schlief keinen Augenblick und als sie nach einem schier endlosen Tag endlich einen Ort in der Nähe von London erreichten, war ihr

Gesundheitszustand mehr als beängstigend. Sie stammelte nur noch Wortfetzen vor sich hin und kam nicht mehr zu vollem Bewusstsein. Durch die Fehlgeburt, den Regen und die Dauerkälte lag sie nun in schwerem Fieber und Christian wollte sie, als man versuchte sie vom Wagen zu heben, nicht loslassen. Wie ein kleines Kind, das sich an sein Spielzeug klammert, hielt er Johanna so lange umarmt, bis einer der Männer Christian festhielt, seinen Arm von Johanna löste und so ein zweiter sie vom Wagen heben und in einem geheizten Zimmer in ein Bett legen konnte. Sofort kümmerten sich mehrere Frauen um die scheinbar im Sterben liegende Johanna, versuchten ihr Fieber zu senken und die Blutungen endgültig zu stoppen.

Christian, der immer noch wie in Trance auf dem Wagen saß, spürte weder den Regen noch seine schmerzende Hand und ebenso wenig registrierte er einen alten Bekannten aus Plymouth – den versoffenen und gescheiterten Anwalt Klive Benson.

Es konnte aber auch daran liegen, dass Klives äußeres Erscheinungsbild gänzlich neu war. Er musste aufgehört haben zu trinken, denn er hielt weder wie sonst eine Flasche in der Hand noch schwankte er. Im Gegenteil, er stand aufrecht, die Hände vor der Brust verschränkt. Er trug Kleidung, die ihn deutlich als einen Menschen der gehobenen Schicht auswies, wie etwa Professoren, Beamte oder eben Anwälte.

Als er Christian sah, lief er zu ihm und warf ihm seinen Mantel über den Kopf, sodass er nun ein wenig vor dem Regen geschützt war.

„Christian, was ist passiert? Wer hat euch das angetan?", fragte er überhastet und versuchte, durch schnelles Reiben am

Mantel, Wärme für Christians offenbar unterkühlten Körper zu erzeugen.

Christian reagierte nicht, da sah Klive Christians Hand und brüllte: „Kommt sofort her und bring ihn hinein! Kümmert euch um seine Hand und zieht ihm diese nassen Lumpen aus."

Ein merkwürdiger Satz aus dem Munde eines

Mannes, der bis vor drei Monaten noch selber aussah wie ein Bettler, dachte er bei sich. Aber nun, nach nur wenigen Tagen in London und dem Angebot eines neuen Jobs als Hilfsanwalt, wie es in seinem Vertrag hieß, hatte er sein Leben radikal und innerhalb kürzester Zeit geändert. Ja, er trank noch, ab und zu, aber nie mehr so viel, dass er nicht mehr wusste, was er tat. Und dadurch, dass er wieder in seinem Beruf arbeiten konnte, halste er sich so viel Arbeit auf, wie es nur ging und lenkte sich dadurch vollkommen von der Trinkerei ab. Es war nicht leicht, aber es wurde immer besser.

Zwei Männer kamen aus dem kleinen Bauernhaus geschritten, griffen nach Christian und brachten ihn vorsichtig nach drinnen. Sie setzten ihn auf einen Stuhl in der Nähe des offenen Kamins. Er saß, leicht nach vorne gebeugt und zitterte am ganzen Körper. Ein etwas älterer Mann kam aus einem anderen Zimmer. Er hatte eine Tasche in der Hand und ging auf Christian zu.

Ganz langsam nahm er ihm den Mantel vom Kopf und begann dann, den notdürftigen Verband an seiner Hand zu lösen. Vorsichtig wickelte er den blutdurchtränkten Stoff von der Verletzung.

Er schaute sich die verwundete Hand in aller Seelenruhe an und fragte Christian: „Kannst du die Finger bewegen?"

Christian hatte es immer wieder auf der Fahrt hierher versucht, aber nie geschafft, zumindest hatte er nichts gefühlt, was sich wie eine Bewegung angefühlt hätte. „Komm schon", sagte der alte Mann in ruhigem Ton, „versuch es jedenfalls. Mehr als eine schlechte Nachricht kann ich dir nicht geben. Also komm, zeig mir, dass du es kannst."

Christian nahm alle Kraft zusammen, die er dazu brauchte und versuchte, seine Hand zu einer Faust zu ballen. Der Schmerz war nahezu unerträglich. Aber nichts passierte. So dachte er.

„Siehst du, mein Freund, es geht. Wenn auch noch nicht wieder ganz so gut, aber die Kontrolle über deine Hand hast immer noch du. Es wird noch dauern, bis du sie wieder richtig nutzen kannst. Die Schwellungen müssen zurückgehen und die Brüche in deiner Hand müssen heilen, aber dann wirst du sie wieder für all das gebrauchen können, was du früher getan und was du dir noch vorgenommen hast. So viel ist sicher! Wir müssen sie aber schienen und verbinden, damit du sie nicht belastest. Gleich kommt eine Krankenschwester und wird sich um dich kümmern."

Er klopfte Christian genauso auf die Schulter wie es sein Vater immer getan hatte und sagte noch: „Das wird wieder und deine Frau braucht bestimmt etwas länger als du, aber auch sie wird gesund werden."

Dann verließ er den Raum und Christian kam es so vor, als würde es schlagartig dunkel um ihn und die Nacht würde hereinbrechen, aber er war einfach in einen tiefen Erschöpfungsschlaf gefallen.

Als Christian wieder zu sich kam, hatte er nicht mehr das Kältegefühl. Seine Hand schmerzte zwar noch, aber sie war verbunden. Irgendjemand hatte ihm trockene Kleidung angezogen und im Kamin loderte ein wärmendes Feuer. Draußen war es dunkel und auch das Licht in dem Raum, in dem er sich befand, war nur spärlich. Er setzte sich auf und versuchte, irgendjemanden zu entdecken, mit dem er reden, ja dem er Fragen stellen konnte.

„Geht's dir besser?", hörte er eine Stimme aus dem Dunkel vor sich. Er konnte niemanden sehen, bis auf einmal jemand vor ihm stand, mit dem er so nicht gerechnet hatte. Klive Benson stand da, mit einem dampfenden Kaffe in der Hand, rasiert und frisiert und nüchtern.

„Klive, was tust du hier? Wer sind diese Leute und wie habt ihr uns gefunden? Wo ist Johanna?"

„Das sind ja ziemlich viele Fragen auf einmal", lächelte Klive, „also: Johanna ist nebenan und schläft. Sie hat Fieber, aber es ist nicht so dramatisch. Ihre Blutungen sind auch gestoppt und so wird sie wohl in den nächsten Stunden wieder ansprechbar sein. Ich denke, dass war doch erst mal die Frage, deren Beantwortung dir am wichtigsten war. Möchtest du etwas trinken? Tee, Kaffee oder Wasser?"

Christian schüttelte seinen Kopf und Klive kam ein Stück näher, setzte sich auf einen Sessel, der in der Nähe des Kamins stand und rückte ihn ein wenig näher an Christian heran.

„Nun zur nächsten Frage. Wer sind diese Leute? Zuerst sind es Freunde, Freunde aus der Not heraus. Alle sind irgendwann in ihrem Leben mit dem alten St. John in Kontakt gewesen und sind von ihm ausgenutzt, erpresst oder betrogen worden. Sie haben sich vor nicht all zu langer Zeit zusammengefunden und beschlossen, etwas gegen ihn und seine sich immer weiter ausdehnende Macht zu unternehmen.

Den letzten Ausschlag zu eurer Rettung hat der Vikar gegeben, der seit kurzer Zeit in Plymouth ist. Er hat jeden Schritt des Alten überwacht, Briefe kontrolliert und ihn auf Schritt und Tritt verfolgen lassen. Es ist auch kein Zufall, dass gerade er in Plymouth ist. Kennt er den Pfarrer doch schon seit Kindheitstagen. Er wurde bewusst dorthin geschickt, da sich hier in London, in der Kirchenverwaltung, die Zeichen mehrten, dass Abe St. John nicht nur Bauern und Bewohner von Plymouth bestohlen hat, sondern eben auch die Kirche. Der Vikar sollte lediglich die letzten Beweise dafür sammeln. Ich, als einer der Menschen, die jahrelang sehr eng mit dem Pfarrer zusammengearbeitet haben und über viele seiner Machenschaften informiert war, hielt es für meine Pflicht, es zu melden. Nun, ich gebe zu, natürlich ist auch ein Gefühl von Rache dabei, denn ich bin jahrelang ausgenutzt, unterdrückt und zu seinen Zwecken missbraucht worden. Das musste ein Ende haben, denn ohne das Ende, würde es für mich keinen neuen Anfang geben. Nun bin ich also hier in London für die Kirche tätig und habe dafür zu sorgen, dass alles, was jetzt mit Abe St. John passiert, mit rechten Dingen zugeht.

Aber nun zu der Frage, wie wir euch gefunden haben. Nun, nachdem die Schmiede, trotz aller Versuche sie zu löschen, bis auf die Grundmauern niedergebrannt war, war klar, dass es nur einen Schuldigen geben konnte. Doch beweisen kann man ihm immer noch nichts. Es bleibt abzuwarten, wie sich die ganze Sache entwickelt. Du und Johanna bleibt am besten erst einmal hier. Ihr bekommt ärztliche Hilfe und Unterstützung. Sobald ihr wieder gesund genug seid, werden wir weitersehen. Am besten ist es, ich zeige dir dein Zimmer und du ruhst dich aus. Morgen früh können wir dann noch einmal in Ruhe über alles reden."

„Ich will zu Jo", sagte Christian, als hätte er kein Wort von dem gehört, was Klive ihm gerade erzählt hat.

„Ich sehe nach, ob es möglich ist. Warte einen Moment", antwortete Klive, stand aus dem Sessel auf und verschwand im dunklen hinteren Teil des Raumes hinter einer Tür, nachdem er leise angeklopft hatte. Es dauerte nicht lange und er kehrte zum Kamin zurück.

„Sie schläft, aber wenn du willst, kannst du kurz zu ihr", flüsterte Klive und das Flüstern schien Christian als Aufforderung zu nehmen, auch nur noch mit gesenkter Stimme zu sprechen.

Gestützt von Klive, durchquerte Christian den Raum und kam der Tür, hinter der Johanna liegen musste näher. Sie öffnete sich wie von selbst und Christian konnte seine Johanna in einem weißen Bett liegen sehen.

Sie sah so friedlich, beinahe unschuldig aus. Man konnte ihr nicht einmal die Strapazen der letzten Tage ansehen. Sie lag auf dem Rücken, ihr kurzes Haar war so struppig und zerzaust wie Christian es kannte, wenn er ihr beim Schlafen zusah. Sie atmete ruhig und gleichmäßig und es schien ihr wirklich an nichts zu mangeln. Zwei Frauen saßen an ihrem Bett und wachten über sie.

Sie drehten sich zu Christian, als Klive und er den Raum betraten und die eine stand sofort auf und bot Christian ihren Stuhl an. Vorsichtig setzte er sich hin und blickte auf die Frau, die er liebte und für die er nicht hatte da sein können, als sie es am meisten gebraucht hätte.   „Du bist Christian, oder?", flüsterte die eine Frau, die ihm ihren Stuhl angeboten hatte ins Ohr, „ihr habt Glück, dass ihr euch gefunden habt. Vergesst nie, was ihr aneinander habt und falls doch, erinnert euch wieder daran. Sie sprach die ganze Zeit nur von dir und dass sie diese Zeit nie ohne dich überlebt hätte und sie will keinen anderen als dich."

„Jane", flüsterte die Frau von der anderen Seite in einem entrüsteten Ton, „sei still. Das geht uns nichts an." „Aber es ist doch so romantisch", antwortete Jane und es schien so, als könne sie vor lauter Rührung kaum die Tränen unterdrücken.

Die Frau auf der anderen Seite des Bettes schüttelte den Kopf und sah Christian an, als wolle sie sich entschuldigen.

Christian nahm vorsichtig Johannas Hand und streichelte sie. Ein leichtes Lächeln kam auf ihre Lippen und er wusste, dass sie ihn spürte, auch wenn sie schlief. Er drehte sich zu Klive. Der verstand den Blick und half Christian wieder auf die Beine. Die Männer verließen den Raum. An der Tür drehte Christian noch einmal seinen Kopf, um einen Blick auf seine Jo zu werfen, die dort so friedlich und sicher lag und schlief. Wieder überkam ihn das Gefühl, sie alleine gelassen zu haben, aber er wusste auch, dass sie ihm nie derartige Vorwürfe machen würde. Die Tür wurde geschlossen und die beiden Männer gingen in Richtung Kamin.

„Dein Zimmer ist im Nebengebäude", sagte Klive, „möchtest du es sehen, oder willst du diese Nacht hier verbringen?"

„Ich bleibe hier", antwortete Christian kurzentschlossen, „ich will hier sein, wenn sie aufwacht."

„Dann setz dich wieder in den Sessel, etwas anderes steht dir hier nicht zur Verfügung. Möchtest du jetzt etwas trinken?"

„Ja, irgendetwas, damit ich schlafen kann am besten einen Whisky", flüsterte Christian.

„Ich schau mal nach", antwortete Klive, „da wird sich mit Sicherheit etwas machen lassen."

Er verschwand wieder im dunklen hinteren Teil des Raumes und Christian konnte hören, dass eine Tür geöffnet und vorsichtig geschlossen wurde.

Christian war erneut alleine. Er saß in dem bequemen Sessel und war einfach nur erleichtert und dankbar.

Erleichtert, dass es Johanna scheinbar besser ging und dankbar für die Rettung aus dem dunklen und nassen Verließ. Dankbar dafür, dass es Menschen auf der Welt gab, die sich wirklich Sorgen um den Zustand dieses Landes machten, die versuchten, das Gute vom Bösen zu trennen und eben diese Mächte, die andere unterdrücken und quälen, zu besiegen. Auch er und Johanna hatten versucht, sich gemeinsam mit anderen Bürgern aus Plymouth gegen diese Kräfte aufzulehnen, doch bevor es zur ersten Schlacht kam, wurden sie entführt. Nun waren andere am Werk und es war gut so und wenn sie wieder gesund wären, würden sie ihnen helfen und mit ihnen gemeinsame Sache machen. Das war sicher für ihn und er konnte sich nicht vorstellen, dass Johanna, nach allem, was er jetzt von Klive erfahren hatte, irgendetwas dagegen haben würde.

Mit diesen Gedanken fiel er wieder in einen tiefen Schlaf. Er bemerkte nicht, dass Klive mit zwei Gläsern in der Hand zurückkehrte, eines mit Whisky und eines mit Tee. Klive setzte sich in den anderen Sessel, nahm sich eine Decke und wickelte sie sich um die Beine. Dann nahm er eines der Gläser und trank es in einem Zug leer. Kalter Tee war zu einem seiner Lieblingsgetränke geworden. Er stellte das Glas ab, lehnte sich in den Sessel zurück, schloss seine Augen und auch er fiel nach diesem langen Tag in tiefen Schlaf.

◆◆◆

Der Morgen kam und in Barnstaple, weit ab von allen Geschehnissen, stieg die Sonne langsam am Horizont empor. Elizabeth saß gedankenverloren auf die Sonne blickend im hinteren Teil des Gartens. Niemand konnte sie hier sehen. Sie dachte über alles nach, was in den letzten Tagen mit ihr und vor allem mit Rebecca geschehen war. Die Flucht, die Freundschaft, die sie hier gefunden hatte und die Liebe, die Rebecca nun endlich erfuhr. Rebecca war immer ihre kleine Tochter gewesen, auch wenn sie die ältere von beiden war. Aber im Gegensatz zu Johanna, hatte Rebecca einfach nicht dieses Selbstvertrauen und den Willen, einen eigenen und selbstbestimmten Weg zu gehen. Es schien ihr immer, als würde sie alles so hinnehmen, wie es gerade kam. Das hatte ihr schon früher Angst gemacht, doch hatte sie nie einen Weg gefunden, Rebecca in dieser Situation zu helfen.

Jo war da anders gewesen. Sie war immer schon energiegeladen und davon überzeugt, dass kein Mensch besser als der andere ist und dass Frauen nicht weniger konnten als Männer. Im Gegenteil. Sie hatte einmal während einer Diskussion mit Abe tief Luft geholt und mit lauter und bestimmter Stimme zu ihm gesagt: „Wenn Frauen in der Kirche etwas zu sagen hätten, hätte es keine Hexenverbrennungen und auch keine Kreuzzüge gegeben und ich glaube auch, dass sie das Geld, das die Kirche besitzt, besser nutzen würden, als immer nur neue und teure und immer größere Kirchen zu bauen. Sie würden es den Armen und Hilflosen geben, um das Leid, das die Kirche selber verursacht hat, zu lindern."

Abraham hatte sie erstaunt angeschaut, doch statt einem zwölfjährigen Mädchen zu erklären, was es denn nun wirklich mit der Regentschaft der Kirchen auf sich hatte, gab er ihr eine Ohrfeige und drohte ihr, dass es immer noch vereinzelte Hexen geben würde und diese auch gefunden und bestraft würden und dass sie froh sein könnte, dass sie ihre Worte an ihn und nicht an einen anderen Mann der Kirche gerichtet hatte, denn sonst könnte es sein, dass sie auch im Kerker landete. Sie sollte sich ein Beispiel an Rebecca nehmen und ruhig sein. Johanna musste damit gerechnet haben, einen Schlag ins Gesicht zu bekommen, denn sie stand regungslos vor ihrem Vater und schaute ihm tief in die Augen, bis er sie anbrüllte, sie solle verschwinden.

Rebecca musste große Angst vor diesem Mann gehabt haben, denn sie machte immer, was er ihr befahl. Er hatte nur mit den Fingern schnipsen oder in eine Richtung zeigen müssen, immer war Rebecca genau diesen Richtungen gefolgt. Wäre Johanna nicht so anders, so eigenwillig und willensstark gewesen, wären vermutlich beide jetzt da, wo ihr Stiefvater sie hingeschickt hätte. Nur Johanna und Christian hatten die beiden Frauen ihr neues Leben zu verdanken.

Wie mochte es ihrer kleinen Tochter gehen? Ob sie immer noch so glücklich war mit Christian und seinem Vater? Es musste so sein. Und nicht nur, weil Elizabeth es sich von ganzem Herzen wünschte, sondern gerade weil Jo sich nie etwas anderes gewünscht hatte. Sie hatte nie etwas auf Reichtum und Ansehen gegeben. Sie hatte schon als Kind mit ärmeren Kindern gespielt. Nach ihrer Aussage hatten die mehr Fantasie und durften sich richtig schmutzig machen.

Ja, arm – arm war auch sie gewesen, als ihr geliebter Mann eines Tages nicht mehr von der See zurückkam und das Einzige, was ihr von ihm überbracht worden war, war seine Mütze gewesen. Sie hatte sie lange aufbewahrt und immer vor Abe verschlossen gehalten. Abe, der als junger Pfarrer nach Plymouth gekommen war, hatte von ihrem Schicksal gehört. Er hatte sich immer gut um sie und ihren beiden kleinen Töchter gekümmert. Er hatte ihnen Essen, Tee und manchmal sogar etwas Süßes für die beiden kleinen Ladies mitgebracht. Sie und Abe waren sich mit jedem dieser Besuche, die er ihnen abstattete, mit jedem Wort und mit jedem Blick näher gekommen.

Er machte ihr das Angebot, als Haushälterin für ihn zu arbeiten und mit in die Pfarrei zu ziehen. Sie könnte die ärmliche Hütte am Hafen verlassen und die Mädchen könnten auf eine bessere Schule gehen. Es hörte sich zu verlockend an, denn wo hätte eine junge Mutter ohne Geld und ohne Mann in einer Hafenstadt arbeiten können, um Geld zu verdienen. Also willigte sie ein. Helfer der Kirche, darunter auch Männer und Frauen, die sie kannte, kamen zur Hilfe. Niemand sprach mit ihr und sie nahm an, dass sie alle nur neidisch seien, bis sie eine der Frauen fragte, ob sie sich absolut sicher sei mit dem, was sie da vorhatte, denn schließlich wäre der Pfarrer bekannt für seine Wutausbrüche und seine Angriffe auf Frauen, die sich nicht so verhielten, wie er es ihnen vorschrieb. Da sie davon noch nie etwas gehört hatte und diesen Mann, der so selbstlos und freundlich zu ihr und ihren Kindern gewesen war, ihnen so viel geschenkt und gegeben hatte und nie etwas zurück verlangt hatte, nicht so einschätzte, hielt sie dieses Gerede für Missgunst.

Die Einsicht, dass die Warnungen nicht nur neidisches Gerede waren, dauerte etwas, aber dass sich ihr Leben nun geändert hatte, wurde ihnen allen schnell klar. Johanna und Rebecca durften nicht mehr mit ihren alten Freunden spielen. Keiner der drei durfte auch nur in die Nähe ihres alten Lebens. Einmal, am Abendbrottisch, als Johanna wieder einmal davon erzählte, wie schön sie es immer gefunden habe, den Sonnenuntergang am Hafen zu sehen und mit ihrem Vater Hand in Hand am Kai entlangzuspazieren, hatte Abe mit beiden Fäusten auf den Tisch geschlagen und die kleinen, verängstigten Mädchen mit fast hasserfüllten Augen angeschaut. Er hatte seinen Oberkörper über den Tischrand, in Richtung der Kinder, gebeugt, sein linker Zeigefinger stand so aufrecht da wie ein Kirchturm und sah fast so bedrohlich aus, wie ein blitzendes Schwert.

„Hört gut zu, meine Kleinen, und merkt euch, was ich sage, denn ich wiederhole mich nicht noch einmal, ohne dass es Konsequenzen für euch oder eure Mutter hat. Ihr werdet ab sofort euren Vater vergessen, ihn nie wieder erwähnen und stattdessen mich, mit Vater ansprechen. Jede Zuwiderhandlung wird eine Strafe nach sich ziehen. Ab heute seid ihr meine Kinder, denn allen Papieren nach, seid ihr Halbweisen und da ich es mir zu meiner Lebensaufgabe gemacht habe, den Armen und Schwachen zu helfen, habe ich heute eure Mutter geheiratet. Euer Nachname ist nun St. John und ihr werdet mir gehorchen. Wir werden eine glückliche Familie werden und jeder, der es versucht, unseren Frieden zu stören, der wird mich kennenlernen."

Er sah noch einmal jedem der Kinder in die Augen, um festzustellen, ob sie es verstanden hatten. Rebecca nickte vorsichtig mit dem Kopf. Johanna, für die es in ihrem Leben keinen anderen Mann gab als ihren Vater, sah ihn mit verträumtem Blick an, als hätte sie das alles gerade gar nicht gehört. Abe griff nach seiner Serviette, wischte sich den Mund ab und setzte sich auf seinen Stuhl. Dann stand er auf, ging um den Tisch und stellte sich hinter Johanna. Wie ein kleines, neugieriges Kind nun einmal ist, legte sie ihren Kopf in den Nacken und blickte ihn lachend von unten an. Er legte seine Hände auf ihre Schultern und Elizabeth hatte damals aus Angst die Augen geschlossen.

„Du wirst es noch früh genug erfahren, was es heißt, sich mit mir anzulegen, kleine Lady. Das wirst du." Dann stellte er sich hinter Rebeccas Stuhl und strich ihr über den Kopf.

„Wir beide Rebecca, wir beide verstehen uns."

Sie hatte sich von dem Tag an gefragt, was sie bei diesem Mann hielt. Jeden einzelnen, an dem er ihre Kinder und auch sie bedrohte. Die Lösung war einfach. Das Land, auf dem die Kirche das große Pfarrhaus errichtet hatte, gehörte Elizabeths verstorbenem Mann. Also war sie eigentlich nicht arm.

Nur dauerte der Streit mit der Kirche und der Stadt schon Jahre und über diesen Streit waren Elizabeth und ihr Mann arm geworden. Mit der Heirat war das Land in den Besitz von Abe übergegangen und somit brauchte sich die Kirche keine weiteren Sorgen zu machen, dass noch irgendeine Klage kommen würde. Natürlich hatte Abe ihr versprochen, alles zu tun, um ihr Recht zu verschaffen. Doch nach der schmucklosesten und einsamsten Hochzeit, die jemals auf dieser Erde stattgefunden hatte, wurde ihr klar, dass sie nicht nur das Land, sondern auch sich selbst verloren hatte.

Jahrelang hatte sie ihn angebettelt, angefleht, ihr nur einen Teil des Geldes zu geben, das ihr zustand, doch nie hatte er sich die Mühe gemacht, irgendetwas für sie zu tun. Es kam ihr so vor, als hätte er sie im Auftrag der Kirche geheiratet, damit ihr Fall endlich zu den Akten gelegt werden konnte.

Nun, an diesem Ort hier, war es ihr fast egal geworden, denn sie begann ein neues Leben und hatte sich das Ziel gesetzt, nie wieder von irgendeinem Mann abhängig zu sein. Sie wollte ihr Leben selber gestalten.

Was die Verbindung zwischen Rebecca und Steve anging, so war sie froh, dass ihre Tochter es scheinbar geschafft hatte, ihren Schmerz zu begraben und ebenfalls ein neues Leben zu beginnen.

Oft hatte sie ihr gesagt, dass Liebe nicht leicht zu finden sei, aber musste es wirklich so sein? Konnte man nicht einen Mann sehen, kennenlernen und nach kurzer Zeit spüren, dass es richtig war, was man tat?

Sicher, gerade Elizabeth hätte anders denken müssen und für sich selbst tat sie es auch, aber sie hatte so oft versucht, Rebecca von den schmerzlichen Gedanken an James abzubringen und ihr einen anderen, neuen Weg zu zeigen.

Außerdem, aber das hatte sie ihrer Tochter nie gesagt, wollte sie als Mutter, nach den Erfahrungen, die sie in ihrem Leben gemacht hatte, nicht, dass ihre Tochter ebenfalls mit einem Seemann, ganz gleich welchen Ranges, liiert ist. Sie war nicht etwa froh, dass James tot war, aber sie war sehr glücklich, dass ihre Tochter eine neue Liebe gefunden hatte.

Elizabeth legte ihren Kopf zurück und blickte hinauf in den Himmel, dann griff sie in ihre Jackeninnentasche und holte die alte, wollene Mütze hervor. Sie drückte sie sich fest an ihr Gesicht und sprach ganz leise, ohne dass es jemand hören konnte: „Es tut mir so leid, aber du bist einfach nicht mehr zurückgekommen und ich musste doch irgendetwas für unsere Kinder tun. Du wärst so stolz auf sie, wenn du sie heute sehen könntest."

Sie begann zu weinen. Um ihre Laute zu unterdrücken, presste sie sich die Mütze aufs Gesicht. Wie sie es immer getan hatte, wenn sie derartige Gefühle überkamen, setzte sie sich auf, wischte sich die Tränen aus dem Gesicht und versteckte die Mütze wieder in ihrer Jacke. Er würde immer bei ihr sein. Das hatten sie sich geschworen und so sollte es sein.

Sie ging langsam durch den Garten zurück zum Haus. Vorbei an dem alten, knorrigen Apfelbaum, der wieder ein paar der knackigen und süßschmeckenden Äpfel hatte fallen lassen. Sie hob einen von ihnen auf, wischte ihn ab und biss in ihn hinein. Sie genoss diesen herrlich, süßen Geschmack und ging weiter. Sie dachte an Rebecca, die in dieser Nacht nicht nach Hause gekommen war. Sie wusste, wo sie war und machte sich deshalb keine Sorgen. Aber wie mochte es Johanna gehen? Was tat sie? Es war furchtbar, keine Möglichkeit zu haben, sie zu sehen, ihr Lachen zu hören und sie in den Arm nehmen zu können. So wie sie ihre Tochter kannte, brachte sie sich gerade wieder mit irgendetwas in Schwierigkeiten, aber sie verließ sich darauf, dass Jo in Sicherheit war, denn Christian würde alles tun, damit ihr nichts passieren würde und mit diesem Gefühl, dass mit ihren Töchtern zurzeit alles gut lief, ging sie zurück ins Haus.

◆◆◆

Weit weg von all diesen Geschehnissen und nichts ahnend, saß James alleine an einem abgelegenen Teil des Strandes, stützte sein Gesicht in seine Hände und blickte aufs Meer. Er stellte sich seit Tagen viele Fragen, ob er überlebt hatte, um Rebecca wiederzusehen oder ob es seine Chance war, sein Leben von vorne zu beginnen. Warum, war er nicht, wie die anderen Besatzungsmitglieder der Royal Highness, vom Meer verschlungen worden? Warum war er von einem Walfänger gerettet worden, dessen Mannschaft so harmonisch und gleichberechtigt zusammenarbeitete, wie er es noch nie auf einem Schiff erlebt hatte? Warum war es ihm dann gelungen, mit dieser Nussschale durch Sturm und Wellen zu segeln und hier an Land zu kommen, an einen Ort, an dem er aufgenommen worden war, als wäre er ein alter Freund, als würde man ihn kennen?

Noch nie in seinem Leben, nicht einmal an der Seite von Rebecca, hatte er jemals zuvor so viel Freundlichkeit und Güte erfahren. Es erschreckte ihn, dass er so dachte, denn Rebecca war, seit er sie zum ersten Mal gesehen hatte, sein Traum gewesen, nein mehr, die Erfüllung eines Traumes und nun merkte er, dass es doch nicht sie war, nach der er sich immer gesehnt hatte. Es waren Nähe und Vertrauen, die er gesucht hatte, doch dadurch, dass Rebecca und er ihre Treffen immer geheim halten und sich immer an den abgelegendsten Orten hatten treffen müssen, hatte er dieses Gefühl von Freiheit nie gespürt, welches er hier empfand. Nie war irgendjemand aus Rebeccas Familie auf ihn zu gekommen und hatte ihn gefragt, wie es ihm gehe. Rebecca und er waren praktisch immer auf einer Art Flucht gewesen. Nie waren sie gemeinsam irgendwo angekommen. Nie waren sie gemeinsam zur Ruhe gekommen, oder hatten sich in all ihren Gefühlen gemeinsam wiedergefunden.

James wurde klar, wie sehr Rebecca und er etwas gewollt hatten, von dem sie beide geträumt hatten, aber es schien ihm so, als hätten sie von etwas anderem geträumt und sich auf diesem Wege in etwas verrannt, was am Ende nicht gut für sie gewesen wäre. Sie hatten nie darüber nachgedacht. Er nicht, der aus armem Hause kam und sich hocharbeiten wollte, um gut genug für Rebeccas Vater zu sein und Rebecca nicht, die sich einfach nur aus den tyrannischen Klauen ihres Vaters hatte befreien wollen. Ihm wurde klar, dass Rebecca und er zwar ähnliche Gefühle füreinander gehabt hatten, aber dass sie letztendlich doch nur immer das getan hatte, was ihr Vater von ihr verlangte. Inzwischen musste sie schon mit irgendeinem reichen Kerl weit weg in Indien verheiratet sein, auf Geheiß ihres Vaters selbstverständlich. Sie hatte sich immer gefügt, nie und nimmer hätte sich Rebecca getraut, nur den kleinsten Laut von sich zu geben, wenn ihr Vater ihr etwas befohlen hatte.

War das wirklich die Frau, die sich ein Mann wünschte? Die nie sagt, was sie denkt oder was sie will? Wie konnte man sich bei einer solchen Frau sicher sein, dass sie es ernst meinte, wenn sie einem sagte, dass sie einen liebt? James zweifelte an seinen Gefühlen für Rebecca und er zweifelte an sich, denn sie war es, die ihm die Kraft gegeben hatte, all das durchzustehen, was hinter ihm lag. Wie konnte es da passieren, dass er zu zweifeln begann? All die Dinge, die sie ihm gesagt und all das, was sie sich gegenseitig versprochen hatten, wirkten bei genauerem Hinsehen auf ihn, wie die dahin gesagten Worte zweier junger Verliebter, die nicht weiter in die Zukunft schauen.

Er fuhr sich mit seinen Händen durchs Haar und legte seinen Kopf in den Nacken. Er schaute in den blauen Himmel und konnte zwei Wolken beobachten, die sich, so schien es, von da, wo er saß, ineinanderschoben und zu einer großen Wolke wurden. Genau so musste Liebe sein. Man trifft einen anderen Menschen und spürt von Anfang an eine Anziehungskraft und durch diese Kraft wird aus zwei Menschen eine Liebe. Eine Liebe, die alles trägt und erträgt. Die keine Fragen offen lässt. Die den anderen hält, wenn er stürzt oder schwach wird. Die da ist, wenn einer der beiden alleine oder einsam ist. War oder wäre Rebecca die Frau, die ihm derartige Kraft geben könnte? Wieder kamen Zweifel, aber er würde es nie herausbekommen, wenn er sie nicht selber fragen würde.

Er musste, ob er wollte oder nicht, zu ihr und mit ihr reden, fragen, ob sie zu all dem fähig wäre.

Er stützte seine Hände ins Gras und wollte gerade aufstehen, als er hinter sich ein Geräusch hörte. Er drehte sich um und entdeckte Fay, die barfuß über die Wiese langsam näher kam. Sie hatte einen kleinen Korb und eine bunte Decke bei sich. Ihre rote, lockige Mähne wippte bei jedem Schritt, den sie auf ihn zu kam und das Lachen auf ihrem Gesicht war so warm und offenherzig, als könnte rein gar nichts sie davon abbringen, sich James zu nähern. Sie war eine unglaubliche Frau.

Sie war die ärmste und reichste und vor allem glücklichste Frau, die James jemals getroffen hatte. Er durfte ihr diese Gedanken auf keinen Fall mitteilen. Was sollte sie denken? Vor allem musste er erst Rebecca sprechen. Er wusste nicht genau warum, aber er fühlte sich dazu verpflichtet.

„Ich habe gewusst, dass ich Sie hier unten finde", sagte Fay, als sie näher kam. „Hier müssen Sie an Land gekommen sein, sehen Sie da unten, wo das zerstörte Boot liegt?" Sie breitete die karierte Decke aus, die sie mitgebracht hatte und gab James mit einer Kopfbewegung zu verstehen, dass er sich neben sie auf die Decke setzen sollte.

„Haben Sie schon gegessen? Ich glaube nicht. Männer vergessen nichts so gerne wie Essen und ihre Frauen", sagte sie lachend. „Na ja, James, Sie vergessen eben nur das Essen. Ich habe Brote mitgebracht, mehr hatte ich nicht zu Hause", sagte sie lächelnd, setzte sich auf die Decke und begann, das Essen aus dem Korb zu nehmen.

James, der sich freute, sie zu sehen und es wieder einmal unglaublich fand, dass ein Mensch, der wenig hatte, das wenige, das er besaß, auch noch mit anderen teilte, setzte sich neben Fay und sah ihr dabei zu, wie sie die wenigen Dinge, die sie mitgebracht hatte, mit so viel Geschick auf der Decke anordnete, dass man gar nicht mehr merkte, dass es eigentlich ärmlich war, was sie mitgebracht hatte. Er bewunderte sie für ihre Kraft und er schätzte ihren Charme, mit dem sie jede Situation und war sie auch noch so verfahren, immer zum Besten wendete. Sie hatten in den vergangenen Tagen viel miteinander geredet und sie hatte ihm ihre Erfahrung anvertraut. Von ihrer Kindheit im Heim in England, bis hin zu ihrer Flucht als junge Frau nach Irland. Sie hatte immer ein Leben voller Entbehrungen geführt und doch nie den Mut oder ihre Zuversicht verloren. Von Kindheit an hatte sie den unerschütterlichen Glauben an sich und das Gute im Mensch und vor allen Dingen hatte sie immer daran geglaubt, dass sie eines Tages den Mann treffen würde, der nur für sie gekommen war.

Fay kannte Gefühle wie Einsamkeit nicht. Sie hatte immer Menschen um sich. Entweder Patienten oder eben Freunde. Jeder im Dorf mochte sie und es gab mit Sicherheit auch

Männer unter ihnen, die schon einmal versucht hatten, Fay für ein kleines Abenteuer zu gewinnen. Aber diese Männer wollte sie nicht. Es widerstrebte ihr, einen Mann nur für eine begrenzte Zeit bei sich zu halten, um eben dann wieder alleine zu sein. „Und wenn das passiert, James", hatte sie ihm gesagt, „dann wissen Sie, was Einsamkeit ist. Ich habe es einmal erlebt und will das nie wieder. Und wenn ich alt und grau bin, wenn er kommt, so wird er mir dann meine letzten Tage verschönen und mir das Gefühl geben, ich sei die Einzige auf dieser und in seiner Welt. Dieses Gefühl will ich und nicht weniger."

James war, als sie ihm ihre Wünsche und Gedanken so offen mitteilte, zu Tränen gerührt. Nicht nur, dass dies genau das war, wonach doch jeder Mensch auf der Welt sucht, es aber nicht in Worte fassen kann, sondern auch, dass seine eigenen Sehnsüchte noch nie so deutlich formuliert worden waren. Er bewunderte diese Frau, die vor Kraft und Liebe zu allem, was ihr nah war, nur so strotzte und immer noch ein Stück mehr gab, wenn es fast so schien, als könne sie nicht mehr. Sie hatte mehr Mut, Zuversicht und Energie als jeder andere Mensch, den er bis jetzt in seinem Leben getroffen hatte.

Diese zierliche Frau, mit ihren roten lockigen Haaren, den tiefblauen Augen und ihrem immerwährenden Lächeln faszinierte ihn und auch wenn James unentwegt an Rebecca dachte, so fragte er sich doch in einer kleinen Nische seines Herzens, warum er diese Frau nicht früher getroffen hatte.

Sie reichte James ein Stück Brot, auf dem eine dicke Scheibe Käse lag und bot ihm Tomate und verschiedene Kräuter dazu an.

„Sie sollen ja wieder stark und gesund aussehen, wenn Sie nach Hause kommen, nicht dass man uns nachsagt, wir hätten Sie fast verhungern lassen" Und wieder lachte sie und stieß James mit ihrer Schulter an.

„Das wird niemand denken, wenn ich zurückkomme, denn Sie haben mir mein Leben zurückgegeben und mich mit so viel Freundschaft beschenkt, dass ich mich frage", er stockte und wollte seinen Satz zu Ende sprechen, wollte Fay aber nicht in eine unangenehme Situation bringen, in der sie seinen Wunsch, einfach nur bei ihr zu bleiben, kommentieren müsste.

„Was fragen Sie sich, James?", fragte sie leise.

„Warum wir uns noch immer so förmlich anreden. Wir kennen unsere Namen, Sie haben mich gepflegt und meinen Träumen zugehört. Sie haben mir Wasser gegeben und meine Wunden gereinigt und ich kann Ihnen nicht einmal so danken, dass es Ihnen nutzt. Aber ich möchte, dass wir „du" zueinander sagen."

Nachdem Fay eine Weile nicht auf seine Frage geantwortet hatte, fügte er hastig hinzu: „Natürlich nur, wenn Sie einverstanden sind."

Fay, die für kurze Zeit abwesend zu sein schien, drehte den Kopf ruckartig in Richtung James und sagte: „Wie bitte? Entschuldigen Sie, ich verliere mich immer leicht, wenn ich von dieser Stelle aus aufs Wasser blicke.

Was meinten Sie?"

Sie sah ihn dabei an, sodass James fast vergaß, was er gerade gesagt hatte und er stammelte: „Sollen wir nicht endlich „du" zueinander sagen?"

„Ja, natürlich gerne und wenn du es genau wissen willst, ich habe dich schon geduzt, als ich dich gepflegt habe. Wenn ich dir den Schweiß von der Stirn wischte, deine Wunden reinigte oder dir zu trinken gab. Es war kein mütterliches Gefühl, das mich antrieb, sondern genau das Gefühl, welches ich bei allen meinen Patienten habe. Die Liebe zu meinem Beruf und der Wille zu helfen. Ich komme ihnen einfach näher, wenn diese Förmlichkeit nicht da ist. Ich hoffe, du nimmst es mir nicht übel, dass ich so gehandelt habe."

„Wie sollte ich dir irgendetwas übel nehmen, was du getan hast? Wie ich sagte, du hast mir mein Leben gerettet."

„Naja, nicht gerettet, ich hab dich gesund gepflegt. Gerettet hast du dich selber. Mit deiner eigenen Kraft und dem Glauben daran, dass jemand auf dich wartet. Etwas Schöneres habe ich in meinem Leben noch nie erlebt oder gehört. Sie muss eine der glücklichsten Frauen sein, die es auf dieser Welt gibt. So geliebt zu werden, das erlebt nicht jeder."

„Ich bin mir gar nicht mehr sicher, ob ich überhaupt zurückgehen soll. Alle denken, ich sei tot und sie werden begonnen haben, ihr Leben ohne mich einzurichten. Soll ich jetzt etwa zurückgehen, mich hinstellen und sagen, hallo Rebecca, ich bin gar nicht tot und auch wenn du dich neu verliebt hast oder verheiratet bist, ich bin wieder da und jetzt können wir beginnen zu leben? Außerdem ist sie mit höchster Wahrscheinlichkeit schon verheiratet mit einem älteren Mann, der ihr aber die nötige finanzielle Sicherheit bieten kann, die sie braucht, um angemessen leben zu können."

„Ach James, wenn sie dich nur einen Bruchteil so liebt, wie du sie, dann wird sie immer auf dich warten und sich nie davon abbringen lassen, glaube mir. Wir Frauen sind da sehr eigenwillig oder besser gesagt unbelehrbar. Egal, was uns andere Menschen erzählen, wenn eine Frau weiß, dass sie einen Mann liebt, dann tut sie es auch bis an das Ende ihres Lebens. Egal, ob in Reichtum, Armut,

Krankheit oder Trennung."

Sie hatte so viel Zuversicht und Vertrauen in der Stimme, dass James merkte, dass es egal war, was er jetzt sagen würde. Er müsste erst sein vergangenes Leben in England abschließen, bevor er Fay irgendeine Art von Kompliment machen konnte.

„Fay, was du sagst ist wunderschön und würde mir auch den Mut geben, zurück nach England zu fahren, aber du kennst Rebecca nicht. Sie ist nicht so wie du. Sie glaubt zwar an die Liebe, aber nicht in der Größe, wie du es tust. Manchmal kam sie mir so vor wie ein kleines Mädchen, das sich nur einen Freund sucht, den ihr Vater nicht mag, um ihn zu ärgern. Ihre jüngere Schwester, Johanna, sie denkt und fühlt wie du, eben mit Hingabe und ganzem Herzen. Rebecca ist da etwas pragmatischer. Ich war mir nie sicher, ob sie wirklich mich, oder das Abenteuer James Furgeson liebte. Es mag sich vielleicht dumm, oder unsicher anhören, aber letzten Endes ist das die Bestandsaufnahme der Liebe, die ich verließ, an die ich immer dachte und die mir die Kraft gab, am Leben zu bleiben. Ob es nun die Liebe zu Rebecca war oder einfach nur der Glaube oder der Glaube an die Liebe oder meine eigene Kraft, werde ich wohl nur erfahren, wenn ich nach England gehe und sie frage. Und du hast recht, egal wie die Antwort aussieht, sie soll einfach wissen, dass ich noch lebe."

„Sie hat auch das Recht, es zu erfahren und es ist deine Pflicht, es zu tun, wobei", Fay stockte, „wenn du siehst, dass sie glücklich ist und zufrieden mit dem, was sie hat, dann solltest du diese Ruhe nicht stören, denn dann hat sie sich wirklich damit abgefunden und trägt dich vielleicht noch im Herzen mit sich, aber eben nur an zweiter Stelle. Dann musst du nichts mehr tun, außer ihr vielleicht alles Gute zu wünschen."

Sie sah James an und sah einen Mann, der zutiefst in sich gespalten war. Ein Mann, der liebte, aber nicht wusste, ob er die Richtige liebte und ob sie auch wirklich seiner Liebe würdig war, ob es ihn täuschte, was er die letzten Jahre empfunden hatte, ob er nicht vielleicht wirklich nur benutzt worden war. Wie dumm musste man sein, um sich so blind in etwas zu verrennen, was doch ganz offensichtlich kein gutes Ende nehmen konnte?   Rebecca und er hatten immer gewusst, dass sie, so lange der alte St. John lebt, nie öffentlich würden heiraten können, außer eben in einem anderen Land. Aber er war im Dienste ihrer Majestät und er hätte sich nichts anderes vorstellen können und Rebecca, nun Rebecca war nicht dumm, aber sie war als typische Frau der Oberschicht erzogen worden und es war ihr beschieden, einen Mann zu heiraten, dem sie Kinder schenken und der sie im Gegenzug ernähren würde. James atmete tief ein, als würde er sich jeden Moment auf den Weg machen müssen und Fay bemerkte sofort seine Unruhe.

„Ach James, nicht so schwermütig. Überleg dir nicht, was du ihr sagen wirst. Die Situation, die du dir vorstellst, wird ganz anders aussehen und dann bist du wortlos. Also, befreie dich erst von deinen Zweifeln und Ängsten und dann, ja dann kannst du die Reise antreten."

James hätte am liebsten Fays Hand genommen und gesagt: „Komm, lass uns nach Hause gehen", aber er wusste, bevor er nicht mit Rebecca und seinem alten Leben abgeschlossen hatte, brauchte er dieser Frau nichts zu sagen, denn genau so, wie sie sensibel und vorsichtig in der Wahl ihrer Worte war, so sicher und überzeugt war sie auch in ihrem Handeln und das erwartete sie eben auch von den Menschen um sie herum.

„Du willst es nicht, oder?", fragte sie leise.

„Nein Fay, überhaupt nicht. Ich weiß nicht, was mich erwartet und ich kann nicht abschätzen, was es mit mir machen wird."

„Hast du das jemals tun können, wenn du auf einem Schiff angeheuert hattest? Da wusstest du auch nicht, was auf dich zukommt. Sicher, das Meer schlägt zu, wortlos und kalt und es gibt hinterher keine Fragen mehr, aber hier liegt der Fall etwas anders. Es geht um Menschen. Menschen in deren Leben du eine Rolle gespielt hast und die dir vertraut haben. Sicherlich denken sie, dass du tot bist, aber glaubst du nicht, dass tief in ihren Herzen die Hoffnung brennt, dass du noch lebst? Es muss nicht sein, dass sie dich noch so liebt wie vor einem Jahr, aber wenn sie diese Hoffnung noch hat, dann ist es einfach nur recht und billig, dass sie Bescheid weiß, wie es dir geht und wo du bist."

„Und wenn sie es gar nicht wissen will? Wenn sie sich mit der Tatsache abgefunden hat, dass ich tot bin, einen neuen Mann an ihrer Seite hat und sie glücklich ist mit ihrem Leben? Was habe ich dann für ein Recht, das infrage zu stellen oder nicht zu akzeptieren? Warum kann sie nicht einfach weiter glauben, ich sei tot?"

„Als du im Meer warst und die Wellen und der Sturm um dich herum, hast du da nicht an sie gedacht und gehofft, dass sie dir helfen könnte und dass sie noch da ist, wenn du jemals wieder das rettende Ufer erreichst? Sie ist es gewesen und sie wird es auch bleiben. Immer, jedenfalls so lange du nicht zu ihr gegangen bist und ihr in die Augen geschaut hast. Es geht ja nicht nur um sie, James. Es geht auch um dich. Du musst dich auch befreien und befreien kann man sich nicht durch Vergessen." Er sah Fay an, die hinaus aufs Meer schaute. Die Sonne fiel durch ihre roten Locken und es sah beinahe so aus, als würden ihre Haare brennen. Eine unbeschreibliche Frau, diese kleine Fay. Sie drehte ihren Kopf ganz langsam in Richtung James und er erschrak fast, als ihre Blicke sich trafen. Er war ratlos, was er tun sollte und so blickte er ihr einfach tief in ihre Augen und dann flüsterte sie leise:

„Es kommt mir so vor, als könntest du in mein Herz sehen."

Ganz langsam hob James seine Hand und legte sie auf Fays Wange. Sie schauten sich immer noch wortlos in die Augen und beiden schien es, als würde die Zeit stehen bleiben, als wäre der Wind nicht da und auch das Rauschen des Meeres verstummte. Selbst die Vögel hörten auf zu zwitschern. Die ganze Welt hielt den Atem an und wartete darauf, was jetzt passieren würde.

James konnte sehen, wie aus dem linken Auge Fays eine Träne hervortrat, sich zu einem Tropfen formte, von ihrem Auge, an ihrer Nase vorbei auf ihrer Oberlippe, um dann weiter auf ihr kleines Kinn zu tropfen und von dort aus auf den Boden zu fallen.

James wollte etwas sagen, aber Fay nahm ihren Zeigefinger, legte ihn auf seinen Mund und flüsterte ein leises: „Sag jetzt nichts, bitte!"

Sie legte ihren Kopf nach links und wischte sich die Tränenspur aus dem Gesicht. Dann saßen sie wieder einfach nur da, schauten sich an und verloren sich ineinander.

Nie hatte James so etwas erlebt und Fay wusste genau, warum sie ein Leben lang gewartet hatte. Das Warten war zu Ende. Der Mann, von dem sie immer geträumt hatte, saß genau vor ihr, aber sie musste ihn noch einmal gehen lassen, selbst auf die Gefahr hin, dass er vielleicht nicht zurückkommen würde. Aber wenn er es täte, könnte sie mit ihm glücklich werden.

„Was tun wir jetzt, James?", fragte Fay mit leiser, ja fast verzweifelter Stimme.

„Ich weiß es nicht, Fay, ich weiß es nicht", antwortete James und schaute ihr dabei tief in die Augen.

„Dann lass uns gehen, bevor wir einen Fehler machen, den wir beide bereuen könnten", sagte Fay und wollte sich gerade von James fortdrehen, doch der nahm ihr Kinn vorsichtig zwischen Daumen und Zeigefinger und küsste sie ganz zart auf den Mund. Ein Kuss, der für Fay das ganze Leben änderte. Sie schaute ihn fast ein wenig böse an und sagte: „Genau diesen Fehler meinte ich. Denkst du, ich könnte dich jetzt noch so leicht gehen lassen? Was ist, wenn du nicht zurückkommst, weil du merkst, wie sehr dir dein altes Leben fehlte. Was ist, wenn Rebecca seit dem Moment als du gegangen bist auf dich gewartet hat und sie sich nichts so sehr in ihrem Leben wünscht, wie deine Heimkehr? Wie denkst du wird es mir gehen, wenn du gehst, um dein altes Leben zu bereinigen und den Menschen zu sagen, dass du lebst? Was wird denn aus mir, wenn ich hier monatelang sitze und auf deine Rückkehr warte? Eine zweite Rebecca? James, wie soll ich dich ruhigen Herzens gehen lassen, wenn du meins doch mit dir nimmst?"

Sie begann die Dinge, die auf der Decke lagen hastig einzupacken, bat James von der Decke aufzustehen, um sie zusammenfalten zu können, schaute ihn an und sagte: „Wenn du zurückkommst, werde ich hier sein und auf dich warten und wenn du dich anders entscheidest, dann werde ich es in meinem Herzen spüren."

Sie schaute ihn noch einmal an, küsste ihn auf seine Wange, drehte sich dann um und ging Richtung Dorf. James wusste nicht, wie ihm geschah. Hatte er doch gerade die Frau geküsst, von der er immer geträumt hatte und nach der er immer auf der Suche gewesen war und jetzt ging sie einfach davon.

„Bleib stehen, Fay. Bleib gefälligst stehen", rief er ihr hinterher.

Sie drehte sich um, stemmte ihre Hände in ihre Hüften und rief zurück: „Wie redest du denn mit mir? Wir sind nicht verheiratet, kennen uns kaum und du willst mir etwas befehlen? Das haben schon andere Männer versucht und sich mehr als nur die Zähne ausgebissen. Was bildest du dir ein?"

Dann drehte sie sich wieder um und setzte ihre Flucht mit energischem Schritt fort.

„Bleib sofort stehen, das ist die letzte Warnung, Fay. Du kannst hier nicht einfach sitzen, aufstehen und dann fliehen. So nicht, nicht mit mir, also bleib stehen."

Fay blieb stehen, drehte langsam ihren Kopf, hielt ihn leicht schräg und James konnte ihr Lächeln sehen. „Dann fang mich doch", rief sie und begann zu laufen.

James rannte sofort los, merkte allerdings nach kurzer Strecke, dass er seine alte Form noch nicht wieder erreicht hatte. Hechelnd rief er Fay hinterher: „Dieses Mal hast du gewonnen, aber das nächste Mal kriege ich dich.

Das verspreche ich dir."

„Wirklich, Sir? Halten Sie Ihre Versprechen gegenüber einer Lady?", fragte Fay lachend und hob dabei ihren Rock galant mit einer Hand so, wie es die Frauen bei Pferderennen tun.

„Selbstverständlich, Mylady, es ist meine Pflicht und Schuldigkeit als Gentleman, der ich nun einmal bin", antwortete James und machte dabei eine tiefe Verbeugung.

„So will ich Euch verzeihen und Euch eine zweite Chance geben, Euch zu beweisen. Ihr dürft mich nach Hause geleiten und fremde Männer und Wegelagerer von mir fern halten. Ist es Euch genehm?"

„So will ich denn mein Bestes tun zu Eurem Schutz, meine Edelste. So wartet kurz, bis ich Euren Vorsprung aufgeholt habe."

„Ich warte", sagte Fay, „ich warte schon mein Leben lang und jetzt kommst du und willst wieder gehen. Kannst du mir bitte sagen, wo du mein Leben lang warst?"

James stand nun vor ihr, schaute sie an und sagte: „Nein Fay, ich kann es dir nicht sagen und hätte ich gewusst, dass du hier auf mich wartest, dann wäre ich aus Plymouth hierher geschwommen, gelaufen oder geflogen. Ich wäre schon lange bei dir, wenn ich gewusst hätte, wo ich nach dir suchen musste und wo ich dich finden würde. Glaub mir das."

Sie sahen sich an. James, der sie an Körpergröße um einige Zentimeter überragte, schaute auf diese kleine, wunderbare Frau hinab. Das Sonnenlicht fing sich in ihren Haaren und verlieh ihr einen goldenen Glanz. Ganz langsam und vorsichtig nahmen sie sich in die Arme, genau so vorsichtig, wie man ein Neugeborenes auf den Arm nimmt, um ihm nicht weh zu tun. Sie umarmten sich und James sagte: „Auch ich habe dich gesucht und ich musste lange leben und durch viel Wasser schwimmen, um zu dir zu gelangen. Aber jetzt bin ich hier und bitte verlass dich darauf, dass, wenn ich gehe, nur deswegen gehe, um mein altes Leben so zu beenden, wie es sich für einen Mann gehört: Aufrichtig und dann werde ich zu dir zurückkehren und wir werden gemeinsam hier, oder an jedem anderen Ort dieser Welt zusammen leben und glücklich werden."

Fay umfasste seinen Nacken und drückte sich an ihn, es war beinahe so, als würde James jetzt schon gehen. Es kam ihm vor wie eine Abschiedsumarmung.

„Ich glaube dir", flüsterte Fay, und James konnte in ihrer Stimme hören, dass sie wieder ein paar Tränen unterdrückte.

Er streichelte ihr vorsichtig durch die Haare und konnte zum ersten Mal in seinem Leben wirklich spüren, was tiefe und sehnsüchtige Liebe ist. Er drückte sie an sich und wollte sie nie wieder los lassen, doch er wusste, er würde es tun müssen, um sich selbst von seiner Vergangenheit zu befreien und für Fay, die ihm diesen Schritt abverlangte. Er würde es tun und er würde wieder hierher zurückkehren zu dieser Frau, die er auf so verschlungenen Wegen gefunden hatte.

Fay löste sich ein wenig aus der Umarmung, legte ihre Hände auf seinen Brustkorb, ihren Kopf auf ihre linke Schulter und sagte: „Ich werde dich nicht küssen, auf gar keinen Fall. Nicht bevor du ..."

Dieses Mal legte James ihr seinen Zeigefinger auf den Mund und sprach mit ruhiger Stimme: „Fay, ich werde nichts von dir fordern, was du nicht bereit bist, mir zu geben, aber ich glaube, das ist mehr, als ich mir in meinem Leben jemals erträumt habe."

Und wieder sahen sie sich tief in die Augen und beide wussten, sie konnten gerade ihrer Zukunft ins Gesicht sehen. Ein Gefühl von Ruhe und Sicherheit überkam James, Fay sah den Mann, von dem sie immer geträumt hatte. Wenn sie, in einsamen Nächten wach gelegen, in den sternklaren Himmel geschaut und sich gefragt hatte, wo ihr Mann bliebe, so hatte sie immer an James gedacht. Sie lehnte ihren Kopf an James muskulösen Oberkörper und hauchte ein sehr leises: „Danke." Es sollte niemand hören, aber James, der genauso wie Fay empfand, konnte es verstehen und drückte sie an sich. Sie waren beide gerettet worden. Er vor dem Tod und sie vor der Einsamkeit.

Sie gingen an diesem Abend gemeinsam Hand in Hand zurück ins Dorf, James in seine karge Unterkunft, die ihm nach diesem Tag jedoch nicht mehr ärmlich und verlassen vorkam und Fay in ihr eigenes kleines zu Hause. Beide wussten, dass sich ihr Leben von heute an verändert hatte und egal, was passieren würde, sie sich gefunden hatten, um den Rest ihres Lebens miteinander zu verbringen.

Ob es an dem leichten Lächeln lag, oder an der Art, wie er die Tür zur Gaststube öffnete, unmittelbar als er eintrat, reichte ihm der Mann, der ihm am nächsten saß, ein Bier in die Hand, schaute ihn grinsend an und lachte: „Na Engländer, einen schönen Tag mit der verlorenen Fay gehabt? Aber sie hat dich nicht geküsst, oder? Sie küsst niemanden. Oh, wie oft ich es schon versucht habe, aber vergeblich. Sie wartet auf ihren Prinzen. Drum sei nicht betrübt, es ging hier jedem so, der es einmal versucht hat. Trink, mein Freund, und willkommen bei den

Ungeküssten."

James zweifelte. Sollte er den Mann ohne Kommentar mit einem Schlag niederstrecken oder sollte er ihm eine wilde Geschichte erzählen? Er entschied sich dafür, ruhig zu bleiben, das Bier zu nehmen und sich zu bedanken. Abgesehen davon, dass der Mann, der ihm das Bier reichte, mindestens zwanzig Jahre älter war als Fay und schon das als Grund für ein „Nein" ausgereicht hätte, fehlten ihm auch noch etliche Zähne, was auffiel, wenn er sprach oder lachte.

An diesem Abend sollte es ihm egal sein. James wusste, dass er und Fay zueinander gehörten, er es aber nicht sagen wollte, bis er zurückkehren würde, aber auch diese Pläne verschwieg er.

Er hatte nicht mehr genügend Geld, um sich ein Pferd und ein wenig Proviant für seine Reise zu kaufen und so bot er sich jedem, der an diesem Abend im Schankraum saß, als Hilfe an. Und tatsächlich bekam er eine Gelegenheit zu arbeiten. Der alte McAllistor brauchte Hilfe beim Bau eines Schuppens. „Der Mac wird dir nicht viel Geld geben können, wenn überhaupt, vielleicht ein Pferd oder so etwas", gab der Wirt zu bedenken.

„Das würde mir fürs Erste reichen", entgegnete James und war froh, dass niemand ihm irgendwelche weiteren Fragen zu Fay stellte.

Es war wirklich ein seltsames Gefühl, das er hatte, wenn er an diese energiegeladene Frau dachte, die ihm zur Bedingung gemacht hatte, in seinem alten Leben aufzuräumen, bevor er mit ihr ein neues beginnen könnte. Nie in seinem Leben hatte er einer Frau so bedingungslos zugehört. Nie war es ihm so vorgekommen, als wenn er einen Menschen so kannte, seine Eigenarten und Redewendungen voraussehen konnte. Es war unglaublich, diese Frau hier und unter diesen Umständen zu finden. Ihm war klar, dass sie seine Chance war, glücklich zu leben und das bis ans Ende seiner Tage.

Der Abend war lang und James hatte auch hier in der Kneipe unter den Männern das Gefühl, an diesem Ort zu Hause zu sein. Ständig fragte jemand, wie es ihm gehe, klopfte ihm auf die Schulter oder nickte ihm einfach freundlich zu. Was war das für ein wunderbarer Ort!

Spät in der Nacht ging James in sein Zimmer, um in der Früh zum alten McAllistor zu gehen und ihm seine Hilfe anzubieten. Die letzten Gedanken, bevor er einschlief, gehörten Fay. Mit einem Lächeln auf dem Gesicht und in tiefer zufriedener Ruhe schlief er ein. Alles war gut. Er lebte und war an dem richtigen Ort angekommen.

Am nächsten Morgen machte sich James früh auf zum Haus des alten Mannes. Es war ein kleines, aber dennoch sehr schönes Anwesen, das darauf schließen ließ, dass dieser Mann nicht zu den sonst hier ansässigen gehörte. Es war gepflegt und vor dem Haus standen Obstbäume, die jetzt, im Spätsommer eine Fülle von Früchten trugen.

James klopfte vorsichtig an der Tür und stellte sich so hin, wie es nur ein Mann tun konnte, der lange zur See gefahren war und jeden, dem er begegnete, mit dem nötigen Respekt entgegentrat.

Aber auch nach dem zweiten und dritten Klopfen passierte nichts. Niemand schien zu Hause zu sein und er wollte sich gerade zum Gehen umdrehen, als er Stimmen aus dem hinteren Teil des Gartens hörte. Er ging in Richtung der Geräusche, die jetzt immer lauter wurden. Erst klang es nach

Hilferufen, aber jetzt, wo er sich näherte, konnte er hören, was es tatsächlich war: Fluchen.

Es war ein nicht enden wollender Strom von Beschimpfungen. Um was es ging, konnte James nicht heraushören, denn es schien eine Mischung aus verschiedenen Sprachen und Englisch war keine davon.   Hinter einer kleinen Mauer kam er dem Rätsel auf die Spur. Hier kniete ein älterer Mann mit einer Säge in der Hand, die in einem dicken Balken stecken geblieben war und scheinbar versuchte der Alte, das Blatt mit Beschimpfungen und der ihm verbliebenen Kraft aus den Klauen des Holzes zu befreien.

James wollte ihn nicht erschrecken und räusperte sich. Der ältere Herr drehte seinen Kopf. Sein Gesicht war tiefrot und große Schweißperlen standen auf seiner Stirn. Nachdem James sein Ansinnen vorgetragen hatte, sagte der Alte: „Es wäre geradezu fantastisch, wenn du das hier für mich machen könntest, mein Junge" und wischte sich mit seiner schmutzigen Hand den Schweiß von der Stirn, sodass nun statt des Schweißes, Erde an seiner Stirn klebte. James reichte dem alten Mann wortlos sein Taschentuch und packte die Säge mit beiden Händen. Mit aller Kraft und auch mit viel Geschick, zog er das verkantete Blatt heraus und legte die Säge auf den Boden.

McAllistor hielt sich seine Hand über die Stirn und blinzelte James gegen die Sonne an. „Ich dank dir, mein Junge, ich dank dir. Das ist eben nichts mehr für so einen alten Mann wie mich. Ich sollte auf der Bank vor meinem Haus sitzen, mein Leben genießen und darauf warten, dass der Tod mich abholt."

Er reichte James das Taschentuch und fügte hinzu:

„Will ich aber nicht", fast wie ein bockiges Kind.

„Naja, Mr. McAllistor, statt des Todes bin ich vorbeigekommen und ich denke, zusammen werden wir das schaffen. Mein Name ist James Ferguson und ich bin nur zu Gast hier, aber ich muss mir ein wenig Geld verdienen, um wieder nach Hause zu kommen. Können Sie mir dabei helfen?"

„Mac, ich heiße Mac und etwas anderes will ich nicht hören. Mr. oder Sir …. alles nur unnötigen Titel, mit denen man doch nichts anfangen kann. Wir sind Männer. Du bist James und ich bin Mac. So, du brauchst also Geld, viel werde ich dir nicht bezahlen können, aber ein bisschen was lässt sich schon tun. Wie viel Zeit hast du James? Wann willst du zurück? Wo auch immer du dann hin möchtest. Also zu tun gibt es hier jede Menge. Die Weide muss gemäht werden und das Dach ist undicht. Der Schuppen hier ist nur ein kleiner Teil des Ganzen. Also, wie viel Zeit hast du?"

James, der sich neben Mac auf einen Stapel Holz gesetzt hatte, zog seine Stirn in Falten, um deutlich zu machen, dass er, so schnell es ging, wieder fort wollte. Dass er wiederkommen würde, wollte er dem Alten noch nicht verraten.

„Ich denke zwei Wochen, ja, in zwei Wochen würde ich gerne aufbrechen", sagte James so ruhig er konnte. Er wäre am liebsten sofort gegangen, um dann wiederzukommen und Ruhe zu finden. Ruhe und Liebe, zusammen mit Fay.

„Zwei Wochen sind gut", sagte Mac mit schnarrender Stimme, „sehr gut, da können wir eine Menge schaffen. Ich werde dir so gut es geht helfen, aber du hast ja gesehen, wie es um meine Kräfte bestellt ist, also erwarte bitte nicht zu viel von mir."

Während er das sagte, klopfte er James auf die Schulter, so wie man es tut, wenn man einen Freund beruhigen will und James fühlte sich auch fast so wie ein Freund dieses alten Mannes. Er war gütig, etwas zerknirscht, aber im Großen und Ganzen freundlich. Sie saßen noch eine Weile auf dem Holz und redeten. Dann sagte der alte Mac, dass er noch eine Verabredung mit einer jungen Frau habe, die ihm ein wenig im Haushalt und bei seinen Rückenschmerzen helfen werde und darum müsse er James jetzt bitten zu gehen. Er wusste, dass es sich nur um Fay handeln konnte. Nicht nur, dass sie die einzige Krankenschwester im Ort war, sie war auch die einzige Frau, die einen Mann so verzaubern konnte, dass seine Augen leuchteten, wenn er von ihr erzählte.

An diesem Tag nahm James sich Zeit für sich, seine Gedanken und ganz besonders für seine Zukunftspläne. Nicht nur die Gedanken an Fay gingen ihm durch den Kopf, sondern besonders die an Rebecca und wie er es anstellen sollte, ihr gegenüber zu treten. Das würde am schwierigsten werden. Immerhin dachte sie, er sei nicht mehr am leben. Wie sie sich wohl verändert hatte, ob sie den Attaché geheiratet hatte und gar nicht mehr in Plymouth lebte? All diese Fragen würde er nur beantworten können, wenn er zurückkehren und es sehen und hören würde.

Er saß versteckt in einem kleinen Waldstück unter einem alten Baum, der ihm Schatten vor der spätsommerlichen Sonne spendete. Er schloss die Augen und atmete tief ein. Alles würde sich zeigen, aber er musste aktiv werden. Es würde nicht zu ihm kommen, er musste die Lösung finden. Er dachte an Rebecca, an ihr Lachen, an ihren Charme und ihre Art, sich zu bewegen und schon wieder bekam er das Gefühl, der falschen Frau Hoffnungen gemacht zu machen, aber auf der anderen Seite hatte er sich immer über Rebeccas Unterwürfigkeit ihrem Vater gegenüber geärgert und hatte etliche Male versucht, sie aus den Klauen dieser ganzen Machtspiele zu befreien, doch immer hatte sie sich dagegen gewehrt und hatte darauf bestanden, dass er erst einen höheren Rang in der Marine haben müsse, bevor sie endgültig „ja" zu ihm sagen könne.

War sie wirklich so oberflächlich, wie er sie gerade empfand? Er ballte seine Hände zu Fäusten und schlug auf den weichen Waldboden. „Hab ich mich wirklich immer so in dir getäuscht, Rebecca?", flüsterte er, schüttelte seinen Kopf und hielt ihn mit beiden seiner Hände. Doch dann begann er, seine Situation von einer ihm nicht bekannten Seite zu betrachten. Zum ersten Mal in seinem Leben begann er, so zu denken, dass jeder Gedanke so zielgerichtet war und es nicht darum ging, was es für andere Menschen für Vorteile hatte und was sie über ihn denken würden, sondern einfach nur den geraden Weg zu seinem Herzen und seinen Gefühlen.

Ihm wurde schnell klar, was ihm schon vor Tagen hätte klar sein müssen. Dieser Ort, diese Menschen, die Freundlichkeit und Offenheit, die Begegnung mit den Walfängern, alles das hatte ihn hierher gebracht und es hatte so sein sollen. Hierher sollte er, James Ferguson, immer schon kommen. Sein Leben lang hatte er nach diesem Ort gesucht, nach dieser Freiheit und nach Fay. Es konnte gar keinen Zweifel daran geben, dass er hierhergehörte. Er musste es Fay sagen. Sie würde es verstehen und er müsste nicht mehr nach Plymouth, um dort zu seiner Verteidigung oder seiner Beerdigung zu erscheinen. Sein Platz war hier.

Aber er wusste, dass Fay ihm das nie so durchgehen lassen würde, sie hatte von ihm verlangt, sich darum zu kümmern, dass jeder, mit dem er einmal zu tun gehabt hatte, wisse, dass er noch lebt. Es waren ohne Zweifel Menschen dabei, denen es egal war, ob er nun lebte oder nicht oder zumindest, würden sie seinem Ableben nicht allzu große Bedeutung beimessen.

Es gab wirklich nicht viele Freunde in seinem Leben. Eine erschreckende Bilanz, die er ziehen musste. Er hatte sich immer darauf konzentriert, etwas aus seinem Leben zu machen, was ja nicht verwerflich war, aber irgendwann war er in der Vorstellung stecken geblieben, dass Geld ihn glücklich machen würde. Und nun, wo er so viele unglaubliche Menschen kennengelernt hatte, die alle ohne großen Reichtum glücklich geworden waren, hatte sich auch etwas in ihm verändert und ihm wurde auf eine erstaunliche und sehr einfache Art klar, dass er die falschen Ziele verfolgt und den falschen Göttern gehuldigt hatte.

Er fühlte sich befreit und wollte am liebsten vor Glück schreien, auch etwas, das er seit Jahren nicht getan hatte. Doch statt zu schreien, fühlte er, wie sich im Innern seiner Augen der Druck erhöhte und auf einen Schlag begann er zu weinen. Lautlos saß er da, die Tränen rannen ihm über seine Wangen. Er konnte wieder Gefühle zulassen, auch das eine Veränderung, die ihm gut tat, mit der aber noch lernen musste umzugehen. Gefühle hatte er von der Zeit an unterdrücken müssen, als seine Eltern gestorben waren. Er war damals erst sechs Jahre alt gewesen, ein Einzelkind und war von dem Zeitpunkt an von einem Waisenhaus ins andere gekommen, bis er fortgelaufen war und als Zwölfjähriger begonnen hatte, zur See zu fahren. Und wäre nicht einem alten Kapitän aufgefallen, dass in dem kleinen Deckspatz mehr steckte und hätte dieser ihn nicht gefördert und dafür gesorgt, dass er stetig dazulernte, so hätte er nie die Chance bekommen, zur Marine ihrer Majestät zu wechseln und eine Offizierslaufbahn einzuschlagen. Ohne diesen Mann, hätte er in seinem Leben nie das erreicht, was er bis jetzt erreicht hatte.

Aber bei genauer Betrachtung stellte sich eine Frage: Was hatte er eigentlich erreicht? Keine Frau, keine Kinder, kein eigenes Haus! Also was, außer einem doch gut gefüllten Bankkonto, hatte er erreicht in seinem Leben? Nicht einmal Freunde hatte er in den letzten Jahren gewonnen. Er war immer nur dem Geld hinterhergelaufen und hatte immer das Ziel vor Augen gehabt, dass er ohne Geld nicht gut genug für irgendjemand und im Speziellen für Rebecca war. In dieser Spirale hatte er sich sein Leben lang bewegt und irgendwann nicht mehr auf die wirklich wichtigen Dinge wie Vertrauen, menschliche Nähe und Ehrlichkeit geachtet.

Natürlich hatte er Rebecca aufrichtig geliebt, aber er hatte immer das Gefühl gehabt, dass etwas zwischen ihm und ihr fehlte. Nun wurde ihm klar, was es gewesen war – die Bedingungslosigkeit. Wie hatte er all die Jahre so blind sein können, wo die Lösung doch genau vor ihm gestanden hatte?

Auf einen Schlag verstand James Fays Forderung nach Klärung seines Lebens. Es gäbe Fragen, die sie nicht nur sich stellen, sondern die James sich auch im Laufe der nächsten Jahre stellen würde und Fay würde sie ihm nie beantworten können. Er war froh, dass er sich seine Rückreise erarbeiten konnte und dass Fay ihm die Zeit gab, alle Fragen für sich und für sie zu beantworten. Er blieb noch einige Zeit im Schutze des Baumes sitzen und ging später in seine Unterkunft zurück.

Auf dem Weg traf er noch einen der Männer aus dem Pub, der ihm den Tipp mit dem alten Mac gegeben hatte. Er erzählte ihm, dass alles geklappt hatte und er morgen beginnen würde, gemeinsam mit dem alten Mac verschiedene Dinge auf dessen Anwesen in Ordnung zu bringen. Die beiden Männer kamen ein wenig ins Gespräch und verabredeten sich für denselben Abend im Pub, um gemeinsam ein Bier zu trinken. James kam es so selbstverständlich vor, sich hier wohlzufühlen, sich hier zu bewegen und mit allen zu reden. Auch das, so erstaunlich es auch klingen mochte, war ein neues Gefühl für ihn.

Am Abend saß James, gemeinsam mit Peter, so hieß der Mann mit dem er sich verabredet hatte, an der Bar und sie tranken, erzählten und lachten.

Auf die Frage hin, warum die Männer über Fay gelacht hatten, bekam er eine ausführliche Antwort.

„Sie ist hier im Dorf die einzige Frau, die schon seit Jahren alleine lebt und wirklich noch nie einen Mann, jedenfalls keinen von uns, geküsst hat. Egal, was man ihr verspricht, egal, wie man aussieht, keinen Kuss. Ja, und dann strandest du hier und unsere Fay ist nicht wiederzuerkennen. Es ist uns doch nicht entgangen, dass sie immer bei dir war. Das sie sich um niemand anderen gekümmert hat und dann verbringt ihr noch gemeinsam einen Tag am Strand. James, muss ich dir wirklich noch mehr sagen?"

Peter schaute über den Rand seines Bierkruges und grinste von einem Ohr zum anderen.

James konnte sich seinerseits ein leichtes Lächeln nicht verkneifen und sagte: „Stell dir das doch mal vor. Du schwimmst durch den halben Ozean, kämpfst um dein Leben und dann strandest du hier, fällst in tiefen Schlaf und das erste Gesicht, das du siehst, ist das von Fay. Da bist du nicht nur neu geboren, sondern weißt auch, dass du an der richtigen Stelle angekommen bist."

James nickte Peter zu, hob seinen Krug und die beiden Männer stießen an und tranken. An diesem Abend trank James viel und irgendwann fiel ihm ein, was er am nächsten Tag vorhatte und was alles damit zusammenhing. Er bezahlte, klopfte seinem neuen Freund auf die Schulter und bat darum, ihn zeitig zu wecken, damit er noch Zeit für ein kleines Frühstück und einen Kaffee haben würde.

Er ging in sein Zimmer, setzte sich aufs Bett, wollte für kurze Zeit seine Augen schließen, doch da er mehr Bier getrunken hatte, als er vermutet hatte, öffnete er seine Augen nicht mehr, sondern wurde erst vom Klopfen an der Tür am nächsten Morgen geweckt.

Er schrak auf, fand sich voll bekleidet auf dem Bett liegend, reagierte aber auf das Klopfen, bedankte sich fürs Wecken und setzte sich auf den Rand des Bettes und sammelte sich. Er stand auf, ging kurz zur Wasserschüssel, in der immer frisches Wasser stand und wusch sich kurz sein Gesicht, um dann im Schankraum ein kleines, aber kräftigendes Frühstück mit Eiern und Speck zu sich zu nehmen.

Er bedankte sich fürs Wecken und Essen und machte sich auf den Weg zum alten Mac. Als er dort ankam, ging er gleich in den Garten, zu der Stelle, an der er Mac auch beim letzten Mal gefunden hatte und tatsächlich, da war er wieder, fast genau in derselben Pose, nur, dass er nicht schimpfte. Im Gegenteil. Als er James bemerkte, begrüßte er ihn freundlich und fragte ihn, ob er schon gefrühstückt habe, oder ob er erst einmal einen Kaffee trinken wolle. Die beiden Männer einigten sich auf den Kaffee, um dann zu besprechen, was sie an diesem

Tag tun wollten. Sie beschlossen, erstmal über das Gelände zu gehen, um zu beurteilen, was am wichtigsten wäre und was keinen Aufschub duldete.

Bei der Sichtung der Schäden wurden James die Ausmaße des Geländes erst bewusst. Sie gingen über eine Wiese, die gemäht werden musste, kamen zu einem kleinen Schuppen, bei dem das Dach fast komplett neu gedeckt werden musste, bis sie dann hinter einem sehr kleinen Waldstück zu einem kleinen, alten, aber reizvollen Häuschen kamen. Der alte Mac legte seine Hand auf James Schulter und gebot ihm, stehen zu bleiben.

„Das haben meine Frau und ich für unsere Tochter gebaut. Wir haben immer gehofft, dass sie eines Tages hierherzieht. Aber sie zieht es vor, ihre eigene Wohnung zu haben und, so wie sie es nennt, unabhängig zu sein. Was ändert ein geschenktes Haus an der eigenen Unabhängigkeit? Kannst du mir das erklären, James? Nein, du brauchst es nicht. Du kennst meine Tochter nicht. Aber wenn du sie kennen würdest, dann wäre es vielleicht möglich, dass du mir jedenfalls einen Grund dafür nennen könntest. Ich will einfach nicht, dass es verfällt und deswegen sollten wir uns im Inneren umsehen, was zu tun ist. Hier hast du den Schlüssel."

Mac hielt James seine geöffnete Hand entgegen und auf seiner Handinnenfläche lag ein kleiner, verzierter Schlüssel. James nahm ihn, steckte ihn in das Türschloss und öffnete die Tür, die sich leicht öffnen ließ und zurückschwang. Es war eine kleine Eingangshalle mit offenem Zugang zum Wohnbereich, wie es aussah. Auf der linken Seite war eine Tür und im hinteren Bereich eine Treppe, die ins Obergeschoss führen musste.   „Hier links ist die Küche", begann Mac, „komm, ich zeig dir das Haus."

James folgte ihm. Sie gingen in den Wohnbereich. Er war eingerichtet. Es standen dort ein Sofa und zwei Sessel, die mit Bettlaken abgedeckt waren, um sie vor Staub zu schützen. Durch die große Fensterfront hatte man einen herrlichen Blick auf die umliegende Landschaft.

„Gefällt's dir?", fragte Mac und James nickte, „ja, das tut es. Für so ein Haus und den Blick würden viele Menschen viel Geld bezahlen."

„Darum geht es mir nicht", antwortete der alte Mac in einem Ton, der darauf schließen lies, dass ihn diese Aussage beinahe beleidigen musste.

„Es ist für meine Tochter und nicht für irgendeinen dahergelaufenen Kerl, der mir viel Geld dafür bezahlt. Davon habe ich genug. Und was hat es mir gebracht? Meine Frau ist tot und meine Tochter besucht mich nur, weil sie das Gefühl hat, sie müsste es. Glaub mir. Ich wäre lieber bettelarm, aber hätte eben noch diese beiden Frauen. Geld ist mir egal."

„Lass uns nach oben gehen und dann will ich dein Urteil zu dem Holz haben, aus dem der Dachstuhl gebaut ist."

Die beiden Männer stiegen in den nächsten Stock hinauf, in dem sich das Schlafzimmer und ein weiterer Raum befanden.

„In diesem Raum ist nichts. Hätte ein Kinderzimmer werden können. Das wäre der Traum meiner Frau gewesen, aber nun. Komm, wir müssen hier die Leiter hoch. Eher gesagt du, denn ich kann das nicht mehr", entschuldigte sich Mac. Doch James sah ihn an und meinte, dass das ja auch nicht seine Aufgabe sei, denn schließlich wäre er, James, derjenige, der arbeiten sollte. „Bild dir nicht ein, du könntest hier alles alleine machen. So alt bin ich noch nicht. Ich mochte noch nie Leitern hochsteigen und das hat sich mit zunehmendem Alter auch nicht gelegt. Also, schau die das Holz in Ruhe an und prüfe es auf Würmer oder Käfer. Und verjag die Mäuse, die habe ich auch nicht eingeladen", lachte der alte Mac und James verschwand über die Leiter auf dem Dachboden.

Es roch ein wenig muffig. So wie Dachböden eben riechen. Er musste leicht gebückt in der Mitte stehen und durch das kleine Dachfenster am Ende der einen Wand fiel nur spärlich Licht. Nichtsdestotrotz begann James die Dachbalken zu betasten und konnte festes, trockenes Holz fühlen, fast so wie das eines Schiffrumpfes. Er arbeitete sich von Balken zu Balken und als er fertig und wieder nach unten gestiegen war, stand da ein Mann, der ihn mit so erwartungsvollen Augen ansah, wie es Kinder am Weihnachtsabend tun, wenn sie ihre Geschenke öffnen.

„Alles in Ordnung da oben. Trocken, stabil und Mäuse habe ich auch nicht getroffen."

„Wunderbar", sagte Mac erleichtert, „weißt du, jedes Mal, wenn ich meine Kleine sehe, frage ich sie, ob sie es sich anders überlegt hat und hoffe immer noch, dass sie es sich anders überlegt. Aber sie meint, sie sei zu alt, um wieder zu Hause bei ihrem Vater zu wohnen. Ich versteh sie einfach nicht."

Er schüttelte seinen Kopf erneut und im Vorbeigehen legte er vertrauensvoll seine Hand auf James Schulter. James legte seine Hand auf Macs und meinte: „Sie wird kommen. Bestimmt, Mac. Eines Tages wird sie vor deiner Tür stehen und sagen, hier bin ich."

„So habe ich es mir immer erträumt und ich glaube auch immer noch daran, dass es so kommen wird. Ich bin alt und wenn ich gehe, möchte ich, dass sie das hier alles erhält und möchte, dass es nicht aussieht, als hätte hier ein alter Greis gelebt, der nicht mehr alle seine Sinne zusammen gehabt hat. Ich will es ihr in einem guten Zustand hinterlassen. Verstehst du mich, James?"

James verstand nur allzugut. Befand er sich doch in einer vergleichbaren Situation, nur dass das Ende in seiner Geschichte bessere Chancen hatte gut auszugehen. Er wollte Mac aus irgendeinem Grund helfen. Nicht nur hier am und im Haus, sondern auch mit der Beziehung zu seiner Tochter. Auch wenn er überhaupt nicht wusste, auf was er sich da einließ. Sein ganzes Leben war bis jetzt unabsehbar gewesen und warum sollte er nicht, so lange er noch hier war und die Möglichkeit hatte, dem Mann helfen, der auch ihm half; mehr als ihm bewusst war. In den folgenden Tagen redeten die Männer sehr viel miteinander und James versuchte immer wieder ge-

schickt, aber unauffällig, die Sprache auf Macs Tochter zu bringen. Sie musste hier in der Gegend leben und von dem was Mac erzählte, eine unglaublich sture Person sein. Liebevoll, aber stur und nicht zu belehren.

„Sag mal, Mac, warum lädst du sie nicht einfach mal ein. Zu einem schönen Abendessen hier im Garten. Ohne Zwang und mit Wein. Wein lockert die Zunge und vielleicht bekommst du ja einfach mal etwas mehr heraus."

Mac, der mit dem Rücken zu James stand, lies den Hammer fallen, mit dem er gerade arbeitete, drehte sich ganz langsam um und schaute ihn an, als wolle er ihn anschreien. Sein Gesicht war rotgefärbt und ganz langsam streckte er seinen langen und dünnen Zeigefinger in das Gesicht von James, als wolle er ihm damit ein Auge ausstechen, legte aber dann seinen Kopf schief und begann zu lachen: „Du Schlaumeier, denkst du nicht, ich hätte das schon einmal versucht? Aber vielleicht ändert sie ihre Meinung, wenn ich ihr sage, dass du mit am Tisch sitzen wirst. Dann fühlt sie sich mir nicht so ausgeliefert, wie sie immer meint. Was sagst du, bist du dabei, einem alten Mann zu helfen, also noch mehr zu helfen, als du es ohnehin schon tust?"

James willigte ein, denn er konnte nicht erkennen, was daran verkehrt sein sollte, an einem Abend, der noch zu benennen war, Mac und seiner Tochter zur Seite zu stehen und vermittelnd zwischen den beiden zu wirken. Die nächsten Tage waren gefüllt mit Arbeit. Die große Wiese musste gemäht werden, der Schuppen musste aufgeräumt und verschiedene Reparaturen an dem kleinen Haus gemacht werden.

Dann kam der Abend, an dem James die Tochter von Mac kennenlernen sollte. Die beiden Männer hatten den ganzen Tag damit verbracht, Ordnung zu machen und immer wieder hatte Mac gesagt, nein, das mag sie gar nicht. Stetig hatte er sich dagegen gewehrt, den Namen seiner Tochter preiszugeben. Aus den unterschiedlichsten Gründen. Was hilft dir der Name, wenn du sie nicht kennst, war der häufigste.

Heute Abend sollte es sich ändern. Die Männer waren ohnehin fertig mit ihrer Arbeit auf dem Grundstück und James würde in den nächsten zwei Tagen nach Plymouth aufbrechen.

So saßen die beiden an einem reichlich gedeckten Tisch und warteten auf die Ankunft der Unbekannten. Dann hörte James das Geräusch der Eingangspforte und Mac sprang auf.

„Sie ist es", sagte er atemlos, „sie ist gekommen." Er ging an James vorbei in Richtung Eingang. James hörte die üblichen Begrüßungsfloskeln und als er die Stimme der Frau hörte, erschrak er. Es war Fay. Auf was hatte er sich eingelassen? Was würde sie sagen, wenn sie ihn hier sitzen sehen würde und was würde sie über ihn denken, wo er jetzt Partei für ihren Vater ergriff? Er drehte sich um und blickte in zwei strahlende Gesichter. Vater und Tochter standen da, Arm in Arm und Fay hielt sich ihre Hand so vor ihren Mund, als ob sie versuchen wollte, ihr Lachen zu verstecken. Das hatte aber wenig Sinn, da man ihr Lachen in ihren Augen sehen konnte und James sah die beiden an, die glücklich vereint dastanden und ihn ansahen.

Mac war der Erste, der seine Worte wiederfand und er sagte, während er Fay den Stuhl neben James anbot: „Ich lerne Menschen am besten bei der Arbeit kennen und wir haben jetzt eine Zeitlang zusammengearbeitet und bevor ich nicht sage, dass du okay bist, wird Fay auch nichts anderes tun. Ich muss aber sagen, ich habe auch seit Jahren nicht mehr so einen Mann wie dich kennengelernt. Du hast Stil, Rückrad und vor allem einen ausgesprochen guten Geschmack, wie ja die Wahl der Frau beweist, die du dir gesucht hast."

James schaute erst Fay an und dann wieder Mac, lehnte sich nach vorne über den Tisch, damit es den Anschein ergab, als solle Fay seine Worte nicht hören und sagte mit einem Lachen in der Stimme: „Du irrst dich. Nicht ich hab sie mir ausgesucht. Ich war nur zur richtigen Zeit an der richtigen Stelle und dort hat sie sich mich ausgesucht. Ich hab damit nichts zu tun."

Dann schaute er zu Fay, die James anschaute, als sei er irgendeines der Weltwunder und dann sagte sie leise: „Ist doch egal, dann habe ich eben den guten Geschmack. Passt auch besser zu einer Frau, der gute Geschmack."

Die beiden Männer schauten sich an und Mac zuckte mit den Schultern. „Das ist meine Tochter. Wenn sie schon nicht das letzte Wort haben kann, dann jedenfalls das Allerletzte."

Jetzt gingen die Blicke zwischen Fay, Mac und James hin und her und wieder zurück, bis sie alle in ein schallendes Gelächter verfielen.

„Lasst uns essen und trinken, um unserem neuen Freund James einen würdigen und unvergesslichen Abend zu schenken, der ihm hoffentlich immer wieder in Erinnerung kommt, wenn er nicht mehr weiß, wo er hin soll", sagte Mac, der sich von seinem Stuhl erhoben hatte, sein Glas zum Anstoßen hochhielt, mit feierlicher Stimme.

„So lasst uns speisen und genießen. Lachen und singen, als sei es ein Abschied für immer", fügte James hinzu, was ihm einen durchdringlichen Blick von Fay einbrachte und so fügte er hinzu, „was er natürlich nicht ist."

Dabei schaute er Fay tief in die Augen und konnte dennoch gewisse Zweifel in ihrem Blick erkennen. Aber Zweifel und Ängste sollten an diesem Abend kein Bestanteil der Unterhaltungen oder der Grund für getrübte Laune sein. Die drei saßen unter einem sternenklaren Himmel und der volle Mond warf sein Licht zusätzlich auf die kleine Gruppe.

James hatte nicht nur Freunde gefunden, sondern eine neue Familie und sie akzeptierten ihn so, wie er war und wollten ihn nicht anders.

Die kleine Feier dauerte bis tief in die Nacht, bis der alte Mac sagte: „Kinder, ich muss schlafen. Ich bin alt und brauche meinen Schlaf. Davon habe ich in absehbarer Zeit zwar mehr als mir lieb sein wird, aber momentan bin ich ja noch hier und mein Körper sagt: Schluss jetzt. Lasst uns aufräumen und nach Hause gehen und James, hier ist dein Lohn, für die Arbeit, die du geleistet hast."

Mac reichte James einen Umschlag in dem offensichtlich Geld steckte. James war es fast unangenehm und er wollte es nicht zählen. Hatte er doch noch ein oder zwei seiner Golddublonen.

„Außerdem möchte ich", fuhr Mac fort, „dass du eines meiner Pferde nimmst. Ich habe alles arrangiert. Du brauchst morgen nur zu der Adresse zu gehen, die ich dir in dem Umschlag aufgeschrieben habe und du kannst dir eines aussuchen. Es sind alles gute Reitpferde."

James wusste nicht, was er sagen sollte und so nahm er Macs Hand und drückte sie kräftig und sagte: „Ich danke dir von ganzem Herzen. Ich danke euch beiden für das Vertrauen und die Freundschaft, die ihr mir geschenkt habt. Ich hoffe, ich werde sie nicht enttäuschen." „Ich warne dich, tu das nicht", sagte Fay leise und stieß ihn mit ihrer Schulter leicht an.

Sie räumten gemeinsam ihre Essensreste, die Teller und Gläser ab und brachten sie in die Küche des Hauses. Mac drehte sich zu James, musterte ihn lange und sagte schließlich: „Komm wieder. Es wäre mir ein Freude, dich hier öfter zu begrüßen."

Die beiden Männer schüttelten sich noch einmal ausgiebig die Hände und dann verabschiedeten sie sich voneinander. Fay umarmte ihren Vater, um dann mit James gemeinsam das Haus zu verlassen.

Als sie vor dem Eingangstor standen, nahm Fay James in den Arm, drückte ihn an sich und hauchte ihm ins Ohr: „Ich will dich ... wiedersehen", dann gab sie ihm einen Kuss auf die Wange, schaute ihn noch einmal an, drehte sich um und ging in entgegengesetzter Richtung davon, ohne noch einmal zurückzuschauen.

James stand da und beobachtete, wie sie langsam in der Dunkelheit verschwand. Dann drehte er sich um und machte sich auf den Heimweg. Morgen früh würde er abreisen, um sein altes Leben abzuschließen und ein neues zu beginnen.

Er öffnete den Umschlag, den er von Mac erhalten hatte. Neben seinem Lohn lag dort noch ein kurzer Brief an ihn, in dem Mac nur noch einmal das schrieb, was er ihm gesagt hatte, mit der zusätzlichen Bemerkung, dass es Menschen gäbe, die etwas erst glauben würden, wenn sie es schriftlich hätten, was hiermit jetzt geschehen sei.

James konnte das lachende Gesicht des alten Mannes sehen, wie er diese Zeilen geschrieben hatte und er fragte sich erneut, womit er so viel Glück verdient hatte. Aber die Frage könnte er sich so oft stellen, wie er wollte, ohne eine Antwort zu bekommen, oder die einzige, die ihm Fay gegeben hatte: „Weil du es verdient hast", dann sollte es so sein und er würde sich nicht mehr fragen.

Er konnte in dieser Nacht nicht schlafen. Zu viele Fragen gingen ihm durch den Kopf und er wollte Antworten. Die würde er bekommen, in Plymouth.

Er machte sich früh auf ins Dorf, um sein Pferd zu holen und seine Abreise so schnell und unkompliziert wie möglich zu gestalten.

Es waren wirklich prächtige Tiere, die dort zu sehen waren. Er nahm eine braune Stute, sattelte sie, packte alle wichtigen

Dinge in die Satteltaschen, saß auf und ritt durch den Morgennebel davon.

Auf einer kleinen Anhöhe außerhalb des Dorfes hielt er sein Pferd an, drehte seinen Kopf und sagte: „Ich komme wieder, Fay!"

♦♦♦

Elizabeth hatte an diesem Abend darum gebeten, dass Steve und Rebecca sich etwas Zeit nehmen sollten, da sie etwas mit ihnen besprechen wollte und so saßen die drei zum Abendbrot gemeinsam um den großen Tisch in der Küche.

Elizabeth holte tief Luft, ergriff die Hände der beiden und sagte: „Ich gehe zurück. Ich muss wissen, was in Plymouth passiert. Ich habe ein so ungutes Gefühl und das schon seit Tagen. Ich habe lange darüber nachgedacht, was ich tun soll und wie ich es am besten anstelle, mich dort unbemerkt zu bewegen und ich habe keine Lösung gefunden, aber nichtsdestotrotz will ich wissen, wie es meiner Tochter geht und meinem Enkelkind. Ich muss es einfach tun für mich und mir ist es gleich, was es für Konsequenzen haben mag. Ich bin Mutter und ich habe die Verantwortung viel zu lange von mir gewiesen und schaut mich an, wo ich hingekommen bin. Eine Frau auf der Flucht. Mittellos und einsam und wenn ich euch sehe, jung, glücklich und das ganze Leben vor euch, dann werden mir meine Fehler noch klarer und ich merke, was ich alles versäumt habe. Ich kann es nicht nachholen, aber ich kann einen Teil meiner Schuld wieder gutmachen."

Sie schaute Rebecca eindringlich an und fuhr fort: „Du, Rebecca, weißt genau, wovon ich spreche und ich werde mir ein Leben lang die Schuld für viele Dinge geben müssen, die passiert sind und die ich hätte verhindern sollen." Sie machte eine kurze Pause und holte Luft und fuhr fort: „Und wenn ich sie nicht hätte verhindern können, ich hätte mein Leben für euch geben sollen. Ich bin eure Mutter und jetzt, da ich sehe, dass es dir gut geht, Rebecca, und mich diese Träume quälen, will ich wissen, was genau passiert und deswegen muss ich gehen. Verstehst du das?"

Rebecca biss sich auf ihre Unterlippe, so, wie sie es immer tat, wenn sie Elizabeths Meinung teilte, aber einen anderen Weg gehen wollte.

„Mama, Steve und ich haben auch davon gesprochen und wir haben einen anderen Plan. Niemand kennt Steve in Plymouth. Er kann sich dort bewegen wie jeder Besucher. Er kann in die Schmiede gehen und mit Christian und Pat sprechen und dann kommt er zurück und danach schauen wir weiter. Alles andere wäre doch zu gefährlich und das weißt du auch."

Rebecca gab sich Mühe, ihre Mutter mit genau demselben durchdringlichen Blick anzuschauen, doch anstatt dass ihre Mutter schuldbewusst und nachdenklich zurückschaute, brachen alle in ein lautes Gelächter aus.   Elizabeth war die Erste, die sich wieder fing und sie wandte sich an Steve: „Das willst du wirklich tun? Hat Rebecca dir alles über meinen Mann und seine unnachgiebige Art und seine Verbindungen erzählt? Mir wurde in der Zeit, als ich mit ihm zusammenlebte einiges klar und ich kann einfach nur sagen, dass ich unendliche

Angst vor diesem Mann habe."

„Elizabeth, ich weiß, wie man so etwas anstellt", begann Steve, „und ich weiß auch, wie man mit solchen Menschen verfährt. Ich werde nicht alleine reisen und meine Begleiter kennen sich auf diesem Gebiet auch sehr gut aus. Also brauchst du keine Angst um mich zu haben. Vertraue mir. Ich werde gesund und wohlbehalten zurückkehren und dir Nachricht von Johanna bringen. Ich verspreche es dir."

„Mir ist nicht wohl dabei, dass wieder jemand anderes, und bitte nimm es mir nicht übel, meine Aufgabe übernimmt. Ich kann das nicht von dir verlangen und ich will es auch nicht von dir verlangen."

„Elizabeth", sagte Steve langsam und sehr ernst, „auch ich will dich nicht beleidigen, aber denkst du nicht, dass es eher eine Aufgabe für einen Mann ist? Einen Mann, den niemand dort kennt, der aber den Ort kennt und schon jetzt weiß, wen er fragen wird. Ich reite nach Plymouth, meine Begleiter reiten mit mir in die Stadt und ich werde in einer Woche zurückkehren, mit Nachrichten, die dich beruhigen werden. Bitte, lass mich gehen und dir diese Aufgabe abnehmen."

Elizabeth lehnte sich zurück und schaute an die Zimmerdecke, aus Sorge, sie müsse einem der beiden in die Augen sehen. Sie wollte es einfach nicht und sie wollte nicht das Leben eines anderen riskieren, denn würde Steve wirklich nicht zurückkehren, Rebecca würde sie bis ans Ende ihrer Tage hassen, also sagte sie, dass sie darüber nachdenken wolle und Steve ihre Entscheidung bald mitteilen würde.

„Habt ihr Hunger? Soll ich schnell etwas kochen?" „Nein danke, für mich nicht", antwortete Steve, „ich muss jetzt gehen, denn für den Fall, dass du mich nach Plymouth schickst, sind noch einige Vorbereitungen zu treffen und außerdem muss ich morgen sehr früh fort, um eine Arbeit etwas weiter entfernt zu beenden. So verzeiht mir meinen schnellen Aufbruch. Elizabeth, überleg nicht zu lange, denn wenn du etwas ahnst, ist vielleicht auch etwas passiert. Meine Mutter ist da nicht anders. Sie weiß immer, ob etwas passiert ist oder nicht. Wir brauchen es ihr praktisch gar nicht zu sagen und wenn es so sein sollte, dann muss so schnell wie möglich gehandelt werden. Gute Nacht die Damen." Er stellte sich hinter Rebecca und küsste sie auf ihre Haare, um dann zur Tür zu gehen, sich noch einmal umzudrehen und dann zu verschwinden.

„Es ist nicht richtig", seufzte Elizabeth, „es ist einfach nicht richtig. Ich sollte diesen jungen Mann nicht nach Plymouth schicken."

Rebecca rückte ihren Stuhl neben den ihrer Mutter und legte ihren Kopf auf Elizabeths Schulter. „Mach dir keine Sorgen um Steve, Mutter. Er hat mich gerettet und er wird auch dich retten und wenn es sein muss Johanna und Christian auch. Vertrau ihm."

Und auch wenn Elizabeth nicht wohl dabei war, ihr Schicksal erneut in die Hände eines anderen Mannes zu geben, so willigte sie doch nach einem Gespräch, das die Nacht über kein Ende zu nehmen schien, ein.

Steve würde in der nächsten Woche aufbrechen, um herauszufinden, was in Plymouth passierte und Elizabeth würde endlich Nachricht von ihrer Tochter bekommen. Sie verbrachte die Tage bis zu Steves Abreise damit, das Haus zu putzen und sie war glücklich über jedes kleine Staubkorn, das sie fand. Sie merkte, wie leer ihr Leben gewesen war.

Aus der hart arbeitenden Frau, die sich etwas zusammengespart hatte, um ihren Töchtern etwas bieten zu können, war eine unterwürfige Hausfrau geworden, die immer auf die Kommandos ihres Mannes gehört hatte. Nichts war mehr da von der Frau, die sie einmal sein wollte.

Johanna war so geworden und auch wenn sie es ihrem Mann niemals hätte sagen dürfen, war sie immer stolz auf sie gewesen. Bei jedem Aufbegehren, bei jedem Widerwort, welches aus dem Mund von Jo gekommen war, hatte sie innerlich mit der Faust auf den Tisch geschlagen und zu sich selbst: „So ist es richtig, meine Kleine", gesagt, und war nicht nur stolz auf ihre kleine Tochter gewesen, sondern hatte sie auch um ihren Kopf und ihren Willen beneidet.

Was sie alles für diesen Mann und ihre Kinder aufgegeben hatte, das war ihr in den Momenten zwar bewusst geworden, aber sie hatte den Mut nicht mehr gehabt, sich gegen derartige Attacken zur Wehr zu setzen. Abe St. John hatte ihr alles genommen, was sie als Frau ausgemacht hatte und jetzt wollte sie es sich zurückholen.

Sie verbrachte die Nacht damit, noch einmal über alles nachzudenken und dabei kamen viele Erinnerungen in ihr hoch, die sie lange verdrängt hatte. Sie hatte sie tief in sich vergraben, um nicht ein Leben in Hass zu verbringen, doch nun merkte sie, dass sie es getan hatte. Sie hatte es nie gesagt, nie gezeigt und vor allem hatte sie nie den Mut gehabt, sich gegen ihren tyrannischen und herrschsüchtigen Mann zu stellen. Es war an der Zeit ihm zu zeigen, wer sie war.

Steve kam am nächsten Tag, um zu hören, wie Elizabeths Entscheidung ausgefallen war und sie nahm ihn kurz zur Seite und sagte zu ihm: „Du weißt wirklich, auf was du dich da einlässt? Ist dir klar, dass mein Mann, denn das ist er noch, ein Mann der Kirche ist? Er hat so viele Verbindungen und nicht nur zu gottesfürchtigen Menschen. Ich glaube, es gibt niemanden in seinem Leben, der nicht auf irgendeine Art in seiner Schuld steht und wer das tut, dem gnade Gott. Er hasst jeden Menschen, der versucht sich ihm zu nähern, da er sofort den Verdacht hegt, man wolle ihm etwas wegnehmen und bevor man sich versieht, hat er den Spieß umgedreht und man ist abhängig von ihm. Verstehst du Steve, er ist nicht der Mann, für den ihn viele halten, er ist ein Verbrecher der übelsten Sorte. Bitte pass auf dich auf! Um deinetwillen, um meinetwillen und vor allem wegen Rebecca. Ich habe sie lange nicht mehr so glücklich gesehen."

Dann umarmte sie ihn und drehte sich von ihm fort. Sie begann zu weinen und Steve legte ihr seine Hand auf die Schulter und sagte: „Es wird mir nichts passieren. Mich kennt dort niemand und auch ich bin lange nicht mehr so glücklich gewesen wie mit Rebecca. Ich werde nichts riskieren. Ich verspreche es dir. Wir werden noch einige Vorbereitungen treffen und genau planen, wie wir vorgehen werden. Ich denke in drei Tagen werden wir aufbrechen."

So rückte der Tag der Abreise näher und Rebecca und Steve verbrachten so viel Zeit zusammen, wie es nur ging. Rebecca hatte nicht weniger Angst um Steve als Elizabeth, aber sie ließ es ihn nicht spüren, aber auch Steve hatte ein ungutes Gefühl, aber auch er sagte nichts davon. So verbrachten die beiden schöne Tage und Abende, bis zu dem Zeitpunkt, als er aufbrechen musste. Rebecca stand neben Steves Pferd und schaute zu ihm herauf. Die Sonne blendete und sie blinzelte ihn an. Er sah sie an, wie sie da stand, mit den langen Haaren und diesen Augen, in die er sich so verliebt hatte. Er konnte nicht anders und stieg noch einmal ab. Er ging auf sie zu und drückte sie an sich.

„Ich liebe dich", sagte er leise, „in ein paar Tagen werde ich wieder hier sein und dann, wenn du auch willst, will ich dich heiraten."

Rebecca musste sich selber kneifen, um zu kontrollieren, ob sie schlief oder wach war. War das gerade ein Heiratsantrag? Sie sah ihn an und strahlte über ihr ganzes Gesicht.

„Hast du mir gerade einen Antrag gemacht?", flüsterte sie, „und wenn ja, dann ist die Antwort ja. Ich will dich auch heiraten."

Sie sahen sich beide an und dann küssten sie sich, als sei es das letzte Mal und sie umarmten sich so, dass der eine den Herzschlag des anderen fühlen konnte

Steve schaute sie noch einmal an und sagte: „Ich komme wieder, Liebling, und wir werden ein herrliches Leben haben. Du wirst allen Schmerz, der dir je zugefügt worden ist, vergessen. Das verspreche ich dir."

Rebecca schmiegte sich noch einmal an ihn, um ihn zu fühlen und um zu wissen, dass es wirklich gerade passierte. Sie streichelte seine starken Arme und sah ihn an.

„Pass auf dich auf, Liebster", waren ihre letzten Worte, bevor Steve auf sein Pferd stieg und langsam davonritt.

Sie blickte ihm nach und sie konnte gerade noch erkennen, wie zwei weitere Reiter von rechts zu ihm stießen. Jetzt waren sie vollzählig und nun würde Abraham St. John zu spüren bekommen, wie es sich anfühlte, wenn man machtlos war und gedemütigt wird.

Auch wenn sie noch manches mal an James dachte, so wusste sie doch, dass er tot war und er würde von ihr wollen, sogar eher fordern, dass sie sich einen neuen Mann sucht und glücklich wird.

Sie blickte in den Himmel, an dem einige dunkle Wolken zu sehen waren. Aber, und das war merkwürdig für diese Jahreszeit, es ging kein Wind. Nicht das kleinste Lüftchen und so standen die Wolkengebirge über ihr und bewegten sich keinen Zentimeter von der Stelle. Fast flehend waren ihre Augen auf die Wolken gerichtet, als sei es ein Mensch, der ihr vergeben sollte, als wäre es James, der ihr in allem recht gab, was sie gerade gesagt hatte. Sie drückte ihre Fingernägel so stark in ihre Hände, dass sie die Abdrücke noch tagelang sehen konnte und dann schrie sie: „Du weißt, dass es richtig ist. Du weißt es."

Dann blieb sie regungslos stehen und Tränen rannen ihr auf beiden Seiten ihrer Wangen herunter.

„Bitte, nimm ihn mir nicht weg, James. Ich wünschte du wärst an seiner Stelle, aber du bist nicht hier und du wirst auch nicht mehr kommen. Lass mich glücklich sein, bitte. Du bleibst immer ein Teil von mir und das weiß Steve, aber ich will nicht alleine sein. Ich will mein Leben teilen. Meine Sorgen, meine Nöte und ich will meine Liebe und Zuneigung dem geben, der es wert ist und Steve ist es wert. Verstehst du mich, James Ferguson?" Seinen Namen rief sie so laut wie möglich, vielleicht konnte er sie ja auf irgendeine wundersame Weise hören. Sie wischte sich die Tränen ab und machte sich auf den Heimweg. Sie sollte eigentlich die glücklichste Frau der Welt sein, schließlich war ihr gerade ein Antrag gemacht worden. Stattdessen stand sie hier und weinte.

„Zu viel auf einmal", hörte sie ihre kleine Schwester sagen. Oh Jo, wo warst du nur, wenn man dich doch so dringend brauchte? Das war nie ihre Art gewesen. Immer, wenn es wieder einmal Ärger im Hause St. John gegeben hatte und Rebecca auf ihr Zimmer geschickt worden war, um darüber nachzudenken, was sie nach der Meinung ihres Vaters wieder einmal falsch gemacht hatte und partout nicht auf den Grund kam, saß da eine fröhliche und gut gelaunte Johanna und sagte: „Zu viel auf einmal, liebe Schwester. Zu viel auf einmal. Männer können sich immer nur auf ein Ding zurzeit konzentrieren und wenn man sie dann aus der Spur bringt, wer ist dann Schuld? Wir Frauen."

„Du bist zwölf und bestimmt keine Frau", hatte Rebecca darauf geantwortet, um einfach nur etwas dagegen zu sagen. Bei Jo hatte sie es sich getraut, aber eben nicht bei ihrem Vater. Vater, er war nicht ihr Vater. Er war nur ein Mann, der eine hübsche, arme Frau mit zwei Kindern geheiratet hatte und den Nachwuchs immer dazu benutzt hatte, Elizabeth in Schach zu halten. Jedes Mal, wenn Elizabeth nur den kleinsten Widerstand geleistet hatte, hatte sich der Alte – Jo und Rebecca hatten St. John immer so genannt – natürlich nur, wenn er nicht in der Nähe war, eines der Kinder geschnappt, vorzugsweise Johanna und gedroht, es weit weg auf ein Internat zu schicken. Da er wusste, dass Elizabeth so etwas nie zugelassen hätte, waren sie immer ein perfektes Druckmittel gewesen. Irgendwann war es so weit, dass er nur noch eine bestimmte Geste machen musste und sich jedes weitere Wort sparen konnte.

Je öfter Rebecca über die Zeit im Hause von St. John nachdachte und umso tiefer sie in sich ging, um so mehr verabscheute sie diesen Mann. Er hatte sie so oft unter Druck gesetzt, ihr scheinbare Wahlmöglichkeiten gegeben, die aber letzten Endes immer profitabel für ihn waren, egal, wie sie sich entschieden hätte. Er war immer darauf bedacht gewesen, aus allem und durch jeden Gewinn zu machen.

In der Ferne hörte sie es donnern, ein Gewitter war im Anzug. Kurzerhand sammelte Rebecca sich und machte sich auf den Heimweg. Hoffentlich würde sich Steve nicht unnötig in Gefahr bringen und hoffentlich konnte der Alte dieses Mal nicht wieder davonkommen. Es war an der Zeit, dass er seine gerechte Strafe erhielt.   Kurz bevor sie zu Hause ankam, begann es zu regnen. Es war nicht nur Regen, es waren Sturzbäche, die da vom Himmel fielen, der Himmel hatte sich verdunkelt und hinter den grauen Wolken, aus denen das Wasser scheinbar aller Ozeane fiel, zuckten Blitze. Es war ein unglaublich imposantes Schauspiel. Sie hatte sich noch nie die Zeit genommen, so etwas zu beobachten. Es war so kraftvoll und unberechenbar. „So wie Steve", dachte sie und ging schnellen Schrittes nach Hause. Als sie dort ankam, war das Erste, was sie tat, ihre Mutter zu suchen und sie fest zu umarmen.

„Alles wird gut, Mama. Bald werden wir Jo wiedersehen und bald können wir wieder zurück nach

Plymouth. Steve wird es schaffen, unseren alten Tyrannen klein zu kriegen. Das ist gewiss."

Elizabeth schaute sie an und Rebecca sah wieder einmal Zweifel in ihrem Gesicht und sie fügte hinzu: „Er hat es mir versprochen und weißt du, was noch?"

Rebecca nahm ihre Mutter an beiden Schultern und blickte ihr fest in die Augen. „Er hat mir einen Antrag gemacht. Er will mich heiraten", und nach einer kurzen Pause fuhr sie fort, „und ich will ihn heiraten."

„Wirklich, meine Kleine?", sagte Elizabeth strahlend und musste ganz offensichtlich nach Luft schnappen und ihre Fassung bewahren, „du glaubst gar nicht, wie glücklich mich das macht. Ich habe so gehofft, dass du eines Tages einen Mann finden würdest, den du liebst und der dich liebt. Ich freu mich für euch beide."

Sie umarmte ihre Tochter und drückte sie so fest, dass Rebecca fast keine Luft mehr bekam, aber es tat gut, in diesem Moment genau diese Gefühle der eigenen Mutter zu spüren.

„Lass uns setzen und etwas feiern. Es bschränkt sich allerdings auf ein wenig Brot, Wurst und eine Flasche Wein."

Sie setzten sich an den Küchentisch, beobachteten die Wolken, die an diesem Tag allerhand in den Himmel zeichneten und redeten und lachten. Irgendwann fingen sie an, Pläne zu schmieden für die Zeit, wenn sie zurück in Plymouth wären. Es war eine Menge zu tun, so viel stand fest, aber sie hatten das Gefühl unbesiegbar zu sein und mit Steves Hilfe würde alles wieder in die richtigen Bahnen kommen.

Sie schliefen diese Nacht tief, gut und mit der Zuversicht, dass alles gut werden würde. Dass Johanna bald wieder ein sichtbarer Bestandteil ihres Lebens wäre, dass Steve gesund und wohlbehalten zurückkehren würde und – das hatte sich Elizabeth gewünscht –, dass Rebecca und Steve und Johanna und Christian an einem Tag in der gleichen Kirche heiraten würden. Das war schon immer mein Traum, hatte Elizabeth gesagt. Es gibt doch nichts Schöneres, als wenn man sieht, wie die eigenen Töchter heiraten und dann noch beide an einem Tag.

Rebecca fand diesen Gedanken ebenfalls sehr schön und die beiden hatten begonnen, Pläne für die Feierlichkeiten zu schmieden. Und mit all diesen guten Gedanken schliefen sie tief und fest, weit ab von dem, was ihnen so lange Sorgen bereitet hatte.

◆◆◆

Zwei Tage später, in Plymouth, kamen drei Reiter, die niemand kannte und nicht beachtete, genau an der Adresse an, die ihnen gegeben worden war. Doch statt einer Schmiede fanden sie nur eine ausgebrannte Ruine, an der Handwerker arbeiteten, um sie dem Erdboden gleich zu machen.

Steve war geschockt. Dachte er doch sofort an eine unheilvolle Nachricht, die er Elziabeth und Rebecca überbringen müsste. Er stieg vom Pferd und ging auf einen der Handwerker zu und sprach ihn an: „Entschuldigung, ich bin fremd hier. Mir wurde diese Adresse gegeben, falls ich in Plymouth mein Pferd beschlagen lassen möchte."

Der Handwerker musterte Steve von oben bis unten und begann dann zu sprechen: „Ja, fremder Reiter, das war mal die Schmiede. Noch eine Frage?"

„Ja, wo ist der Schmied?"

„Ich habe euch alle drei herreiten sehen. Ihr braucht keinen Schmied. Also, was wollt ihr drei Witzfiguren wirklich? Wenn wir es wüssten und es euch verraten würden, woher sollen wir wissen, dass ihr drei nicht genau dasselbe mit ihnen anstellt, wie die Männer, die das hier angerichtet haben?"

Steve ging einen Schritt auf den Mann zu und packte ihn mit einer Hand an seinem Hemdkragen und zog ihn zu sich. „Wenn du es uns nicht sagen willst, wer kann es dann?"

Der Arbeiter, sichtlich überrascht von der Kraft des Armes, der ihn hielt, fing an zu stottern. „Versteh doch, wir müssen vorsichtig sein mit wem wir sprechen. Der alte St. John da oben auf dem Hügel, der muss es wissen. Wenn er es nicht weiß, kann euch hier keiner helfen."

„Wenn er mir auch nicht helfen kann, komme ich wieder und dann will ich Antworten", sagte Steve mit ruhiger und sehr tiefer Stimme.

Der Handwerker nickte.

In der Zwischenzeit hatten sich die anderen Handwerker hinter ihrem Kollegen in einer Reihe, in einer bedrohlichen Angriffspose, aufgestellt, doch Steve gab dem Mann einen kleinen Schups, drehte sich um und bestieg sein Pferd.

Im Vorbeireiten schaute er noch einmal den Mann an, mit dem er gesprochen hatte und zeigte mit seinem Zeigefinger auf ihn, sodass dieser genau wusste, was noch auf ihn zukommen könnte.

„Was machen wir, Steve?", fragte einer seiner Begleiter.

„Wir warten, David, wir warten", gab James ruhig zurück, „unser Vorteil ist, Mr. St. John weiß nicht, dass wir kommen. Wir haben also alle Zeit der Welt. Wir werden ihm heute Abend einen Besuch abstatten, um persönlich von ihm zu hören, was er mit einem Teil seiner Familie gemacht hat. Lasst uns etwas Warmes essen und dann heute Abend den Hügel hinauf zum Anwesen reiten, einverstanden?"

Er drehte seinen Kopf zu seinen Begleitern, die – wie er es erwartet hatte – nickten. Hatten sie doch die letzten zwei Tage nichts Vernünftiges mehr in ihre Bäuche bekommen und da war ein gutes Stück Fleisch jetzt genau das Richtige.

Sie gingen in eine Schenke und bestellten sich etwas zu essen. Es war herrlich, dieser Geschmack. Ihnen kam es so vor, als hätte sie jahrelang auf so etwas verzichten müssen. Während des Essens besprachen sie, wie sie weiter vorgehen wollten und als sie gesättigt waren, brachen sie auf. Es dämmerte bereits und es war noch ein gutes Stück Weg hinauf zum Pfarrer St. John.

Dieser saß, wie fast an jedem Abend seit er hier alleine mit dem Vikar lebte, in seinem Arbeitszimmer. Er dachte darüber nach, wie er doch noch Profit aus der geplatzten Hochzeit schlagen könnte. Immerhin waren ihm Ländereien und ein nicht unansehnlicher Posten in Aussicht gestellt worden. Was würde er dafür geben, nur einen kleinen Hinweis zu bekommen, wohin Rebecca geflohen war. Elizabeth zählte in diesem Geschäft nicht. Sie war nur sein Weg zu diesem Anwesen und den umliegenden Ländereien gewesen. Nicht mehr.

Er zog an seiner Pfeife und ließ sich in seinen Sessel sinken. Er formte Ringe mit dem Rauch, den er ausblies und dachte an nichts Böses, als es an der Vordertür klopfte.

„Wer zum Kuckuck will denn um diese Zeit noch etwas", raunte er vor sich hin, legte die Pfeife beiseite und erhob sich aus seinem Sessel. Er ging aus seinem Arbeitszimmer durch den Flur, der wieder einmal nicht beleuchtet war und öffnete, mit seinem freundlichsten Gesicht, die Tür.

Niemand stand dort. Und als er sich gerade umdrehen wollte, um wieder zurück ins Haus zu gehen, packten ihn unerwartet zwei starke Hände, die ihn mit seinem Gesicht gegen die Hauswand drückten. Ihm kamen so unendlich viele Gedanken in den Kopf, wer es sein könnte. Hatte er doch in letzter Zeit mit mehreren zwielichtigen Gestalten Geschäfte gemacht. Und sie zu bezahlen, das war ihm noch nicht eingefallen.

„Ihr wollt euer Geld? Dann lasst es uns wie Geschäftsmänner erledigen. Dazu müsst ihr mich aber loslassen, damit ich das Geld holen und euch auszahlen kann", sagte er mit zitternder Stimme.

Jemand kam von hinten ganz nah an sein Ohr. St. John konnte den Atem des Fremden riechen und dann sagte dieser, ganz langsam und mit tiefer Stimme: „Falsch, total falsch. Obwohl wir noch zu dem Kapitel Geld kommen, aber das ist jetzt nicht die Nummer Eins auf der Liste."

„Und was ist es dann?", fragte St. John mit einer Stimme, die eher an ein kleines Kind erinnerte, das gerade kurz vor der Bestrafung stand.

„Nur keine Angst, Hochwürden. Wir vergreifen uns nicht an wehrlosen Menschen. Aber sagt, wie steht es da mit Euch?"

St. John wurde ruckartig an seinen Schulter umgedreht und konnte nun den Mann sehen, der mit ihm sprach. Sie sahen sich in die Augen und während St. John versuchte, eine Möglichkeit zu finden an diesem Mann vorbeizusehen, blickte ihm dieser starr in sein Gesicht.   „Also, Herr Pfarrer, wie ist es mit Euch? Schlagt Ihr auch keinen wehrlosen Menschen? Erpresst Ihr nicht im Namen der Kirche jeden einzelnen Bewohner dieser Stadt? Und lebt Ihr nicht in einem Haus, das euch nicht gehört?"

„Elizabeth, ich wusste es. Lebt sie noch? Hat sie Rebecca bei sich? Wo kann ich sie finden?"

„Aber Herr Pfarrer, schauen Sie mich an. Sehe ich so aus, oder mache ich vielleicht den Anschein, dass man mich so leicht übertölpeln könnte? Verzeihung, wir haben uns noch gar nicht vorgestellt. Mein Name ist Gabriel und meine beiden Freunde hier heißen auch Gabriel. Das dürfte ihnen ja sagen, warum wir hier sind, nicht wahr? Ach und noch etwas", jetzt kam der Mann wieder ganz nah an St. Johns Ohr, „Sie stellen ab jetzt keine Fragen mehr. Nicht an mich oder irgendjemand anderen. Sie werden auch niemand von unserer Unterhaltung erzählen, verstanden? Wir wollen nur eines wissen. Was ist mit dem Schmied passiert? Und wo ist ihre Tochter Johanna?"

In diesem Moment erschien der Vikar in der Tür und erschrak angesichts der Situation, in die er hineingeriet. „Das ist ein Mann Gottes", rief er, „lasst ab von ihm, oder Gott wird euch strafen."

David reagierte schnell, ging auf den Vikar zu und drängte ihn zurück ins Haus. „Wir wurden unterbrochen, entschuldigung", setzte Steve von Neuem an, „also, wo sind die Zwei, Hochwürden?"

„Ich weiß es nicht. Sie sind mit der Schmiede zusammen verbrannt."

„Das sind sie ganz offenbar nicht. Denn wäre es so, würde irgendwo an diesem Ort eine Ruhestätte existieren. Wir kommen so nicht weiter."

Steve griff unter seinen Mantel und holte ein langes Messer mit einer schmalen Klinge zum Vorschein. Es erinnerte ein wenig an einen Brieföffner, doch der Unterschied bestand in der Schärfe der Klinge, die St. John durch einen kurzen Schnitt in seiner Sultane deutlich gemacht wurde. Steve legte die Klinge nah an den Hals des alten St. John, sodass die Spitze an den Adamsapfel stieß und St. John sie bei jedem Schlucken spüren konnte.

„Sie werden doch nicht", stotterte St.John.

„Was werde ich nicht? Sie töten? Nein, wenn ich auch einen gewissen Reitz in mir trage, aber Ihre Strafe liegt leider nicht in meiner Hand."

St. John atmete auf und wollte gerade etwas sagen, als David aus dem Innern des Hauses zurückkehrte. „Alles klar, wir können gehen. Was machen wir mit dem da?", er zeigte auf Abraham St. John, der auf Zehenspitzen an der Wand lehnte, um nicht die Klinge in den Adamsapfel gestochen zu bekommen.

„Nein, den nehmen wir nicht mit. Den lassen wir hier und er wird genau da auf uns warten, wo er jahrelang seine Kinder weggesperrt hat. Er kann sich ein paar Gedanken machen, was mit ihm passiert, ob vielleicht die Bürger dieser Stadt kommen und ihn befreien werden, was auch nicht gut für ihn ausgehen würde, oder ob irgendjemand das Haus über seinem Kopf anzündet? Und wer wird überhaupt kommen, um ihn da wieder rauszuholen? Also, Hochwürden, wären Sie bitte jetzt so freundlich, uns den Raum in Ihrem Keller zu zeigen, in dem Ihre Kinder tagelang verweilen mussten?"

Steve deutete mit einer leichten Abwärtsbewegung mit der Klinge am Hals von St. John an, dass er sich wieder auf seine Füße stellen könnte.

Steve schaute ihn verächtlich an und sagte in einem höflichen, aber sehr bestimmten Ton: „Bitte, Hochwürden, gehen Sie voraus, aber versuchen Sie keine faulen Tricks. Es wäre zu schade, wenn unsere Bekanntschaft schon so schnell enden würde. Bitte, nach Ihnen." Er gab St. John einen kleinen Schups, dass er durch die Eingangstür in den dunklen Flur stolperte. „Nicht so schnell, Herr Pfarrer, wenn Ihnen etwas passiert, dann bin doch ich Schuld. Es ist wohl besser, wenn ich vorgehe, nur für den Notfall."

Steve drängte sich an Abe St. John vorbei und zeigte auf eine Tür unter der Treppe, die man in dem schummrigen Licht gerade noch erkennen konnte. Sie erinnerte eher an eine Geheimtür, als an eine normale Kellertreppentür.

Steve ging schnellen Schrittes auf sie zu und zeigte schon im Gehen auf sie.

„Hier ist sie, nicht wahr, Hochwürden. Hier ist die Treppe der Schuldner. Stimmt es? Sie sind mir ein Heiliger. Liebet euren Nächsten, aber bei den Kindern könnt ihr eine Ausnahme machen."

Steve öffnete die Tür unter der Treppe mit einem solchen Schwung, als sei es eine große Eingangspforte. „Verzeiht, aber es ist dunkel, wäre es wohl möglich etwas Licht zu bekommen. Eine Kerze oder eine Laterne?" St. John blickte ihn an und meinte, in der Hoffnung einen Vorteil zu haben: „Ich kenne mich dort unten aus, folgt mir einfach."

Steve atmete tief aus, so als hätte er jemandem zum dritten Mal den Weg erklärt und er hätte es immer noch nicht begriffen: „Ach, Herr Pfarrer, wie können Sie mich denn nur so missverstehen. Ich hoffe zu Ihren Gunsten, dass es an mir liegt. Das war keine Frage nach Licht, sondern eine Bitte, eine Aufforderung, ein Befehl eben. Also bitte, zeigen Sie meinen Gefährten, wo wir hier die Erleuchtung erlangen. Seien Sie bitte so gut, ja? Dankeschön!"

„Gabriel, würdest du unseren Gastgeber begleiten, er wird dir zeigen, wo es hier Licht gibt," dabei nickte er David zu, der St. John sofort am Arm packte und ihn unsanft zurück in den Flur leiten wollte.

„Nicht so unsanft, bitte", beschwichtigte Steve seinen

Partner, „wir brauchen ihn vielleicht noch."

„Eure Beerdigung werde ich mit Freude übernehmen", zischte St. John.

„Aber, aber, wir kennen uns doch kaum und da sprechen Sie schon von einer Beerdigung? Schade, ich dachte, ich hätte hier einen Mann getroffen, mit dem ich mich einmal länger unterhalten könnte. Aber nun, wenn Ihr dabei seid, muss es ja fast Gottes Wille sein. Was steht in der Bibel? Der Herr sprach es werde Licht, also hurtig jetzt, wir haben nicht die ganze Nacht Zeit."

Erneut griff David nach St. Johns Arm, gab ihm aber dieses Mal keinen Stoß, sondern geleitete ihn mit festem Griff in die Vorhalle, dort hatte er Kerzenleuchter gesehen. Nach kurzer Zeit kamen die beiden mit zwei brennenden Kerzenleuchtern zurück zur Treppe. Steve nahm den einen, der andere blieb in Davids Hand.

„Damit kein Unglück passiert", kommentierte Steve und lies erneut St. John den Vortritt. Es ging eine lange Treppe hinab. Es begann nach abgestandenem Wasser und nach feuchtem Staub zu riechen.

„Die adäquate Umgebung, um zwei Mädchen zu erziehen. Wirklich, Hochwürden, alle Achtung. Ich habe leider keine Kinder, aber wenn ich mal welche habe, muss ich mir unbedingt so ein Haus mit einem solchen Keller besorgen."

Unten angekommen ging es einen niedrigen Gang nach links, bis St. John vor einer schweren Eisentür stehen blieb.

„Hier ist es", sagte Abe St. John, fast ein wenig kleinlaut.

Steve begriff nicht, wie man Kinder hinter Eisentüren wegsperren konnte und aus seiner sonst ruhigen und höflichen Art wurde die Stimme eines Mannes, der keine Ungerechtigkeiten verträgt. Er drehte sich zu St. John und sah ihn wieder mit genau diesem bedrohlichen Blick von der Eingangstür an.

„Hier ist es? In einem dunklen nassen Keller, hinter einer Eisentür? Verzeiht mir, aber wenn Ihr mein Vater wärt, ich würde euch töten. Los, aufmachen. Den

Schlüssel werden Sie hoffentlich bei sich tragen."

Tatsächlich hatte St. John den Schlüssel an einem Bund, den er an seinem Gürtel befestigt hatte. Er steckte den Schlüssel ein und drehte ihn drei Mal und dann öffnete er die Tür. Die Männer betraten den kleinen, gewölbeartigen Raum. Steve sah sich um. Es war nicht viel Platz. Zwei mal zwei Meter höchstens und das einzige Möbelstück war eine alte Matratze, die auf dem kalten und Steinboden lag.

Die drei Männer sahen sich an und konnten nicht verstehen, wie dieser Mann, der da vor ihnen stand ein Mann der Kirche sein sollte. Sie inspizierten die Wände in die Daten und Namen eingeritzt waren. Johanna – zwei Wochen stand da, von Rebecca waren weniger eingeritzte Nachrichten zu finden, aber das machte keinen Unterschied. Dieser Mann, der vorgab ein Mann Gottes zu sein, hatte seine Macht auf so viele verschiedene Arten benutzt, um anderen zu schaden und sie hatten jetzt die Möglichkeit, dem ein Ende zu machen.

Steve griff wieder nach seinem Messer und St. John ging einen Schritt zurück, soweit es ihm möglich war. „Nein, Herr Pfarrer, wieder einmal, das falsche Gefühl, das Sie da leitet. Ich werde jetzt nur den Termin Ihres, nennen wir es einfach mal Einzugs, auf dieser Wand vermerken, denn so leid es mir tut, kann ich Ihnen momentan noch nicht sagen, wie lange es dauern wird, bis wir Sie holen. Mein Freund hier wird sich um Sie kümmern, er zog den dritten Mann nach vorne. Aber versuchen Sie gar nicht, mit ihm zu sprechen. Er ist stumm, aber bilden Sie sich nicht ein, dass er dadurch irgendwie eingeschränkt wäre. Im Gegenteil, ich kenne keinen anderen Mann, der mit bloßen Händen schneller tötet."

Der Name des Mannes war Eddy, er war tatsächlich stumm, aber hatte lange Zeit bei der königlichen Marine gedient, bis ihm während einer Schlacht seine Zunge herausgeschnitten worden war. Von da an kämpfte er an der Seite von Steve und David gegen jede Art von Ungerechtigkeit, der sie gewahr wurden.

„So, Herr Pfarrer, so gern ich auch mit Ihnen reden würde, wir haben wirklich keine Zeit und müssen Sie jetzt verlassen. Wir lassen Ihnen den einen Kerzenleuchter hier, denn Sie sollen ja nicht ganz im Dunkeln tappen.

Morgen früh um sechs gibt es die erste Mahlzeit. Ich wünsche Ihnen eine gute Nacht."

Steve sah St. John noch einmal an und die drei Männer verließen im Rückwärtsgang den kleinen Raum. Steve schloss die Tür langsam, um dann den Schlüssel drei Mal im Schloss zu drehen. Und das in einer Geschwindigkeit, dass der Insasse genau verfolgen konnte, wie oft.

Die drei Männer eilten zur Treppe und nach oben. Dort stand der Vikar. Als er Steve erblickte, hob er sofort die Hände. David ging auf ihn zu, stellte sich neben ihn und sagte: „Der ist in Ordnung. Er ist von der Kirche geschickt, um herauszubekommen, was der Pater so treibt. Und wisst ihr was. Er hat mir nicht nur den Aufenthaltsort von Johanna genannt, sondern er wird auch während unserer Abwesenheit dafür Sorge tragen, dass es nicht auffällt, dass der heilige Mann da unten im Keller sitzt." Steve ging auf den Vikar zu und legte ihm seine Hand auf die Schulter, sah ihn an, zog die Stirn hoch und der Vikar wusste, was Steve hören wollte.

„Ich bin mit Jo und Rebecca aufgewachsen. Wir kennen uns von Kindesbeinen an und bitte, glauben Sie mir, ich will genau dasselbe wie Sie. Diesen sturen, alten Satan seiner gerechten Strafe zuführen. Ich bin von der Kirche in London beauftragt worden, alle Daten und Fakten zu sammeln, um es möglich zu machen, ihn seines Amtes zu entheben. Also haben Sie in mir eher einen

Freund, als einen Feind."

„Das ist gut. Das ist sehr gut", sagte Steve nachdenklich, „ich hoffe im Interesse von Johanna und auch in Ihrem, dass Sie uns die Wahrheit sagen. Ich vertrage nicht so viele Kirchenmänner auf einen Schlag. Wir werden uns umgehend auf den Weg zu Johanna machen und was

dann passiert, bleibt abzuwarten."

Steve nickte noch einmal Eddy zu, der sich schon wieder im dunkelsten Teil des Raumes aufhielt, dann drehten sich er und David um, bestiegen ihre Pferde und ritten in schnellem Galopp davon.

„Aber verstehen können Sie mich, oder?", der Vikar sah Eddy an, der leicht nickte. „Gut, wie wäre es denn

mit einem Kaffe oder einem Tee?"

Eddy schüttelte langsam seinen Kopf.

„Mir auch nicht", sagte der Vikar mit herunterhängenden Schultern, „etwas Stärkeres. Einen guten Port zur Nacht, was meinen Sie?"

Und jetzt nickte Eddy und wenn der Vikar ihn hätte deutlicher sehen können, hätte er das leichte Lächeln in seinem Gesicht gesehen. Die beiden Männer gingen in das Wohnzimmer. Eddy staunte über die Größe des Hauses und der Vikar bemerkte: „Ein schönes Haus. Also wir beide müssten dafür schon reich heiraten."   Sie setzten sich links und rechts von dem immer brennenden Kamin und schauten in die Flammen.

Steve und David erreichten das Versteck von Johanna und Christian am nächsten Abend. Das Haus lag genau da, wo der Vikar sie hingeschickt hatte und es sah auch so aus, wie es ihnen beschrieben worden war. Es waren noch ungefähr hundert Meter, doch die beiden Männer stiegen von ihren Pferden, um den Rest der Strecke zu Fuß zu gehen. Sie führten ihre Pferde neben sich her und hatten das Haus schon fast erreicht, als auf einen Schlag fünf bewaffnete Männer vor ihnen standen. Einer der Fünf kam auf sie zu und fragte: „Wo wollt ihr denn hin um diese Zeit? Das da ist kein Gasthof."

„Nun, mein Name ist Steve und mein Mitstreiter hier heißt David. Wir sind auf der Suche noch verlorenen

Familienmitgliedern und wir hoffen, sie eben genau in dem Haus dort zu finden."

„So, so", kam es aus der Dunkelheit zurück. Ein weiterer Mann war ins fahle Mondlicht getreten. „Ich sehe dich an und weiß, dass du nicht mein Bruder bist. Ich habe keinen. Also auch von mir die Frage, was wollt ihr Zwei?"

„Dürfte ich dazu in meine Satteltasche greifen. Ich habe einen Brief und ich denke, der wird alles erklären." „Nur zu, wir haben dich im Blick und versuch nicht zu fliehen, ihr seid umzingelt."

„Die Männer in den Bäumen, die waren mir auch schon aufgefallen", sagte Steve beiläufig und griff in seine Satteltasche. Er holte den Brief heraus, den ihm Elizabeth und Rebecca mitgegeben hatten und reichte ihn an den jungen Mann, der seine Hand nicht von seinem Degen lassen wollte.

„Hier ist er", sagte Steve, „wenn es nicht zutrifft, dass diese beiden Personen von Ihnen beherbergt werden, wäre ich Ihnen dankbar, wenn ich den Brief zurückerhalten würde."

Der junge Mann hatte Steve den Brief abgenommen und las ihn und wie es schien, mit jeder Zeile schneller. Ohne ein Wort zu sagen, drehte dieser sich um und lief so schnell er konnte in Richtung Haus. Aus der Entfernung konnte Steve hören, wie er immer wieder einen Namen rief und das war Johanna.

„Wie es scheint", setzte Steve von Neuem an, „sind wir richtig, denn Johanna St. John ist genau die Person, nach der wir suchen. Im Auftrag ihrer Mutter, um da irgendwelche Zweifel im Voraus auszuräumen. Dürfen wir jetzt?"

„Nein, ihr dürft nicht. Jetzt nicht. Erst wenn ich das Okay bekomme, dann könnt ihr zwei, aber vorher bleibt ihr hier ganz ruhig stehen, kapiert?", dröhnte es ihnen entgegen.

„Selbstverständlich, wie Sie wünschen. Wir bleiben hier stehen und warten", antwortete Steve.

Dann öffnete sich die Tür des Bauernhofes und man konnte sehen, wie zwei Personen heraustraten. Die größere der beiden stütze die kleinere, die ganz offensichtlich erkrankt war. Die zwei näherten sich und Steve konnte erkennen, dass es der junge Mann mit dem Brief war, der eine Frau bei sich hatte, die scheinbar aus Schmerzen nicht aufrecht gehen konnte.

Die zwei traten in das Fackellicht und Steve erkannte sofort, dass es sich um Johanna handeln musste. Hatte er doch viele Beschreibungen von Rebecca und Elizabeth erhalten und die trafen allesamt zu.

Sie stand da gebückt, wie eine alte Frau, die ihren Einkauf vom Markt kaum noch nach Hause bringen kann und dennoch schaute sie Steve mit dem Blick an, der ihm beschrieben worden war. Prüfend, freundlich und immer ein bisschen misstrauisch.

Sie öffnete ihren Mund und sagte sehr leise und unter größter Anstrengung: „So ihr Zwei, ihr habt also diesen Brief meiner Mutter und mich habt ihr auch gefunden. Habt ihr meine Mutter auch getötet, so wie ihr es mit mir vorhattet? Nur weil das die Schrift von Elizabeth St. John ist, heißt es noch lange nicht, dass sie ihn freiwillig geschrieben hat und dass ihr die seid, für die ihr euch ausgebt. Schaut mich an, und richtet es meinem Vater aus, wenn ihr ihn wiederseht, ich werde ihm keine Enkel mehr schenken können. Ich weiß ja nicht einmal, wie lange ich noch lebe, aber ich habe mir geschworen, dass ich noch mindestens so lange lebe, um Mr. St. John einen kleinen Teil dessen zurückzugeben, was er mir angetan hat."

„Verzeihung", sagte Steve mit seiner ruhigen und tiefen Stimme, „mein Name ist Steve Barrington, ich komme aus dem kleinen Ort, in den sich ihre Mutter und ihre Schwester Rebecca geflüchtet haben. Ich weiß auch, dass sie eigentlich weiter nach Irland reisen wollten, doch sie sind es nicht. Was, so kann ich sagen, zu meinem Glück so gekommen ist, denn ich werde Ihre Schwester heiraten, sobald wir beide zurückgekehrt sind."

Johanna ging noch einen Schritt auf Steve zu und blickte ihm von unten genau in die Augen, dann hob sie ihr Hände und fasste ihm auf seine Schultern und schüttelte ihn. Es kam so etwas wie ein Lächeln auf ihr Gesicht und dann sagte sie: „Ja, ja, die Rebecca, sie liebte schon immer die heldenhaften Männer. Kommt mit

herein und erzählt mir alles."

Sie gingen alle in Richtung Haus. Steve und David stellten ihre Pferde in den Stall, fütterten sie nach der langen Reise und folgten dann den anderen ins Innere des Hauses. Niedrige Decken, ein brennender Kamin und eine warme Mahlzeit erwarteten sie dort. Viele Männer und auch einige Frauen hatten sich versammelt, um die Neuankömmlinge genauer zu betrachten.

Alle in diesem Raum schienen auf irgendeine Art und Weise miteinander verbunden zu sein. Aber es war an Steve, alles zu erzählen, wie es Elizabeth ginge, was Rebecca machen würde und vor allem, wie Steve und Rebecca sich kennengelernt hatten und wie es so weit gekommen war, dass sie bald heiraten wollten.

Steve stand auf jede Frage Rede und Antwort, hatte er doch nichts zu verbergen und dann fragte er Christian und Johanna, ob sie ihn nicht nach Barnstaple begleiten wollten, um die Sehnsucht von Elizabeth zu befriedigen. „Schau mich doch an", sagte Johanna, „glaubst du etwa, eine Mutter würde ihr Kind gerne in diesem Zustand wiedersehen, oder ist es da nicht besser, wenn sie mich so in Erinnerung behält, wie ich war, als sie ging? Außerdem kann ich nicht auf einem Pferd reiten und mit einem Wagen sind wir zu auffällig. Die Spione von Abraham St. John sind über das ganze Land verteilt und würden mich sofort zu ihm bringen und auch alle anderen, die mit mir reisen."

„Nun", begann Steve mit einer leicht fröhlich triumphierenden Stimme, „keine Sorge. Hochwürden sitzt in, wie soll ich es sagen, Erziehungshaft und wird nichts unternehmen können."

Johanna legte ihren Kopf auf die linke Seite und schaute Steve fragend an, dann blickte sie in den Kamin und sagte: „Ein kleiner Vorgeschmack auf die ewigen Höllenfeuer, denn wenn das alles stimmt, was er mir als Kind erzählt hat, dann wird er dort brennen. Aber wie habt ihr das geschafft, zu zweit? Ich meine, der Vikar ist doch auch noch vor Ort."

„Nun, der Vikar, den ihr ja aus Kindertagen kennt, ist nicht der, für den er sich ausgibt. Er ist von der Kirche geschickt worden, da es immer mehr Klagen und Beschwerden über das Handeln des ortsansässigen Pfarrers gab. Und so war es nicht weiter schwierig, Ihren Vater in den Keller zu bringen und diesen Ort zu erfragen."

Johanna schaute Christian an, doch der zuckte mit den Achseln und konnte sich nicht vorstellen, woher er den Aufenthaltsort der beiden kennen sollte.

„Nun", führte Steve fort, „die Ausgangslage ist eine andere. Wäre es unter diesen Umständen nicht vielleicht doch zu bewerkstelligen, dass wir nach Barnstaple reisen?"

Johanna, die sichtlich überrascht war, über das, was sie da hörte, lehnte sich in ihrem Sessel zurück und blickte zu Christian. Der legte seine Hand auf ihre und sah sie an.

„Jo, deine Mutter möchte dich sehen und sie liebt dich so, wie du bist. Das tue ich auch und wenn du nicht so gottverdammt stur wärst, wären auch wir schon verheiratet. Jetzt steig einmal in deinem Leben von deinem hohen Ross herunter und lass uns deine Familie an deinem Leben Teil haben. Lass mich endlich wieder zu einem Teil deines Lebens werden und wenn du es nicht für dich tust, dann tu es für Elizabeth und Rebecca."

Johanna sah Christian mit offenem Mund an, denn das was er gerade gesagt hatte, brannte ihm schon lange auf der Zunge und Johanna, die so eine Art von ihm nicht gewohnt war, sah ihn an, schüttelte ganz leicht den Kopf, streckte eine Hand aus und streichelte ihm über seine Wange.

„Womit habe ich dich verdient, du wunderbarer

Mann? Womit nur?"

„Weil du so bist, wie du bist. Damit hast du mich verdient. Und ich werde dich immer lieben, immer, verstehst du. Aber hier geht es nicht um mich oder um uns, sondern um deine Familie. Willst du denn auf ewig die tote Tochter spielen aus Angst, der wirre Geist von Plymouth könnte dich entdecken?

Dann bist nicht mehr du, Jo. Die Johanna, die ich kenne, wäre so oft aufgestanden und gegen die Wand gelaufen, bis sie eingestürzt wäre und hier geht es nicht einmal um eine Mauer. Es geht um einen alten Mann, der in seinem Haus, in seinem eigenen Gefängnis eingesperrt ist. Er kann dir jetzt nichts tun."

„Vielleicht hast du recht, aber ich möchte mindestens eine Nacht darüber schlafen. Versteht mich bitte nicht falsch, natürlich will ich meine Mutter und meine Schwester wiedersehen, aber nicht nur St. John ist ein Risiko. Ich bin es auch. Niemand kann mit mir fliehen und somit bin ich eine Belastung, eine Bremse und das will ich niemandem zumuten."

„Aber genau deswegen sind wir hier. Weil wir uns so etwas zumuten und nur keine Angst, mit älteren Männern und anderem Gesindel werden wir fertig. Und ich gebe noch zu bedenken, dass es von hier aus ein Eintagesritt ist. Also eine schnelle Angelegenheit, also bezieht diesen Gedanken mit in die Überlegungen ein und wie Christian richtig sagte, es geht dabei um Ihre Familie."

Johanna war still, aber man konnte sehen, wie es in ihrem Kopf arbeitete, dann stützte sie ihre Hände auf die breiten Sessellehnen und setzte sich aufrecht hin.   „Ich brauche keine Nacht. Wir reiten. Aber ich will wenigstens zwei unserer Männer dabeihaben."

Steve nickte und unauffällig, aber von Johanna bemerkt, blickte er zu Christian und wieder begann sie zu lächeln.

„Ich bin mir sicher, dass ich Chris nicht extra zu erwähnen brauche. Er ist meine zweite Hälfte und so immer da, wo auch ich bin." Wieder streichelte sie ihm liebevoll über seine Hand und die beiden blickten sich an, wie es nur zwei Menschen tun können, die im Grunde ihres Herzens miteinander verbunden sind.

„Also vier Personen", rechnete Steve.

„Gibt's da ein Problem mit der Anzahl?", wollte Christian wissen.

„Nein, nein. Vier ist perfekt. So haben wir eine gerade Zahl und jeder von uns muss auf zwei andere achten. Das ist gut und sicher. Möchte jemand noch etwas über uns wissen? Gibt es noch Fragen, die wir beantworten können?"

„Ja, zum Teufel, ich habe noch eine", kam es aus Johannas Mund. „Ihr riskiert euer Leben, sperrt Abraham St. John in seinen Kerker, findet uns hier und jetzt werde ich, nach viel zu langer Zeit, meine geliebte Mutter und meine große Schwester wiedersehen."

Johanna rückte wieder ein Stück näher an Steve und flüsterte ihm zu: „Und wenn wir bald verwandt sind, wirst du mich dann immer noch siezen? Oder hört es dann endlich auf?"

Steve setzte sich ebenfalls aufrecht in seinen Sessel und sagte: „Bis zu dem Zeitpunkt, an dem Sie mir sagen,

dass ich es lassen soll. Vorher nicht!"

„Das war der Zeitpunkt, Schwager in spe."

Sie lachte erneut und lies sich in ihren Sessel zurückfallen.

„Gut, Johanna, ihr habe hier Pferde, ihr habt eine alte Kutsche und ich bin Tischler. Gib mir zwei Männer und einen Tag und ich habe dir einen Einspänner gebaut, der fast genau so schnell ist, wie ein Pferd. Damit bist du dann keine Bremse mehr und kannst gemeinsam mit uns reiten, abgemacht?"

Er hielt ihr seine Hand so hin, wie man es bei einem Handel tut, um zu besiegeln und Johanna schlug ein.

Sie saßen noch eine Zeit lang um den Kamin und erzählten sich gegenseitig von Abenteuern, die sie erlebt und Plänen, die sie für ihre Zukunft gemacht hatten und es war dieses Gefühl von Zusammengehörigkeit, das ihnen Stärke und Unbesiegbarkeit verlieh.

Früh am nächsten Morgen begann Steve mit der Arbeit an dem Einspänner für Johanna. Er hatte vorher einen Reiter nach Barnstaple geschickt, damit Elizabeth und Rebecca die guten Nachrichten so schnell, wie es eben ging, erhielten.

Zuerst nahm er eine alte Kutsche auseinander, von der er nicht mehr gebrauchen konnte, als ihre Räder. Er lehnte diese an die Wand des Schuppens und schaute sich um. Viel Holz, das er gebrauchen könnte, lag dort nicht herum, aber er musste es irgendwie schaffen, innerhalb eines oder zwei Tagen etwas zu konstruieren und zu bauen, auf dem Johanna bequem mit ihnen reisen konnte. Also nahm er die Bretter des alten Karrens auseinander und zersägte sie in kleinere Stücke, mit denen er später würde arbeiten können. Steve arbeitete allein.

Christian blieb in der Tür stehen, beobachtete Steve und sagte: „Du glaubst wirklich, dass es ein gutes Ende für alle nimmt, nicht wahr?"

Steve hörte auf zu sägen, verharrte aber in seiner gebückten Stellung. „Natürlich glaube ich das. Sonst würde es keinen Sinn machen. Rache führt immer nur zu neuer Gewalt. Man muss diesen Kreislauf einfach unterbrechen.

Natürlich gibt es immer wieder Menschen, die das nicht verstehen, aber denen muss man es dann eben häufiger erklären und falls du auf Mr. St. John anspielst, ja ich denke, er ist ein etwas speziellerer Fall. Ihm muss man nicht nur erklären, sondern auch zeigen, was es heißt zu vergeben. Aber ich bin mir sicher, auch da werden wir einen Weg finden."

„Ich kann es nur hoffen, denn sollte es nicht so sein, wird Johanna ihres Lebens nicht mehr froh. Sie hofft jeden Tag darauf, ohne Schmerzen aufzuwachen und wieder gerade gehen zu können. Dass es ihr möglich ist, aufrecht zu sitzen, aber es passiert eben nicht."

Steve legte die Säge weg, ging auf Christian zu und schaute ihn an. „Sag, kann es sein, dass du aufgegeben hast?"

Steve schaute Christian bei dieser Frage prüfend in die Augen, was Christian so sehr verunsicherte, dass er sich umdrehte und den Schuppen verließ. Steve drehte sich um und wendete sich nachdenklich wieder seiner Arbeit zu. Er hatte gerade die Säge angesetzt, als Christian erneut in der Tür stand.

„Ja, ich will Rache. Ich will Rache für den Tod meines Vaters. Ich will Rache für den Tod unseres Kindes. Ich will Rache, für jeden einzelnen Tag, den wir in diesem Kerker verbringen mussten. Ich will Rache für das ganze Leid, das die Menschen durch St. John erfahren mussten. Und ich weiß, ich bin nicht der Einzige."

Steve richtete sich auf, wischte sich mit einem Tuch den Schweiß von der Stirn und drehte sich zu Christian um. „Weißt du", sagte er und ging langsam auf ihn zu, „als Rebecca anfing, mir von ihrem Stiefvater zu erzählen, hatte ich denselben Gedanken: Rache, so schnell wie möglich und so hart wie möglich. Doch dann dachte ich über den Zeitraum nach, in dem er seiner Familie und allen anderen Schaden zugefügt hat und ich dachte, dass eine schnelle Rache dem nicht gerecht werden würde. Ihr steht hier doch in Verbindung mit der Kirche, oder? Ist es möglich, dass innerhalb der nächsten Stunden ein Vertreter der Kirche, der über etwas Einfluss verfügt, hierherkommt?"

Christian stand im Türrahmen und stützte sich mit dem linken Arm an ihm ab. Er schaute kurz nach oben, überlegte und sagte dann: „Das müsste zu schaffen sein. Ich reite sofort los. Da alle hier dir vertrauen, tue ich es auch und hoffe, dass uns das einen Schritt näher dahin bringt, wo wir alle hinwollen: nach Hause."

Steve stand in der Mitte der Scheune, die Sonnenstrahlen fielen durch die Löcher im Gebälk auf ihn und er sah beinahe ein wenig so aus, wie die Statue eines Kriegshelden, der von einer siegreichen Schlacht zurückgekehrt war.

„Ja, da wollen wir alle hin und wir werden es auch schaffen, denn wir sind viele und St. John ist nur einer. Er ist unser Ziel, denn hinter ihm liegt unser aller zu Hause. Wenn wir ihn überwunden haben, ist der Weg frei."

Christian, der immer von einer schnellen und vernichtenden Rache geträumt und sie sich jeden Tag herbeigesehnt hatte, verstand auf einen Schlag, worum es Steve ging. Es ging nicht darum, einen alten Mann in seinem Heim aufzusuchen und ihn zu töten, sondern es würde darum gehen, diesen Mann all das spüren zu lassen, was er anderen sein Leben lang angetan hat.

„An jedem Tag, an dem wir in Frieden und Ruhe leben werden, können wir uns dessen gewiss sein, dass St. John einen weiteren Tag lebendig in der Hölle schmort, von der er sein Leben lang gepredigt hat. Es wird allen dienlicher sein, sich auf diese Art zu rächen. Glaubst du nicht?"

Für Christian war es ein neuer Weg, die Dinge zu sehen und er bat sich etwas Bedenkzeit aus.

„Nimm dir nicht zu viel Zeit, der Tag der Vergeltung rückt näher", sagte Steve ruhig, während er die Säge neu ansetzte, um mit seiner Arbeit fortzufahren.

Christian ging mit gesenktem Kopf zurück ins Haupthaus, um mit Johanna über das zu sprechen, was Steve ihm gerade gesagt hatte.

Ob sie es auch so sah und ihren Vater lieber lange leiden sehen würde?

Er betrat das Haus und fand Johanna, die sich am Küchentisch abstützte und versuchte sich aufzurichten. Er konnte ihr leises Stöhnen hören und sah in ihrem Gesicht, dass es sie schmerzen musste, was sie da tat.

„Viel zu lange habt ihr mich davon abgehalten, gerade zu gehen. Niemand nimmt mir die Kraft. Niemand und erst recht nicht ein Abraham St. John."

Ihr Handflächen lagen flach auf der hölzernen Tischplatte, ihre Arme waren leicht angewinkelt und dann drückte sie sie mit aller ihr zur Verfügung stehenden Kraft durch und mit einem unterdrückten Schmerzensschrei stand sie gerade an dem Tisch!

Sie drehte langsam ihren Kopf in Christians Richtung, lächelte ihn an und sagte: „Niemand wird mich dazu bringen, gebückt durch mein Leben zu gehen."

Sie atmete tief ein, als ob sie gerade etwas Schweres gehoben hätte. Der Schweiß lief ihr über die Stirn und an ihrem verzerrten Gesichtsausdruck konnte Christian erkennen, wie sehr es ihr weh tat, so zu stehen.

„Ich will nicht länger gebückt gehen! Ich will aufrecht stehen, wenn der Alte an mir vorbegeht und er wird an mir vorbeigehen müssen. Das ist mein Recht und ich will mein Recht und ich werde es bekommen. Verlass dich drauf! Genau so, wie du dein Recht und deine Rache bekommen wirst. Wie alle hier. Wir werden alle unser Recht einfordern und wir werden es bekommen. Wir müssen einfach nur laut genug sein, damit wir überall gehört werden."

Christian näherte sich Johanna und streckte ihr seine Hand entgegen: „Gib mir deine Hand Johanna und wir werden diesen Weg gemeinsam gehen."

Sie sah ihn an und noch während sie nach seiner Hand griff, begannen ihr die Tränen aus den Augen zu laufen.

Er nahm sie in seinen Arm, streichelte ihren Kopf und sagte leise: „Gemeinsam schaffen wir alles Johanna. Du und ich, für immer."

So fest sie nur konnte schlang sie ihre Arme um den Mann, den sie liebte und sie hielten sich gegenseitig in der Gewissheit, dass niemand und nichts sie jemals würde trennen können.

Währenddessen arbeitete Steve langsam vor sich hin. Seine Gedanken waren bei Rebecca und er konnte es mit jeder Stunde, die verging, weniger erwarten, seine Liebste wieder in die Arme zu schließen. Aber bald würde der Tag kommen und sie und er würden gemeinsam in Frieden zusammen leben können. Er wollte gerade wieder beginnen, als Klive die Scheune betrat.

„Und du wirst also Rebecca heiraten", sagte er und zog dabei an einer kleinen Pfeife.

„Wenn alles so läuft, wie wir es geplant haben, dann ja, warum fragst du?"

„Weißt du, ich bin jahrelang hinter dieser Frau her gewesen und ich habe nichts erreichen können, egal, was ich getan habe."

Steve stellte sich aufrecht hin und schaute Klive prüfend an. „Ich weiß, wer du bist", sagte er, „du bist der, der immer hinter Rebecca hergeschlichen ist. Egal, wo sie hingegangen oder was sie gemacht hat, um es dann ihrem Vater zu berichten. Nicht gerade die beste Charaktereigenschaft und nicht der tollste Job, um eine Frau zu beeindrucken."

Klive grinste: „Das weiß ich jetzt auch, aber zu der Zeit hatte der alte St. John mich in seiner Hand. Ich musste alles tun, was er sagte, sonst wäre ich wahrscheinlich noch ins Gefängnis gegangen und das wollte ich nicht."

„Warum wärst du das? Was hattest du getan"?, fragte Steve.

„Glaube mir, nichts", antwortete Klive, „aber St. John verfügte zu dem Zeitpunkt schon über derartige Macht, dass jeder ihm und keinem anderen glaubte, außerdem hatte er zu dem Zeitpunkt mächtige Freunde, ob nun im Stadtrat oder der Polizei."

„Ich verstehe deine Angst", antwortete Steve, „aber ich verstehe nicht, wie ein einzelner Mensch – und er ist nur ein Pfarrer – so viel Macht haben kann, dass eine ganze Stadt darunter leiden muss. Und keiner unternimmt etwas. Wie kann das sein? Kannst du mir das erklären?"

„Teilweise kann ich es. Weißt du, St. John hatte immer Menschen, denen er einen Gefallen getan hat, der oft nicht unerheblich war. Daraufhin stehst du in seiner Schuld. Er aber hat diesen Gefallen an Bedingungen geknüpft, wie beispielsweise monatliche Zahlungen, die dann auf einen Schlag erhöht wurden, sodass man sie nicht mehr zahlen konnte. Damit ging es dann los. Man verlor Stück für Stück das, für das man ein Leben lang gearbeitet hatte. Ich konnte nichts verlieren. Ich hatte nichts, aber viele meiner Freunde haben alles an ihn verloren. Sicher, ich war sein Werkzeug und ich habe viel Schuld auf mich geladen, aber Johanna hat mir die Augen geöffnet, eine zweite Chance gegeben und nun werde ich das, was ich über Abe St. John weiß, gegen ihn verwenden und glaub mir, im Laufe der Jahre ist da einiges zusammengekommen. Es sieht nicht gut für ihn aus." Steve legte die Säge erneut weg, drehte sich zu Klive und schüttelte seinen Kopf. „Ich versteh eben eines nicht. Wenn so viele unter einem gelitten haben, wieso haben sie sich nicht gewehrt? Wenn doch alle ihr Problem kannten und sogar wussten, wo es lebte und wie es hieß? Aber das ist jetzt nicht mehr wichtig. Wir haben uns gefunden und wir werden den Weg gemeinsam gehen. Das macht uns stark. Wolltest du noch irgendetwas wegen Rebecca sagen, Klive?"

„Also wenn überhaupt etwas, dann wäre es eine Entschuldigung, aber die werde ich ihr persönlich mitteilen, wenn wir uns sehen sollten."

„Das wirst du, Klive. Du solltest dir die Worte für diesen Moment genau überlegen."

„Ja, verlass dich darauf. Das werde ich. Seit Monaten denke ich schon darüber nach."

Die beiden Männer standen einander gegenüber. Der eine, der Rebecca immer nur aus der Ferne geliebt und verehrt hat und einen falschen Weg gegangen war und der andere, der das Herz dieser Frau im Sturm erobern konnte. Sie sahen sich an und jeder von ihnen wusste, wo der andere stand und akzeptierte es.

„Klive, du solltest deiner Frau schreiben und ihr sagen, wie sehr sich dein Leben verändert hat und was du tust. Sie wird stolz darauf sein, so einen Mann zu haben, meinst du nicht?"

„Vielleicht, aber vorerst muss ich noch andere Dinge erledigen und dann kann ich mich um meine persönlichen Belange kümmern."

Steve schlug Klive freundschaftlich auf die Schulter.

Der drehte ich um und verließ die Scheune.

Der Tag verging und am Ende hatte Steve es geschafft. Er wusch sich, aß etwas und dann legte er sich auf sein Lager, um über die nächsten Schritte nachzudenken. Es konnte auch nicht mehr allzu lang dauern und der Reiter musste bei Elizabeth eintreffen. Bald überkam ihn der Schlaf und er träumte in dieser Nacht von einem Leben in Frieden und Freude mit Rebecca und als er mitten in der Nacht erwachte, weil irgendetwas ihn geweckt hatte – vielleicht der Ruf der Eule, die hier in einem der alten Bäume lebte – schloss er die Augen wieder und wusste, dass es genau so kommen würde. Für Rebecca und ihn konnte es gar nichts anderes geben, als eine schöne und liebevolle Zukunft.

Am Morgen machte er sich wieder an die Arbeit und dachte an seine liebste Rebecca. Sie fehlte ihm und er hoffte, dass er sie schnell, ja sehr schnell wiedersehen würde und dass es ihr gut ginge.

Klive war am Morgen Richtung London geritten, um neue Dokumente zu holen, die ebenfalls beweisen sollten, was für ein Spiel St. John in den letzten Jahren gespielt hatte. Er würde am Abend zurück sein hatte er gesagt, bevor er auf sein Pferd gestiegen war.

♦♦♦

Unruhig ging Elizabeth in der Küche auf und ab. Sie hatte kein gutes Gefühl. Hätte nicht schon seit Tagen eine Nachricht hier sein müssen, wenn Steve ihre kleine Johanna gefunden hätte? Wahrscheinlich hatte er sie nicht gefunden und versuchte nun, sie durch eine verspätete Rückkehr darauf vorzubereiten, dass sie ihre Tochter nie wiedersehen würde.

Elizabeth räumte Töpfe hin und her, fegte die Küche und wollte gerade damit beginnen, etwas zu kochen, als sie den Klang sich schnell nähernder Hufen hörte. Sie ließ alles liegen, eilte zur Haustür, riss sie auf und rannte den kurzen Weg bis zur Straße. Tatsächlich. Ein Reiter, aber es war nicht Steve. Der Mann, der eher einem Landstreicher glich, sah sie an und fragte sie: „Sie sind

Elizabeth St. John?"

„Ja, das bin ich. Wo ist meine Tochter und wo ist Steve?"

„Es wird hier alles in dem Brief stehen. Dürfte ich um etwas Wasser für mein Pferd und mich bitten?" Er reichte Elizabeth den Brief, die ihn sofort öffnete und begann, ihn zu lesen.

Da stand:

*Elizabeth, ich habe
sie gefunden.
Sie lebt! Auch Christian ist hier bei ihr! Das Beste wird sein,
wenn du so schnell wie möglich hierher zu uns kommst.
Vertrau dem Mann, der Dir den Brief übergibt und befolge
unbedingt seine Instruktionen.
Ich hoffe, Dich und meine geliebte Rebecca so schnell wie
möglich zu sehen.
Christian.*

Elizabeth drückte den Brief an ihre Brust und biss sich auf ihre Unterlippe, um nicht ganz die Fassung zu verlieren.

„Kommen Sie herein und seien Sie mein Gast. Um Ihr Pferd werde ich mich sofort kümmern."

Rebecca stand an den Türrahmen gelehnt und konnte sehen, wie ihrer Mutter die Tränen in die Augen stiegen.

Sie lief zu ihr und umarmte sie.

„Lebt sie? Geht es ihr gut? Wo ist sie?"

„Sie ist in Sicherheit und wir werden sie bald sehen. Lass uns ins Haus gehen und uns auf die Abreise vorbereiten."

Elizabeth drehte sich zu dem noch unbekannten Mann um, lächelte ihn an und sagte freundlich: „Kommen Sie, wir wollen noch etwas essen und trinken, bevor wir abreisen."

Der Mann ging langsam auf Elizabeth zu und bedankte sich mit einem Lächeln. Als sie die Küche betraten, standen dort die Barringtons. Ken schaute die beiden Frauen an, die mittlerweile ein Teil der Familie geworden waren.

„Ihr reist ab? So unerwartet? Wie geht es deiner Tochter? Ist sie gesund?", fragte May.

„Sie lebt. Das ist mir erst einmal das Wichtigste", antwortete Elizabeth.

„Kommt, setzen wir uns ein letztes Mal gemeinsam an den Tisch", sagte Ken Barrington mit seiner tiefen Stimme. Er schaute den Fremden an und lud ihn mit einer freundlichen Handbewegung ein, sich zu ihnen zu gesellen.

„Wie ist Ihr Name, Sir?", fragte Ken den Unbekannten.

„Mein Name ist Jack, Jack Paterson, aber Jack reicht vollkommen."

„Das ist meine Frau May und ich bin Ken Barrington. Herzlich willkommen."

Die beiden Männer unterhielten sich angeregt über Ungerechtigkeiten im politischen System und welche Auswirkungen sie auf das Leben der Einzelnen hatten. Sie waren sich einig, dass es so, wie es momentan war, nicht weitergehen konnte.

„Wir kümmern uns darum", sagte Jack, „auch wenn es bisher nur im Kleinen geschieht, so wird es doch bald Kreise ziehen und alle werden sehen, dass man etwas gegen Ungerechtigkeit tun kann."

Inzwischen hatten Elizabeth und Rebecca ihre wenigen Habseligkeiten gepackt und sich wieder zu den Dreien an den Tisch gesetzt. Elizabeth war in sich gekehrt und machte sich Gedanken darüber, wie es Johanna wohl ergangen war seit ihrer Abreise.

Die anderen redeten, lachten, tranken Tee und versuchten zu verdrängen, was da noch auf sie zukommen konnte, bis Elizabeth vom Tisch aufstand und sagte: „Meine Lieben, es ist Zeit zu gehen, Zeit, mich um meine Tochter zu kümmern und Zeit, meinem Mann, der er immer noch ist, entgegenzutreten. Ich weiß nicht, wie ich euch danken soll für die Aufnahme in euer Haus und eure Familie, aber mir wird etwas einfallen. Verlasst euch darauf. Nur jetzt sind mein Kopf und meine Gedanken an einem anderen Ort und ich muss dorthin, um mein Leben in die richtigen Bahnen zu lenken. Also verzeiht mir, wenn es jetzt eher einer Flucht ähnelt, als einer Abreise. Ich werde immer an euch denken und ich werde euch auf immer dankbar sein für das, was ihr für uns getan habt."

Jedes weitere Wort erübrigte sich nach diesen Sätzen und nach langen Umarmungen und Händeschütteln saßen die Drei auf den Rücken der Pferde und waren unterwegs in Richtung Johanna und Christian.

Rebecca dachte die ganze Zeit an Steve und konnte es kaum erwarten, ihn in ihre Arme zu schließen und wieder bei ihm zu sein. Er gab ihr Sicherheit und das Gefühl, geliebt zu sein. Mehr konnte eine Frau wie sie nicht verlangen. Sie hatte sich ihr Leben lang bedienen und verwöhnen lassen. Nie hatte sie für irgendetwas einen Handschlag tun müssen. Immer war ihr alles geschenkt, gebracht und vor ihre Füße gelegt worden. Sie wollte das nicht mehr. Nein, sie hatte gesehen, wie glücklich Menschen waren, die arbeiteten, für ihre Freiheit kämpften und ihre Meinung eintraten. Sie wollte nicht länger die Frau an der Seite eines Mannes sein, sondern eine Frau, die gemeinsam neben und mit ihrem Mann durchs Leben ging und Steve würde dieser Mann sein. Dessen war sie sich sicher.

Jack gab ein schnelles Tempo vor. Alle schienen es kaum erwarten zu können, am Ziel anzukommen, auch wenn jeder von ihnen ein anderes Motiv hatte.

◆◆◆

Zur selben Zeit war Steve in der Scheune damit beschäftigt, den Einsitzer für Johanna zu konstruieren. Er sägte, schraubte und schliff das Holz, bis plötzlich Johanna in der Tür stand.

„Steve", sagte sie leise, „darf ich dich etwas fragen?"
„Natürlich darfst du", antwortete er, legte den Hobel beiseite und drehte sich zu Johanna, „was gibt's?"   „Du weißt, dass Rebecca meine Schwester ist und du wirst auch von James wissen, oder nicht?"

„Natürlich weiß ich von ihm und ich weiß auch, was er ihr bedeutet und welche Rolle er in ihrem Leben spielt.

Worauf willst du hinaus?"

„Hast du keine Angst, dass sie dir irgendwann wegläuft, weil sie merkt, dass du nicht James bist? Dass du nicht der Mann bist, für den sie dich gehalten hat?"   „Jo, ich habe deine Schwester kennengelernt, als eine Frau, der alles in den Schoß fällt oder besser gesagt als eine Frau, die nicht viel dafür tun muss, um an ihre Ziele zu kommen. Aber der Preis für diese Bequemlichkeit war, dass sie ihr Leben lang hin und hergereicht worden ist. Sie war immer das Vorzeigekind, das sich aus Angst vorbildlich verhielt und immer folgsam war. Ich aber habe sie in einigen Momenten erlebt, in denen sie diese Eigenschaften verlor oder besser gesagt versuchte, sie abzustreifen und wirklich nur sie selbst zu sein. Dass sie zu reden, zu denken und zu fühlen versuchte und diese Momente haben mich dazu gebracht, mich in sie zu verlieben, weil ich sehen konnte, was für eine Frau unter der glatten Oberfläche versteckt ist. Verstehst du, was ich meine? Ich will keine Frau, die sich ihr Leben lang sagen lässt, was sie tun und lassen soll. Ich will die Rebecca, die das für sich selbst entscheidet."

Johanna traten bei diesen Worten die Tränen in die Augen und Steve ging noch einen Schritt näher auf sie zu. „So hat sie noch nie jemand beschrieben. Noch nie hat irgendjemand versucht, mehr in ihr zu sehen als nur ihre blonden Haare und ihr Lächeln. James vielleicht, aber sonst nie irgendjemand. Nie hat ein Mann Ansprüche an sie gestellt, wie du es tust und ich denke, nein ich weiß, dass du der Einzige bist, der diese ganzen guten und wichtigen Dinge in ihr zum Vorschein bringen kann. Pass einfach nur gut auf sie auf. Sie ist meine Schwester und wenn du ihr weh tust, verletzt du auch mich und wie ich mit Menschen umgehe, die mich verletzen, wirst du noch erleben, wenn wir erst bei Abraham St. John sind." Steve schaute sie durchdringend an und fragte: „Was hast du vor? Willst du ihn töten?"

„Nein, damit rechnet er. Ich glaube sogar, dass er in diesem Moment, in dem er da unten in dem kleinen Raum sitzt und sich hoffentlich genau so fühlt wie ich als Kind, geradezu hofft, dass ihn jemand tötet, damit alles schnell vorbei ist. Aber er soll leiden, genau so, wie ich mein Leben lang gelitten habe und durch ihn auch noch lange leiden werde. Ich würde alles dafür tun, um sein Leben zu retten, damit er sich immer wieder fragen muss, was er für ein grausamer Mensch ist. Ja, das hoffe ich." „Große Worte, Johanna, wir werden sehen, wie du dich fühlst, wenn du ihm gegenüberstehst. Warte einen Moment, ich habe etwas für dich."

Steve ging in den hinteren Teil des Schuppens und griff nach etwas, das Johanna nicht genau erkennen konnte. Doch als er wieder vor ihr stand, konnte sie erkennen, um was es sich handelte – einen Gehstock. Der Knauf war rund und es waren kleine Muster in ihn geschnitzt. Johanna wusste nicht, ob sie sich bedanken oder ob sie böse sein sollte. Steve bemerkte ihre Unentschlossenheit und kam ihr zuvor.

„Sieh mal, Johanna, es ist keine Gehhilfe für alte Menschen. Er soll dir helfen, langsam wieder gerade zu gehen, nichts anderes. Versteh das bitte nicht falsch."

„Nein Steve, das tue ich nicht", sie nahm den Stock und strich mit ihrer Hand über den runden Knauf, „jedes Mal, wenn ich ihn auf den Boden stellen werde, werde ich wissen, wer daran Schuld ist, dass ich so einen Stock brauche und bei jedem Klack, den er macht, wird mein Zorn und mein Hass auf Abraham St. John größer werden."

Sie drehte sich um und verließ den Schuppen. Steve konnte hören, wie sie leise vor ich hinsagte: „Und jetzt und noch ein bisschen mehr und mehr …"

Steve stand mitten in der Scheune und war sich nicht sicher, ob es richtig war, was er gerade getan hatte. Er wandte sich wieder dem Bau des kleinen Wagens zu, griff nach dem Hobel und setzte seine Arbeit fort. Am Ende des Tages stand ein

Gefährt in der Mitter der Scheune, auf dem Johanna bequem würde fahren können. Sie hatte die Möglichkeit zu stehen und sich, wenn sie es dann wollte, auf eine Art Schemel zu setzen, den Steve so montiert hatte, dass er Johanna nicht behindern würde. Er ging um den Wagen herum und war zufrieden mit seiner Arbeit. Er würde ihn noch an ein paar Stellen abschleifen und bearbeiten müssen, aber im Großen und Ganzen war er fertig. Er deckte ihn mit einer Pferdedecke ab, die er gefunden hatte, löschte die Lampe und verließ den Schuppen.

Im Haus war es ruhig, alle schienen zu schlafen, oder aber zumindest in ihren Zimmern zu sein. Im Kamin glühte das letzte Holz und Steve legte noch zwei Scheite auf, um dann auch in sein Zimmer zu gehen und zu schlafen. Morgen würde Rebecca hier sein und dann nahte der Tag der Entscheidung in Plymouth. Er war voller Hoffnung und Freude und fühlte sich gut und frei und er wusste, dass Rebecca die Frau war, nach der er sein Leben lang gesucht hatte. Über diese Gedanken schlief er ein und erwachte erst, durch das Klopfen an seiner Tür.

Auf Steves Antwort hin wurde sie geöffnet und im Türrahmen stand Johanna mit einer Tasse Kaffee in der einen und dem Stock in der anderen Hand.

„Guten Morgen, Steve. Ich wollte mich zum einen bei dir für mein Verhalten von gestern entschuldigen und zum anderen für den Stock bedanken. Ich habe einfach überreagiert, als du ihn mir gabst. Als Friedensangebot hab ich einen starken, schwarzen Kaffee, der hier schon fast jeden Schlafenden ins Leben zurückgeholt hat." Steve setzte sich in seinem Bett auf, rieb sich die Augen und sagte: „Um diese Tageszeit gibt es überhaupt kein besseres Friedensangebot als einen Kaffee.

Abgesehen davon, Johanna, musst du dich für nichts entschuldigen. Dass es für dich, Rebecca und Elizabeth ein schwerer Tag wird und dass keiner von uns hier nachfühlen kann, was ihr dabei empfinden werdet, ist doch klar. Dann gib mir doch bitte jetzt den Friedensvertrag, damit ich ihn austrinken kann."

Beide lachten und Johanna nahm sich einen Stuhl, setzte sich zu Steve ans Bett und erzählte ihm von ihren Ängsten und ihren Befürchtungen.

„Wie weit bist du mit dem Wagen, Steve? Wann fahren wir zu meiner Mutter? Wann sehe ich Rebecca?"

„Wir fahren gar nicht. Sie werden kommen. Wenn alles klappt und nichts dazwischenkommt, müssten sie heute gegen Abend hier sein."

Johanna schaute ihn an und versuchte irgendetwas in seinem Gesicht zu finden, dass ihr verriet, ob er ihr gerade die Wahrheit sagte.

„Ist das dein Ernst? Sie kommen her? Heute noch? Oh mein Gott."

Sie stand von ihrem Stuhl auf und verließ den Raum. Sie versuchte dabei so gerade zu gehen, wie es ihr möglich war. Im Türrahmen drehte sie sich noch einmal zu Steve, sah ihn an und fragte lächelnd: „Wirklich heute?"   Steve nickte und konnte sehen wie Johannas Blick nach oben ging, als wolle sie irgendjemandem danken, dann lächelte sie Steve noch einmal an, bedankte sich bei ihm und schloss die Tür.

Steve nahm einen kräftigen Schluck aus der Tasse und wusste sofort, warum dieses Getränk schon andere geweckt hatte. Einen stärkeren Kaffee hatte er noch nie in seinem Leben getrunken. Nach dem Kaffee zog er sich an, ging kurz in die Küche, nahm sich ein Stück Brot und machte sich auf den Weg in den Schuppen. Er wollte den Wagen zu Ende abschleifen und so herrichten, dass Johanna es bequem hatte, wenn sie auf ihm fahren würde. Er war vertieft in seine Arbeit und merkte nicht, wie der Tag dahinging, als er plötzlich Stimmen hörte, die er kannte.

Es waren Jack, Elizabeth und Rebecca. Endlich waren sie hier. Er konnte es kaum erwarten, Rebecca in seine Arme zu schließen, ließ auf der Stelle sein Werkzeug fallen und eilte nach draußen. Johanna hatte ebenfalls erkannt, um welche Ankömmlinge es sich handelte, war nach draußen geeilt und hatte sich in die Arme ihrer Mutter fallen lassen. Die drei Frauen umarmten sich gegenseitig und schienen ineinander zu verschmelzen, eine Einheit zu bilden, ein gemeinsames Ziel zu haben und das hatten sie tatsächlich. Das Ziel hieß Abraham St. John. Steve näherte sich langsam und in diesem Moment drehte Rebecca ihren Kopf, erblickte ihn, löste sich aus der Umarmung, wendete sich Steve zu und ging auf ihn zu. Erst Schritt für Schritt, dann begann sie zu lächeln und ihre Schritte wurden schneller. Beide liefen aufeinander zu und umarmten sich.

„Du hast mir gefehlt, Steve", hauchte Rebecca ihm ins Ohr und drückt ihn an sich.

„Du mir auch, Rebecca, du mir auch."

Sie blickten sich in die Augen und mussten keine weiteren Worte verlieren. Sie wussten, dass sie füreinander bestimmt waren.

„Lass uns zu den anderen gehen und beratschlagen, wie wir jetzt weiter vorgehen."

Sie gingen Hand in Hand auf die Menschentraube zu und als Elizabeth Steve erblickte, umarmte sie ihn und sagte: „Ich danke dir. Du hast mir meine Tochter wieder zurückgegeben."

Alle gingen ins Haus und setzten sich um den Kamin auf Stühle, Kisten oder einfach auf den Fußboden.

„Wie gehen wir weiter vor?", fragte Johanna

„Wir reiten zu St. John, sperren ihn in eines seiner Kellerverliese und lassen ihn dort verrotten", kam es spontan aus Rebeccas Mund.

Alle, die sie kannten, schauten sie ungläubig an. So etwas hatte sie noch nie gesagt, aber es zeigte nur, dass der Hass auf den alten Mann, den sie über Jahre hin aufgestaut hatte, jetzt begann, sich seinen Weg in die Freiheit zu bahnen.

Steve legte seine Hand auf die von Rebecca und sagte: „Das mit dem Kellerverlies ist schon erledigt, aber verrottet ist er wohl noch nicht. Wir sollten auf Nachricht von Klive warten, damit wir auf keinen Fall einen Fehler begehen.

Rebecca sah Steve erschrocken an. „Klive? Klive Benson? Der Mann, der mir mein Leben lang hinterhergeschlichen ist? Der Klive Benson, der mich ausspionierte und St. John auslieferte?"

„Genau der Klive, Rebecca", antwortete Johanna. „Ohne ihn wären Christian und ich nicht hier. Ohne ihn hätten wir überhaupt nicht die Informationen, die wir jetzt haben, um den Kerkermeister von Plymouth zur Strecke zu bringen. Du musst vergessen, was gewesen ist, liebe Schwester, musst ihm vergeben. Klive Benson ist ein wichtiger Teil unserer Gruppe geworden."

„Ist er das? Dieser versoffene, leicht manipulierbare und hinterlistige Mann?"

„Ich trinke nicht mehr", kam es aus einer anderen Ecke des Raumes, „und ich weiß auch, dass vieles, was ich getan habe, falsch war. Aber aus eben diesem Grunde bin ich hier. Um es wieder gut zu machen und um mich für das zu rächen, was er mich Jahre lang erdulden ließ. Also gib mir bitte einfach nur die Chance, dir das zu beweisen. Mehr will ich nicht!"

Ruckartig drehte sich Rebecca um. Ebenso wenig wie die anderen im Raum, hatte sie mit der Anwesenheit Klives gerechnet.

„Ich habe das Dokument, das du haben wolltest", sagte er zu Steve und überreichte ihm einen Umschlag.

„Ich danke dir. Hast du es überprüft? Stimmt alles? Können wir es verwenden?"

„Oh ja, wir können es verwenden und ich kann mich kaum noch halten vor lauter Vorfreude."

„Na ja", sagte Steve, „wenn wir alles zusammen haben und niemand müde ist, dann sollten wir keine Zeit verschwenden und nach Plymouth reiten. Was meint ihr?"

Dieser Beschluss wurde mit einer Mischung aus JaRufen, Applaus und Kopfnicken quittiert. Die Sachen wurden gepackt, die Pferde gesattelt und nun machte sich eine Gruppe von zehn Männern und Frauen auf, um ein Unrecht zu vergelten, das viel zu lange ungesühnt geblieben war.

◆◆◆

Es war stockfinster und Abraham St. John konnte nur ahnen, wie weit seine Hand von seinen Augen entfernt war. Würde man ihn hier jemals wieder herausholen, oder würde er die nächsten Jahre in Dunkelheit und Einsamkeit verbringen? Er hörte Schritte. War es schon wieder Zeit für sein karges Mahl? Er erwartete, dass sich die Klappe im unteren Teil der Tür öffnen und ihm sein Essen hindurchgeschoben würde, als er hörte, wie der Schlüssel ins Schloss gesteckt und die Tür aufgeschlossen wurde.

Aus der Dunkelheit heraus ergriffen ihn zwei starke Arme und zogen ihn hoch. Ihm wurde ein Leinensack über den Kopf gezogen und dann hörte er eine Stimme, von der er gedacht hatte, dass er sie nie wieder hören würde. Es war Johanna.

„Na, Vater! Ich bin es, Johanna. Die Vorhut. Möchtest du mit nach oben kommen? Dort warten noch andere Menschen auf dich, denen du Leid zugefügt hast oder sollen wir dich hier in Sicherheit im Keller eingesperrt lassen? Es wird dir hier nichts geschehen." St. John wusste nicht, was er sagen sollte. Er war geschwächt und orientierungslos und so wurde er gepackt und durch die Gänge nach oben geführt. Wo würden sie ihn hinbringen? Was stand ihm bevor? Wer würde ihn erwarten?

Nachdem er oben angekommen war, wurde er durch die Vorhalle nach draußen auf den Vorplatz gebracht, wo man ihm den Sack vom Kopf zog. Der ganze Platz war mit Menschen gefüllt. Bauern, Handwerker und andere Bewohner der Stadt.

Sie alle waren gekommen, um ihn hier zu sehen, aber was wollten sie?

Steve hatte einige seiner Männer vorausgeschickt, um die Botschaft vom Ende der Herrschaft von St. John zu verkünden und hatte alle aufgefordert, sich auf dem Innenhof des Gutes einzufinden, um dabei zu sein. Und sie waren gekommen – fast alle, die etwas mit Abe St. John zu tun gehabt hatten.

„Liebe Mitbürger", wollte St. John sagen, doch jemand legte ihm die Hand auf den Mund und stellte sich vor ihn. Es war Rebecca.

„Rebecca, Liebes, ich habe dich gesucht und gesucht. Wo warst du nur?"

Rebecca schaute ihren Stiefvater fast verächtlich an und antwortete: „In Sicherheit."

Dann verpasste sie ihrem Vater einen solchen Schlag unter sein Kinn, dass er taumelte. Völlig irritiert schaute er sie an. Wenn er mit allem gerechnet hätte, aber damit, dass seine folgsame Rebecca sich zu einer selbstbewussten Frau mit eigenem Willen entwickeln könnte, sicher nicht. Elizabeth schaute entsetzt, sagte aber nichts und Johanna legte erschreckt eine Hand an den Mund, was das Lächeln verdeckte, das im nächsten Moment ihr Gesicht aufleuchten ließ. „Donnerwetter", dachte sie, „vielleicht hat Steve ja recht und meine große Schwester lernt doch noch, eigene Entscheidungen zu treffen."

„Hochwürden, wandte sich nun Steve an St. John. Ich denke Ihr erkennt meine Stimme und Ihr könnt Euch sicher sein, dass Euch zumindest von mir keine Gewalt droht", grinste Steve und setzte hinzu, „so lange Ihr Euch an die Regeln haltet. Wir brauchen nicht viele Worte zu verlieren. Die Fakten sind klar und das Urteil ist schon gefällt. Ihr habt jahrelang die Schwächen von Menschen und sie selbst zu Eurem eigenen Vorteil ausgenutzt und habt Euch so bereichert. Die Ländereien, die rundherum an dieses Anwesen grenzen, sind nur ein Teil dessen. Das Haus selber, in dem Ihr lebt, gehört Euch ebenfalls nicht, sondern Eurer Frau. Aber das sind juristische Dinge, mit denen werden wir uns noch befassen. Ihr habt gestohlen, Euch Dinge unrechtmäßig im Namen der Kirche angeeignet. Ihr habt Eure Kinder misshandelt und jeden, der versucht hat, dagegen aufzubegehren erpresst oder eingeschüchtert. Da wir alle hier weltlicher sind als Ihr es als Geistlicher seid, konnte auch nur ein Geistlicher das Urteil über Euch sprechen."

Klive Benson kam auf die Veranda, öffnete im Gehen einen Brief und stellte sich neben St. John.

„Ich werde jetzt den Brief verlesen, den ich vom Bischof aus London bekommen habe. Er hat das Urteil über St. John gefällt. Ich will Euch gar nicht langweilen oder auf die Folter spannen. Unser ehrwürdiger Herr Pfarrer wird noch heute Abend zurück nach London gebracht, um dort so schnell wie möglich auf ein Schiff verfrachtet zu werden, das ihn als Missionar nach Afrika bringen wird. Weiterhin ist verfügt, dass alles Land, das sich St. John im Namen der Kirche oder durch Erpressung angeeignet hat, an ihre rechtmäßigen Besitzer zurückgegeben wird. Jeder, der noch irgendetwas von Abraham St. John zu bekommen hat, möge sich in den nächsten Tagen bei mir melden. Ich werde es notieren, die Rechtmäßigkeit prüfen und alle werden ihr Eigentum zurückerhalten."

Nach einem Moment stiller Ungläubigkeit ging ein Ruck durch die Menge und ein tosender Applaus brach los.

„Meine erste Amtshandlung ist aber, dieses Haus und den Grund, auf dem es gebaut ist, an die Frau zurückzugeben, der es rechtmäßig gehört – Elizabeth St. John. Bitte komm zu mir und unterschreibe die Urkunde."   Elizabeth schluckte. Nun war der Augenblick gekommen für den sie so lange gekämpft, den sie so ewig ersehnt hatte. Das, was ihr und ihrem ersten Mann gehörte, sollte wieder ihr Eigentum sein. Wie glücklich wäre er, wenn er sie jetzt sehen könnte. Sie drängte die Freudentränen, die ihr in die Augen stiegen mit aller Kraft zurück und machte sich auf den Weg zu Klive Benson.

Während Elizabeth von rechts quer über die Veranda schritt, entstand ein neuer, rhythmischer Applaus, der ihr so vorkam, als solle er ihr die Kraft geben, an ihrem Mann vorbeizugehen. Als sie vor ihm stand, konnte sie nicht anders und flüsterte ihm ins Ohr: „Du warst meine Hoffnung und hast mir mein Leben genommen. Du hast mir meine Töchter genommen und ich habe es zugelassen. Du hast versucht, eines meiner Kinder zu töten. Ich sag dir eins. Setze jemals wieder einen Fuß auf englischen Boden. Komm nur in meine Nähe oder die meiner Kinder und ich werde dafür sorgen, dass du einen qualvollen Tod sterben wirst. Qualvoller, als das Leben mit dir war!"

St. John traute sich nicht, auch nur ein Wort zu sagen. Elizabeth ging an ihm vorbei auf Klive Benson zu und streckte ihm die Hand entgegen. Er ergriff sie und sie schüttelten sich die Hände wie zwei alte Bekannte, die endlich ihr Ziel erreicht hatten.

Die Familie war wieder vereint und hatte ein neues Zuhause.

„Habt Ihr noch irgendetwas zu sagen, Hochwürden?", fragte Steve Abe St. John, aber dieser war viel zu verwirrt, um noch irgendetwas hervorzubringen. Das konnte doch nur ein böser Traum sein. Was ging hier eigentlich vor? Noch vor Kurzem genoss er in seiner Familie absoluten Respekt und war der unumschränkte Herrscher hier und nun sollte ihm plötzlich gar nichts mehr gehören und er sollte zu schwarzen Wilden verschifft werden? Das konnte doch einfach nicht wahr sein.   Zwei Männer packten St. John und geleiteten ihn zu einer Kutsche, die mitten in der Menge stand. Auf seinem Weg dorthin ging er an vielen Menschen vorbei, die er schon lange kannte, die er aber betrogen oder erpresst hatte. Niemand hier würde ihm helfen. Niemand! Gedemütigt und mit gesenktem Blick ging er an ihnen vorbei.

Als die Kutsche vom Hof fuhr, ertönte erneut Applaus und etliche konnten es sich nicht verkneifen, ihm noch ihre schlechtesten Wünsche hinterherzurufen.   Elizabeth stand vor dem Haus, blickte über die Menge hinweg und beobachtete, wie die Kutsche in der Dunkelheit verschwand. Sie war frei. Ihre Töchter waren frei und sie waren alle in Sicherheit.

„Liebe Freunde", rief sie glücklich in die Menge, „auf diesen Tag haben wir alle gewartet, wenn wir ehrlich sind. Frei zu sein und unabhängig. Ich kann mich nur dafür entschuldigen, was mein Mann euch angetan hat. Es wird immer mit diesem Haus in Verbindung stehen und deswegen denke ich, es ist besser, es abzureißen und ein neues zu bauen. Ich hoffe, wir werden dies in Freundschaft tun können. Ein neues Fundament legen, auf dem wir unsere Freundschaft aufbauen können."

Sie stellte sich zwischen Johanna und Rebecca, nahm sie in den Arm und fuhr fort: „Ihr kennt meine beiden Töchter und ihr wisst, wie unterschiedlich sie waren. Ich glaube, heute haben wir gesehen, dass beide einen schlagenden Erfolg bei Männern haben."

Ein lautes Lachen überzog den Platz. Elizabeth gab Steve und Christian ein Zeichen und die beiden Männer stellten sich zu ihren Frauen.

„Diese beiden Männer, den einen kennt ihr", sie zeigte auf Christian, „den anderen nicht", jetzt sah sie zu Steve, „sind Teil meiner Familie, unserer Familie und ich hoffe, ihr alle werdet, auch wenn nicht Teil meiner Familie, so doch Teil meines Lebens. Ich möchte euch sagen, dass wir hier bald eine Doppelhochzeit feiern werden und ihr seid alle eingeladen."

Ein frenetischer Applaus folgte. Was für ein Glückstag. Die Menschen in der Menge umarmten sich und schüttelten sich die Hände, da dies das sichere Zeichen war, dass sich von heute an vieles in ihrer Stadt ändern würde.

◆◆◆

Während die Menge sich freute und die beiden Pärchen auf der Veranda sich küssten, stand abseits, fast in der letzten Reihe ein Mann, der sein Pferd am Zügel führte. Man sah ihm an, dass er, obwohl noch jung an Jahren, schon viel erlebt haben musste. Er war ein wenig halbherzig hierhergekommen. Hatte er doch das Gefühl, dass Plymouth zu einem Lebensabschnitt gehörte, den er bereits weit hinter sich gelassen hatte. Deshalb war er im Grunde froh, als er Rebeccas lachendes Gesicht sah. Dies und auch ihre Reaktion auf ihren Vater bewies ihm, dass es ihr in Zukunft gut gehen würde, dass sie ihren Weg gefunden hatte und das hatte sicher auch mit dem Mann zu tun, der gerade an ihrer Seite stand. Alles war gut so, wie es jetzt war. Deshalb beschloss er erleichterten Herzens auf sein Pferd zu steigen und so schnell wie möglich zurück nach Irland zu reiten, denn dort würde er seine Liebe finden. „Das Leben geht oft merkwürdige Wege", dachte er amüsiert, als er sich aufmachte und sah in seiner Vorstellung Fay, wie sie an der Küste stand, aufs Meer schaute, während der Wind mit ihrem Haar spielte und auf ihn wartete.

◆◆◆